Barbara Gowdy · Fallende Engel

Barbara Gowdy

Fallende Engel

Roman

Aus dem Englischen von
Sigrid Ruschmeier

Verlag Antje Kunstmann

Für meine Eltern, weil sie nicht so waren
wie die Eltern in diesem Buch

Auferstehung

1969

Alle drei Mädchen sind auf dem Vordersitz. Das fette Mädchen mit der Brille fährt. Hinten sitzt ihr Vater und schläft.

Sie fahren auf den Parkplatz, und zwei Männer, die an einem blauen VW-Bus lehnen, drehen sich um und sehen sie an. Einer der Männer hat eine Kamera um den Hals. »Scheiße«, sagt das dünne Mädchen.

Mit einem Ruck wacht ihr Vater auf. Bevor das Auto richtig steht, hat er die Tür offen. »Haut ab!« schreit er die Männer an. Er fällt aus der Tür, aufs Knie. Die drei Mädchen steigen schnell aus dem Auto. Ihr Vater erhebt sich, rennt auf die Männer zu, rudert mit den Armen. »Zischt ab!« schreit er. »Verpißt euch!« Die Männer rühren sich nicht.

»Dad«, sagt das fette Mädchen flehend. Ihr Vater torkelt von allen weg, klopft seine Taschen ab, sucht nach Zigaretten.

»Laß ihn doch«, murmelt das dünne Mädchen. Sie geht los, macht einen weiten Bogen um ihren Vater. Die Schwestern folgen ihr. Das fette Mädchen kann sich zwischen den Kotflügeln der beiden Leichenwagen nicht durchquetschen und wird rot, sie weiß, daß die Männer sich nähern.

»Kletter drüber«, befiehlt das dünne Mädchen. Sie sieht den Fotografen an, langt in ihre Handtasche und holt die Schachtel Zigaretten heraus, die ihr Vater sucht. Wenn sie sich schon fotografieren lassen muß, will sie dabei rauchen.

Der Fotograf fängt an zu knipsen. Aber nicht das dünne Mädchen. Er hat das dritte Mädchen im Visier, die hübsche Blonde, die wartet, daß die fette Schwester über die Kotflügel klettert. »Natürlich«, denkt das dünne Mädchen. Das hübsche Mädchen starrt in den ausgedörrten weißen Himmel, als überlege sie, ob ihre Mutter schon dort oben sei.

»Verzeihung«, sagt der zweite Mann und schlendert auf sie zu. Das hübsche Mädchen lächelt höflich. Das dünne Mädchen kneift die Augen zusammen. Die Augen des Mannes glitzern vor falschem Mitleid. Er sagt, das mit ihrer Mutter ist wirklich Mist, und es ist ihm zutiefst zuwider, sie belästigen zu müssen, aber die Fotos bekommen keine Unterschriften, wenn er ihre Namen nicht auf die Reihe kriegt.

Das fette und das hübsche Mädchen sehen beide das dünne Mädchen an. »Lou«, sagt das dünne Mädchen. Der Mann blättert einen Notizblock auf und fängt an zu schreiben. Lou nickt dem fetten Mädchen zu: »Norma«, nickt dem hübschen Mädchen zu: »Sandy«. Das ist der erste Reporter, den Lou auch nur halbwegs in ihre Nähe läßt. Weil er lange Haare und einen Bart hat und Jeans trägt.

»Noch in der High School?« fragt der Reporter im Plauderton.

»Ja, noch ein paar Wochen.« Lou bläst einen Rauchring. Der Fotograf knipst weiterhin Sandy.

»Wann haben Sie die Katze bekommen?« fragt der Reporter.

»Was?«

»Die Katze. Ihre Mutter ist aufs Dach gegangen, um eine Katze zu retten, oder etwa nicht?«

»Wir gehen besser rein«, murmelt Norma.

Dem Reporter läuft jetzt der Schweiß über die Stirn. »Soweit ich weiß, war eine von Ihnen dabei, als es passiert ist«, sagt er jetzt ernst.

»Wir waren alle dabei«, sagt Lou. Ihre Hand, die die Zigarette zum Mund führt, zittert. »Also gut, wir müssen gehen«, sagt sie und geht um den Reporter herum; sie ist kurz davor, die Fassung zu verlieren.

In der Leichenhalle fragt Sandy, wo die Toilette ist. Sie hat beschlossen, sich die falschen Wimpern wieder dranzukleben.

Nicht aus Eitelkeit, wie Lou denkt. Lou hat heute morgen gesagt: »Du hast zuviel Make-up drauf. Da glaubt doch keiner, daß du am Boden zerstört bist.« Also hat Sandy die Wimpern abgenommen, aber jetzt wünscht sie, sie hätte es nicht getan, und zwar nicht nur wegen des Fotografen. Sie versteht nicht, daß jemand so Kluges wie Lou noch nicht kapiert hat, daß die Leute einen um so besser behandeln, je besser man aussieht.

Sie klimpert mit den Wimpern, um zu sehen, ob sie festkleben. »Schönheit ist nur äußerlich«, sagt sie wie zur Entschuldigung zu sich selbst. Den Ausdruck hat sie immer so verstanden, daß nur, was äußerlich ist, schön ist.

Es schnürt ihr den Hals zu. Ein abscheulicher Gedanke ist ihr gekommen. Bei einer Obduktion entfernen sie einem alle Organe, oder? Sie weiß es nicht genau. Aber schon allein die Vorstellung, daß fremde Männer in ihrer Mutter herumwühlen... Sie meint, die Organe ihrer Mutter müßten in Whisky schwappen. Sie denkt an den Bauch ihrer Mutter und fängt an zu weinen und angelt in ihrer Handtasche nach Papiertaschentüchern. Schon bevor ihre Mutter gestorben ist, ging Sandy das deprimierende Bild ihres Bauches ein paarmal durch den Kopf. Sie stellte sich einen leeren Beutel mit Kordel vor.

Norma und Lou gehen in den Raum, wo ihre Mutter ist. Sonst ist noch niemand da. Sie sind eine Stunde zu früh, weil ihre Tante sie gestern angerufen und ihnen gesagt hat, sie sollten so früh da sein. Der Sarg ist an der gegenüberliegenden Wand zwischen grünen Pflanzen aufgebahrt, denen man schon an der Tür ansieht, daß sie aus Plastik sind.

Norma geht hin. »Ist sie ganz da drin?« flüstert sie. Nur der obere Teil des Sargs ist offen, und der untere scheint nicht lang genug zu sein.

»Das interessiert doch einen Scheißdreck«, sagt Lou mit fester Stimme. »Sie ist tot.« Letzte Nacht hat sich Lou die Seele aus dem Leib geweint. Ihre süße kleine Mutter, die Steptanz konnte... haben sie ihr die Beine abgeschnitten? Auf keinen Fall wird Lou in den Sarg gucken.

Sie geht zum Fenster und zieht die schweren Samtvorhänge auseinander. Ihr Vater schreit die Zeitungsleute schon wieder an. Sie stehen ungefähr sieben Meter von ihm entfernt und weichen nicht von der Stelle. Lou kann ihren Vater nicht hören, aber die Zeitungsleute nicken, als sei, was auch immer er schreie, überaus vernünftig.

Norma berührt die Spitze der kleinen Nase ihrer Mutter. »Ich bin's«, flüstert sie. Die Nase ihrer Mutter ist wie ein Kieselstein, kühl. Ihr Gesicht ist weiß und glatt wie ein Waschbecken; weil sie ihr alles Blut abgenommen haben, wird Norma klar. »Was machen sie mit dem Blut?« fragt sie Lou.

»Herr im Himmel«, sagt Lou und zündet sich noch eine *Export A* an. »*Interessiert* dich das wirklich?« Sie fragt sich, ob Sandy zur Toilette gegangen ist, um zu weinen. In ein paar Wochen will Sandy einen Typen heiraten, der das dämlichste Gesicht hat, das Lou je bei einem Menschen gesehen hat, der nicht mongoloid ist. Lou spürt auf einmal fast Panik; sie muß diese Hochzeit verhindern. So bald wie möglich. Heute.

Sie schließt die Augen. Was ist los, verdammt noch mal? fragt sie sich. Was schert es sie, wen Sandy heiratet? Vielleicht läuft ihre Mutter aus, und Lou hat Mutterinstinkte geschluckt. In Wales glauben die Leute, daß man die Sünden eines toten Menschen schlukken kann. Aber ihre Mutter hat keine Sünden begangen, und keiner kann Lou erzählen, daß sie doch *eine* hatte, die größte, denn die hat Lou immer als Opfer angesehen. Ihre Mutter hatte auch gar keine Instinkte mehr übrig, fällt Lou bei genauerem Nachdenken jetzt auf. Schmerz zu ertränken zählt nicht.

Als Lou die Augen öffnet, kommt Sandy am Arm eines Beerdigungsunternehmers in den Raum. Er gestikuliert in Richtung des Sargs, macht sich los und bleibt zurück, und Sandy preßt die Hände auf den Mund und kommt herüber und stellt sich neben Norma.

»Sie hat Lippenstift drauf«, sagt Sandy.

»Das machen sie immer«, sagt Norma.

»Aber sie hat nie pinkfarbenen Lippenstift getragen«, sagt Sandy, ihr bricht die Stimme. Sie bewegt eine Hand langsam nach unten und legt die Finger auf die Lippen ihrer Mutter. »Hat sie ihre Eingeweide noch drin?« fragt sie.

»Ich glaube, schon.«

»Sie sind in Formaldehyd eingelegt«, sagt Lou. Lou sieht immer noch zum Fenster hinaus. Ihr Vater hat gerade von dem Reporter einen Flachmann angenommen und schüttelt ihm nun die Hand. »Was für ein Arschloch«, sagt Lou.

Norma seufzt. Sie geht zu einem Stuhl und läßt sich darauffallen und nimmt die Brille ab, die drückt, seit sie in die Dachrinne gefallen ist. Sie weiß, Lou meint mit Arschloch nicht einen von den Zeitungsleuten, sondern ihren Vater. Lou sagt, sie haßt ihren Vater. Norma war nie fähig, ihn zu hassen, und könnte es ganz besonders jetzt nicht, wo er so einen mitleiderregenden Anblick bietet. Sogar Lou muß zugeben, daß er ihre Mutter geliebt hat. Was ihre Mutter in den Alkohol und wahrscheinlich auf das Dach getrieben und was ihn, zumindest teilweise, zu all den bösen, verrückten Dingen getrieben hat, die er getan hat, auseinandergetrieben hat es die beiden nie. Gestern hat Norma im Nachttisch ihrer Mutter den Nierenstein gefunden, den er ihr – als Glücksbringer und statt eines Verlobungsringes – an dem Abend geschenkt hat, als sie sich kennenlernten. Lou wollte ihn nicht ansehen. Lou gibt ihrem Vater die Schuld.

Lou wendet sich vom Fenster ab. Norma starrt sie ohne Brille an. Sandy weint leise, beugt sich tief über den Sarg. Anscheinend streichelt sie ihre Mutter im Gesicht.

»Was machst du da?« fragt Lou sie.

»Ich male ihre Lippen anders an«, schluchzt Sandy.

Lou wird speiübel. »Ich muß an die Luft«, sagt sie und verläßt den Raum.

Als sie in der Eingangshalle um eine Ecke biegt, trifft sie ihren Vater.

»Oh, hallo!« sagt er überrascht.

Von seiner Whiskyfahne dreht sich ihr der Magen um. »Der letzte Raum links«, sagt sie und schiebt sich an ihm vorbei.

Sie öffnet eine Tür »Ausgang« und ist auf dem Parkplatz. Die Hitze erschlägt sie. Der Fotograf ist weg, aber der Reporter ist noch da, lehnt im Schatten an einem Auto. Er richtet sich auf und kommt herüber.

»Warum hängen Sie immer noch hier rum?« fragt sie.

»Ich warte auf Sie.« Er gibt ihr Feuer. Seine Handrücken und seine Unterarme haben einen dichten schwarzen Haarteppich. »Also«, sagt er, »war es ein Unfall oder was?«

»Hat der Whisky meinem Vater die Zunge nicht gelöst?« fragt sie ironisch.

»Ich würde gern hören, was Sie zu sagen haben.«

Sie fragt sich, warum sie es ihm nicht erzählt. Es geht ihn zwar nichts an, aber das ist nicht der Grund.

»Vertraulich«, sagt er. »Streng unter uns, Sie und ich.«

»Ihnen und mir«, korrigiert sie ihn.

Er beugt den Kopf nach vorn, um ihr ins Gesicht sehen zu können. Er hat auch eine Whiskyfahne.

»Ich muß wieder rein«, sagt sie und schmeißt die angerauchte Zigarette weg.

»Ach, komm!« Er hält sie am Arm fest.

»Loslassen.«

»Eine Minute, okay?«

»Verpiss dich, okay?«

Sie starren sich an. Er läßt die Hand sinken.

Auf der Toilette sucht sie nach Füßen unter den Kabinentüren. Sieht keine. Sie schließt sich in eine Kabine ein und fängt an zu weinen. Sie kann es nicht glauben, es macht sie wahnsinnig, denn gestern abend hat sie sich schon eingebildet, das Herz bleibt ihr stehen.

Weswegen weint sie? Nicht wegen ihrer Mutter und wegen des Babys; bei dem bloßen Gedanken an das Baby hatte sie schon geweint und es doch nicht behalten wollen. Über diese beiden Tode, auf jeder Seite einen, weint sie nicht.

Sie weint, weil... Sie weiß nicht, warum. Aber als sie sich ausgeweint hat, ist ihr vor Erleichterung schwindelig. Nein, es ist mehr als Erleichterung – es ist dasselbe Gefühl, das sie oben auf dem Dach mit ihrer Mutter und Norma hatte (obwohl sie sich nie von allen so isoliert gefühlt hat), als sie hoch über der ganzen Vorstadt war und die Wolken von Horizont zu Horizont zogen und sie an einen großen Vogelschwarm denken mußte. Der Wind zerrte an ihrem Haar. Es war warm und windig. Weder dunkel noch hell. Ihr Vater konnte nicht zu ihr. Er konnte nicht auf die Leiter klettern! Ihre Mutter kletterte aber nicht herunter. Es war ein Unentschieden, die Zeit blieb stehen. Etwas würde geschehen – das spürte Lou, obwohl sie nicht wußte, daß es etwas so Schreckliches sein würde –, aber in den ein, zwei Minuten, die aussetzten, war Lou im Himmel, sogar kurz davor, zu fliegen. Hätte aus Furchtlosigkeit das getan, was ihre Mutter ein paar Sekunden später zu Tode erschrocken tat.

Weihnachten

1959

Zwischen Geschenkeaufmachen und Frühstücken holte ihr Vater immer seine Bibel und las aus dem Lukas-Evangelium vor, Kapitel zwei. Aus irgendeinem Grunde verließ ihre Mutter an dem Punkt immer das Zimmer, und an diesem ersten Weihnachtstag fanden die Mädchen heraus, warum sie das tat; sie waren damals noch ziemlich jung (Sandy acht, Lou neun, Norma zehn). Es sollte noch Jahre dauern, bis sie die Verbindung zwischen ihrem eigenen kleinen Bruder und der Aversion ihrer Mutter gegenüber der bloßen Erwähnung von Babies begriffen, einschließlich des Babys Jesus.

Lou hatte keine Angst vor Gott (wie viele Male hatte sie ihn herausgefordert, sie zu erschlagen, sein Angesicht zu zeigen, einen Busch zu verbrennen?), sie war diejenige, die die Bibelgeschichten behielt und darüber nachgrübelte und sie manchmal abends im Bett ihren Schwestern erzählte, die folglich genau wie sie glaubten, daß Jesus in Calgary gestorben sei, wo jetzt die Cowboys waren. Sie kamen darauf, weil er in einem kleinen Stall geboren war, und obwohl er an ein Kreuz genagelt sterben mußte, fanden sie, habe er unglaubliches Glück gehabt, weil er nicht nur zwischen Tieren geboren war, sondern Erwachsene vor ihm gekniet und ihm wertvolle Geschenke mitgebracht hatten. So wurde man nur behandelt, informierte Lou ihre Schwestern, wenn der Vater keinen Samen in die Mutter pflanzte – wenn der Vater nichts damit zu tun hatte, wie man gemacht worden war.

Kein Samen bedeutete auch, daß die Mutter rein war, wie ein reiner blauer Himmel oder reines Gold. Die Mädchen setzten die Reinheit der Jungfrau Maria mit sanfter, makelloser, hohler, kristallklarer Schönheit gleich. Sie liebten sie wegen ihrer Reinheit und weil sie wie ihre Mutter war – sanft und mild und so wie ihre Mutter hieß und anders war als alle anderen Mütter.

Anstatt den ganzen Tag im Haus zu arbeiten und hin und wieder auszugehen, um einzukaufen oder die Veranda zu fegen, ging ihre Mutter nur einmal im Jahr aus dem Haus. Die ganze übrige Zeit, von sechs Uhr morgens bis elf Uhr abends, sah sie fern. Nur wenn im Herbst Tante Betty die alten Kleider von Cousine Mary Jane vorbeibrachte, tat sie etwas anderes. Dann kamen die Mädchen aus der Schule und hörten im Keller die Nähmaschine summen. »Was machst du?« schrien sie dann und rannten zu ihr hinunter. »Wer blöd fragt, kriegt blöde Antworten«, erwiderte ihre Mutter. Sie arbeitete schnell, biß den Faden mit den Zähnen ab. Ihre Hände zitterten nicht. Im Handumdrehen gab's für jede ein neues Kleid.

Manchmal inspirierten sie diese Nähanfälle zu anderen Aktivitäten. »Lou«, sagte sie dann, »geh und kauf mir einen Beutel Kochäpfel.« Dann backte sie einen gedeckten Apfelkuchen. Sie konnte steptanzen, und wenn sie bettelten und ihr Vater noch nicht zu Hause war, holte sie ihre Stepschuhe aus der Truhe und klackte ein »Tea for Two« für sie.

Der Weihnachtstag war der einzige Tag, an dem sie das Haus verließ. Nach dem Frühstück zog sie sich den Hüfthalter an, den schwarzen Unterrock, das schwarze Kleid mit den kleinen roten und blauen Blumen, neue Nylonstrümpfe, die ihr Vater immer am Tag zuvor mitbrachte, glänzend schwarze hochhackige Pumps, und sie malte sich die Lippen tomatenrot an, wie damals in ihren Tingelzeiten. Sandy – die ihr Ebenbild war, so golden und fragil, daß auf der Straße Frauen in sehnsüchtigem Ton drohten, sie mitzunehmen – geriet in Entzücken, wenn sie ihrer Mutter beim Anziehen zusah. Jedes Jahr behielt sie das Stück Toilettenpapier, auf das ihre Mutter die Lippen preßte; sie schnüffelte den Duft des Lippenstiftes und küßte den einsamen, schwebenden Mund und legte das Papier dann in ihre eigene weiß eingeschlagene Bibel, zwischen zwei Seiten nur mit roten Worten, die alle Jesus sprach. Bisher hatte sie drei Münder ihrer Mutter darin.

Sie steckten alle in ihren besten Kleidern, weil sie zu Onkel Eugene und Tante Betty fuhren. Ihre Mutter nannte es Auf-Tournee-Gehen. Ihr Vater war mit den Nerven immer völlig am Ende, wenn er sie hinfuhr. Er rauchte Kette, schrie sie an, sie sollten hinten auf dem Rücksitz die Klappe halten. Dieses Jahr fuhr er sie fast in einen parkenden Lastwagen und hätte sie alle umgebracht, ohne es zu merken. Über das Bremsenkreischen hinweg fragte er ihre Mutter zum zehnten Mal, ob sie glaube, daß Mary Jane Cindy-die-Mardi-Gras-Puppe gefallen würde.

»Sie wird vor Freude tanzen«, sagte ihre Mutter.

Er schüttelte den Kopf. »Scheiß der Hund drauf«, sagte er. »Die ganze verdammte Angelegenheit ist völlig außer Kontrolle geraten.«

Lou murmelte: »Für wen hält er die fette Mary Jane eigentlich? Die Queen?« Aber sie wußte (ihre Mutter hatte es ihnen nämlich letztes Jahr erzählt), daß ihn nicht das Geschenk für Mary Jane an Weihnachten immer so aufregte, sondern daß Onkel Eugene ein reicher Bankdirektor war und ein Oldsmobile fuhr, obwohl er der jüngere Bruder und nur nach dem Mann benannt worden war, der »Wynken, Blynken and Nod« geschrieben hatte, während ihr Vater, der ältere Bruder und nach einem Präsidenten der Vereinigten Staaten, James Agar Field, benannt, gebrauchte Autos verkaufte und einen alten Packard fuhr. »Brüderliche Rivalität«, erklärte ihnen ihre Mutter. »So wie bei Kain und Abel.«

Es stellte sich heraus, daß Mary Jane schon eine Cindy-die-Mardi-Gras-Puppe besaß. Sie ließ die, die sie ihr schenkten, wieder in die Schachtel fallen, wo sie mit dem Gesicht nach unten landete und die Taftunterhosen herausguckten. Ihr Vater zückte die Brieftasche und versuchte, Onkel Eugene Geld zu geben. »Kauf ihr, was sie will«, sagte er. »Die größte Puppe im Laden.«

»Ich hab die größte Puppe«, sagte Mary Jane ungerührt.

Von Tante Betty und Onkel Eugene bekamen die drei Schwestern etwas, das ihnen wie eine erstaunliche neue Erfindung vorkam – weiße Rollschuhe, die man wie Schlittschuhe schnürte.

»Das Beste vom Besten«, sagte Onkel Eugene zu ihrem Vater. »Direkt aus Deutschland.« Er sagte Sandy, sie solle herkommen und ihrem alten Onkel Eugene einen dicken Kuß geben, aber sie küßte statt dessen Tante Bettys weiche, nach Puder riechende Wange, und Tante Betty umarmte sie zu fest und kreischte: »Oh, meine kleine Schöne!«

»Mary Jane!« schrie Onkel Eugene. »Geh und zeig deinen Cousinen, was du bekommen hast.«

»Kommt schon«, sagte Mary Jane und ging aus dem Zimmer. Ihre Mutter stand auf, um sich in die Küche zu verdrücken, aber Tante Betty kreischte sie an, sie solle sich hinsetzen, sie werde ihr einen Drink besorgen.

»Ginger Ale«, sagte ihre Mutter und gab ihr das Glas.

»Das möcht ich erleben!« rief Tante Betty.

Mary Jane führte den Weg durch den langen Flur an, schwenkte ihren Körper hin und her, um mit ihrem wirbelnden weiten Rock anzugeben und sie daran zu erinnern, daß sie die Älteste war und in ihrem Haus gehen konnte, wie es ihr paßte. »Gleich kriegt ihr was zu sehen«, sagte sie.

»Was denn?« fragte Sandy.

»Warte doch.«

Es war eine Mary Jane-Puppe. Sie stand in der Mitte des Zimmers, die Arme in einer Ich-bin-dein-Pose hochgereckt. Es war die große Puppe, von der Mary Jane vorher gesprochen hatte. Unglaublich, sie hatte Mary Janes häßliches Gesicht und war genauso fett wie sie. Eine fette, häßliche Puppe, die Mary Janes pinkfarbenes Chiffonkleid trug und den pinkfarbenen Reifen in dem dicht gelockten braunen Haar, und sie trug sogar Mary Janes spitzige pinkfarbene Brille.

Mary Jane stolzierte zu ihr hin und richtete in einer ärgerlichen mütterlichen Geste ihren Haarreif. Sie sagte, ein Mann, der eine Puppenfabrik besitze, habe sie nach Fotos gemacht, die Tante Betty ihm gegeben habe. Ihr Kopf allein koste hundert Dollar.

»Wie heißt sie?« flüsterte Sandy. Sie hatte einen Kloß im Hals. »Mary Jane?«

»Nein. Annette.«

»Annette Funicello?«

»Annette Funicello Field.«

Sandy ging hinter die Puppe, und das war besser, weil sie das Gesicht nicht mehr sah. Ganz vorsichtig berührte sie die Haare mit den Fingerspitzen.

»Paß auf«, schimpfte Mary Jane. »Ihr Kopf ist zerbrechlich.«

Sandy ließ die Hand rasch sinken. Natürlich war sie eifersüchtig, aber was sie fast zum Weinen brachte, war die Häßlichkeit der Puppe (denn schon mit acht Jahren war Sandy Ästhetin), und noch niederschmetternder war die Einsicht, daß Tante Betty, die sie sich immer vorgestellt hatte, wie sie sich bei einer Sternschnuppe eine wunderschöne Tochter wünschte, in Wirklichkeit noch mehr Mary Janes wollte, daß sie wollte, Mary Jane hätte eine Schwester oder ein Baby... oder was auch immer eine so große Puppe darstellte.

Norma sagte großzügig: »Sie ist schön«, obwohl sie nicht mit Puppen spielte und fest davon überzeugt war, daß diese hier für ihre Cousine eine absolute Qual sein mußte. Norma sah die Puppe noch einmal an und spürte, wie sie rot wurde. Es hieß immer, eigentlich sähen Norma und Mary Jane wie Schwestern aus.

»Sie ist *fett«,* sagte Lou. Sie zog der Puppe das Kleid hoch. »Dicker fetter Hintern«, sang sie. »Dicker fetter Hintern.«

»Laß sie in Ruhe«, kreischte Mary Jane. »Ich sag's.«

»Wen interessiert das schon«, sagte Lou und fiel auf den pinkfarbenen Teppich, der den ganzen Boden bedeckte.

Mary Jane fummelte an Annettes Haarreif herum. »Ich weiß was, was ihr nicht wißt«, sang sie.

Sandy fragte: »Hat es was mit Annette Funicello Field zu tun?« Sie konnte der Versuchung nicht widerstehen, den einen Puppenarm herunterzubiegen und ihren Finger in deren gekrümmte Hand gleiten zu lassen. Was war, wenn die Hand ihre Hand drückte? Sie würde schreien.

Mary Jane antwortete nicht. Sie sang bloß weiter, daß sie etwas wüßte, was sie nicht wüßten, bis Lou ihr den Arm auf dem Rücken herumdrehte und befahl, es zu erzählen.

»Okay«, sagte Mary Jane, die keine Prügelei anzetteln wollte. »Aber vergeßt nicht, ihr habt mich dazu gezwungen.«

Sie gingen in den Keller in Onkel Eugenes Werkstatt. Als sie alle drinnen waren, machte Mary Jane die Tür hinter ihnen zu und zog an der Schnur der Glühbirne, die an einem Kabel herunterhing. Onkel Eugenes Werkzeug lag unordentlich auf einer Bank. Für jedes einzelne hatte er an die Wand, wo es hingehörte, den Umriß in Weiß gemalt. Norma sagte: »Das machen sie um deine Leiche, wenn du auf der Straße ermordet wirst.«

»He!« schrie Lou. »Tante Betty! Ha, ha. Ei-ei-ei-eiei!« Sie zeigte auf einen Kalender mit dem Farbfoto einer fremden Dame mit gigantischen Brüsten, die mit übereinandergeschlagenen Beinen oben auf einer Leiter saß und sich die Nägel mit einer Säge feilte.

»Ich hab's«, sagte Mary Jane und zog eine kleine Metallkiste hinter einem Stapel Bretter hervor.

»Na, großartig«, sagte Lou. »Was ist da drin?«

Norma fragte: »Die Hand von einem toten Mann?«

»Wenn ich euch das erzählte, würdet ihr das selbst in einer Million Jahren nicht glauben.« Mary Jane hob die Kiste auf einen Stuhl und nahm den Deckel ab.

Papiere und Briefe waren drin. Mehr nicht.

Lou schubste Mary Jane weg. »Laß mal sehen.«

»Hör auf!« sagte Mary Jane wütend. Sie wühlte sich durch den Haufen und zog von ganz unten ein Papier heraus. Ein Stück zusammengefalteter Zeitung. Sie warf den Deckel wieder zu und breitete das Papier darauf aus.

»Lies das!« schrie sie Lou an. »Lies das doch mal, du Klugscheißerin. Ich hasse dich!«

Norma hatte eine böse Vorahnung. In ihrem Kopf war ein kaltes Licht, sie wußte, das war eine Warnung Gottes, aber über Lous Schulter las sie mit.

»Montag, einunddreißigster Mai neunzehnhundertachtundvierzig«, las Norma laut vor. »Pah, da waren wir ja noch nicht mal geboren.«

Lou zog das Papier dichter an sich heran. »Ist das Mommy?« fragte sie. »Das ist Mommy.«

»Das ist eure Mutter!« schrie Mary Jane.

»Laß mich sehen!« schrie Sandy und quetschte sich zwischen ihre großen Schwestern. Es war eine Fotografie von ihrer Mutter in einem dunklen Kostüm und mit einem Hut, an dem eine kleine weiße Feder steckte. Sie sah überrascht aus. Hinter ihr war das Gesicht ihres Vaters, das sah ärgerlich aus und zu jung, als daß es ihr Vater sein konnte.

Norma fing an, die Überschrift laut vorzulesen: »Keine Anlage–«

»– *Anklage«,* unterbrach Lou sie. »Keine Anklage erhoben –«

»– bei Babytod in den Niagarafällen«, lasen Norma und Lou zusammen.

Norma sah zu ihrer Cousine hoch. Mary Janes Wangen waren kirschrot, genau wie die ihrer Puppe. »Lest doch!« schrie Mary Jane.

»Tra –«, sagte Lou und machte mit dem Untertitel weiter. Sie stupste Norma an. »Was ist das für ein Wort?«

»Tragischer«, sagte Norma. »Tragischer Unfall, stellt Gericht fest.«

Sandy holte tief Luft. »Ein Baby ist gestorben«, flüsterte sie mit weit offenen Augen und hielt sich die Hände vor den Mund.

»Ihr habt einen Bruder gehabt«, platzte Mary Jane heraus. »Ich wußte es. Ich wußte es, bevor ihr es gewußt habt!«

»Hast du nicht«, sagte Sandy. Sie stand auf Zehenspitzen, damit sie über Lous Arm gucken konnte. Lou glitt mit dem Finger unter den Worten entlang, während Norma laut weiterlas.

»Ein Sonntagsausflug...«, las Norma. Sandy tat so, als ob sie mit ihr läse, und sagte »Ausflug«.

»Kein Zeug hat sich gemeldet«, las Norma.

»Kein Zeug«, echote Sandy leise.

»Kein *Zeuge!«* schrie Mary Jane. »Ihr Blödmänner! Ihr könnt ja nicht mal lesen. *Ich* lese es.«

»Halt den Mund!« schrie Lou und gab ihrer Cousine einen Schubs. »Halt deine große fette Fresse.«

Norma las weiter. »Er ist mir aus den Armen gefallen, gab... gab... gab Mrs. Field an...«

Sandy murmelte: »Er ist mir aus den Armen gefallen, sagte Mommy.«

»Das Schicksal von Baby Jimmy...«, las Norma.

»Baby Jimmy«, wiederholte Sandy und dachte, das müsse ihr Vater sein, als er ein Baby war.

»Lest, was am Schluß steht«, schrie Mary Jane. Ihr Arm schoß an Sandys Gesicht vorbei.

»Au!« protestierte Sandy. Die Pailletten an Mary Janes Ärmel hatten sie am Kinn gekratzt.

»Seht ihr!« schrie Mary Jane und stieß einen Wurstfinger ans Ende der Spalte. »Seht ihr, da steht: Die gerichtliche Entscheidung fiel... trotz...« Sie schnalzte ungeduldig mit der Zunge. »Ist ja auch egal, da steht, daß eure Mutter das Baby in die Niagarafälle geschmissen hat. *Geschmissen,* nicht fallen gelassen. Weil er nämlich auf dem Boden gelandet wär, wenn sie ihn nur fallen gelassen hätte.«

»Du lügst! Du lügst!« rief Lou.

»...das Uferstück«, las Norma, »zwischen der Mauer und dem Wasser.«

Lou riß den Zeitungsausschnitt an sich, und Norma trat zurück. Oben sang ein Mann ein Weihnachtslied im Radio »...Kastanien rösten am offenen Feuer«. Das machen doch Cowboys, dachte Norma. Sie stolzierte zu der Dame auf dem Kalender und berührte mit einem Finger die rechte Brustwarze. Sie erstarrte mit dem Finger in der Luft, fassungslos ob ihrer Dreistigkeit.

»Ihr habt gesagt, ich soll es euch zeigen.« Mary Jane klang ängstlich.

Lou starrte auf das Foto ihrer Mutter und ihres Vaters. Sie hatte das Gefühl, als sei es eine Angelegenheit von Leben und Tod, daß ihr einfiel, ob sie den Hut mit der Feder schon mal gesehen habe.

»Ist das Baby gestorben?« fragte Sandy. Mary Jane versuchte, die Zeitungsseite wieder an sich zu nehmen, aber Lou zerknüllte sie zu einem Ball.

»Das wirst du mir büßen!« schrie Mary Jane.

Lou warf mit aller Kraft den Ball auf sie, marschierte zur Werkbank und nahm den Hammer. Mary Jane kreischte. Sandy kreischte. Oben im Wohnzimmer bummerten sie auf den Fußboden, sie sollten nicht so laut sein. Lou verließ mit dem Hammer den Raum und ging hinauf. Sie marschierte einfach am Wohnzimmer vorbei, durch ihren daraus hervordonnernden Namen hindurch. Den Flur hinunter in Mary Janes Schlafzimmer.

»Bleib stehen!« sagte Annette Funicellos eine erhobene Hand.

Lou schwang den Hammer über sich im Kreis herum.

Sie schwang den Hammer über sich im Kreis herum, ging aber nicht weiter auf die Puppe zu. Ihr Ziel war schon nicht mehr dieser stumme, unschuldige, ein-hundert-Dollar-zerbrechliche Kopf, sondern die echte Mary Jane.

Nein, zurück zu *ihm!* (Sie hörte ihn durch den Flur kommen.)

Um Mitternacht ging Sandy auf Zehenspitzen ins Schlafzimmer ihrer Schwestern.

Sie wünschte, sie und Norma hätten zusammen ein Zimmer. Norma hatte ein rundes Gesicht mit glatten, rosa Herzchenwangen, und auf ihr saß man weich und bequem; in einem Spiel, das sie Stuhl nannten, ließ sie Sandy immer auf sich sitzen und hinunterfallen. Ihre Stimme war tief und schwebend. Sie wurde nie so wütend wie Lou. Lou war nicht mal die Älteste, aber sie glaubte, sie sei der Boß, wenn ihr Vater nicht da war.

Sandy ging an Normas Bett. »Schläfst du schon?« flüsterte sie.

»Nöh, wir können nicht schlafen«, sagte Norma. Sie und Lou hatten festgestellt, daß es deshalb keine Fotografien von nach der Hochzeit ihrer Eltern gab, drei Jahre lang keine. Und sich daran erinnert, als ihre Mutter noch mit zu Ausflügen kam, als sie einmal alle im Auto waren, hatte Lou gefragt, ob sie wohl mal zu den Niagarafällen fahren könnten. Da hatte ihre Mutter ihren Vater, noch ehe er was sagen konnte, anhalten lassen und war ausgestiegen und einfach eine halbe Stunde oder so zwischen Büschen herumgelaufen. Und sie wußten noch, wie dieser purpurrote Pillbox-Hut (nur der guckte über den Büschen heraus) herumgegeistert war.

Norma und Lou erzählten sich gegenseitig diese Entdeckungen und warteten in langen Schweigepausen auf ein uneingeschränktes, dauerhaftes Gefühl, wie es war, einen kleinen Bruder zu haben, der tot war, weil die eigene Mutter ihn hatte fallenlassen.

Norma sprach ihre Mutter von jeglicher Schuld frei. Sie hatte schon etliche Babies im Arm gehalten und wußte, wie sie sich wanden, wie leicht es war, eins fallen zu lassen. Sie konnte es sich richtig ausmalen – ihre Mutter, von den Niagarafällen abgelenkt, eine Sekunde lang unaufmerksam, schrie: »Oh, mein kleiner Jimmy!«, aber weg war er, rollte über das Ufer und stürzte mit dem Wasser in die Tiefe. Wurde er ganz zerschmettert? Da Norma nie Wasserfälle gesehen hatte, stellte sie sich das Wasser nach dem Fall ruhig vor. Sie stellte sich vor, wie Jimmy mit einem gestrickten weißen Mützchen Hundeschwimmen machte, und seine Decke trieb um ihn herum wie ein Seerosenblatt.

Was, wenn es Sandy gewesen wäre? Dieser Gedanke kam ihr auf dem Rückweg von Onkel Eugene und Tante Betty, und sie zog ihre kleine Schwester an sich und hielt sie fest, bis sie zu Hause waren.

Ein anderer Gedanke ging Norma auch immer wieder durch den Kopf: das Alter ihres Bruders: zwölf. Im Februar würde er zwölf, wenn er noch lebte. Das rechnete sie sich anhand des Datums auf der Zeitung und anhand dessen aus, wie alt er war, als er fiel, denn das war auch in der Geschichte angegeben. Er hätte mit ihr gespielt – Fangen, Fußball, Straßenhockey. Sie beide hätten Spiele gespielt, die Mädchen nicht spielen und Jungen nicht mit ihr spielten. Zwölf. Einen zwölfjährigen Bruder hätte sie jetzt, wenn ihre Mutter ihn nicht aus Versehen hätte fallenlassen.

Lou glaubte nicht, daß es ein Unfall war, doch sie schob es ihrer Mutter nicht in die Schuhe, denn wer hätte dieses verdammte Baby nicht geworfen, das Lou jetzt als ihren Vater sah. Er als Baby – mit Bürstenhaarschnitt, wegen jeder Kleinigkeit auf hundertachtzig. Immer am Plärren. Gleichzeitig war sie wütend auf ihren Vater, weil er ihn nicht gerettet hatte. Warum nicht? Im Krieg war er aus seiner Deckung gerannt und hatte einen Mann gerettet, der angeschossen worden war. In Mary Janes Schlafzimmer hatte sie versucht, ihm mit dem Hammer eins überzuziehen, aber bevor sie das schaffte, hatte er ihn ihr abgenommen, sie übers Knie gelegt und ihr eine Tracht Prügel verabreicht. Dann zerrte er sie durch den Flur hinter sich her und befahl ihr, Onkel Eugene und Tante Betty zu sagen, daß es ihr leid tue. Aber da glaubte sie schon, »Ich bin eine Puppe« (sie hatte sich selbst in eine Puppe verwandelt), wie konnte sie da weinen oder sprechen oder böse sein, geschweige denn, sich entschuldigen. Wieder prügelte er auf sie ein. Er prügelte immer weiter, bis Onkel Eugene ihn in die Küche zog, wo er ihm mit leiser Stimme, die sie aber trotzdem im Flur hören konnten, das mit dem Zeitungsausschnitt unten erzählte. Ihr Vater sagte: »Himmelherrgottsakra« – an Weihnachten. Als er aus der Küche kam, ging er steifbeinig zur Garderobe und fing an, ihre Mäntel, Handschuhe und Mützen herauszuwerfen. Der Pillbox-Hut ihrer Mutter rollte die drei Stufen hinunter ins Wohnzimmer. »Zieht euch an«, sagte er.

»Was ist mit dem Abendessen?« kreischte Tante Betty.

Im Auto zupfte Lou ihre Mutter hinten am Pelzkragen. Sie wollte, daß ihre Mutter sprach, wenn es auch nur ein geflüstertes »Hör auf« war, aber ihre Mutter tat, als merkte sie nichts, und ihr Gesicht im Rückspiegel war verträumt. Lou ließ sich in den Sitz zurückfallen. Neben ihr flüsterten Norma und Sandy. Lou sah aus ihrem Fenster und ließ zu, daß ihr die Tränen in die Augen stiegen, weil sie zu Unrecht verprügelt worden und weil sie die Tochter ihres Vaters war. Seine Wutanfälle. Sein Geschrei und Gemecker. Seine ganzen Regeln. In der Minute, in der er von der Arbeit nach Hause kam, mußten sie, Norma und Sandy sich im Eingangsflur zur Inspektion in Reih und Glied aufstellen. Wenn sie es nicht taten oder den Anforderungen nicht genügten, befahl er ihnen, sich auf der Stelle zu waschen oder umzuziehen. Welche Väter machten so was? Nach der Musterung ging er hinaus und sah die Straße hinauf und hinunter, um sich über irgend etwas gehörig aufzuregen: den blühenden Löwenzahn der Nachbarn, ihre schmutzigen Autos, ihre nichtgefegten Auffahrten, ihre lauten Kinder.

Sie war froh, daß sein Baby gestorben war. Sie wußte, daß ihre Mutter es geworfen hatte. Aber aus irgendeinem Grunde hielt sie den Rest des Tages den Mund, redete selbst jetzt mit Norma nicht darüber.

Sandy kletterte in Normas Bett, unter die Bettdecke. Langsam hob sie die Arme. »Mommy hat unseren Bruder in die Niagarafälle geworfen«, sagte sie wehmütig.

»Ihn *fallen*lassen«, sagte Norma.

»Es war ein tragischer Unglücksfall«, fauchte Lou aus dem anderen Bett. Sie wollte nicht, daß das verdammte Gör anfing zu weinen und ihnen allen dreien Ärger machte.

»Kannst du uns eine Geschichte erzählen?« fragte Sandy sie.

»Was für eine?«

»Von David.«

Lou seufzte. »Gut, okay.« Sie wartete, bis ihre Schwestern zu ihr ins Bett geklettert waren, jede auf eine Seite. »Es begab sich aber«, sagte sie in ihrer ruhigen, ausdrucksvollen Geschichtenerzählstimme, »daß eine Frau einen Knaben hatte und ihn davor bewahren wollte, daß er vom König ermordet wurde, also bedeckte sie ihn mit Schlamm und tat ihn in ein Körbchen im Schilf.«

»Nein, das ist Moses«, sagte Sandy.

»Ja«, sagte Lou, als sie merkte, daß es stimmte. »Ich weiß.«

Sandy wachte als erste auf. Sie war an Normas Bauch gekuschelt und schaute direkt in Lous Gesicht, das so friedlich aussah, wie es Sandy noch nie gesehen hatte, wenn Lou wach war. Acht Jahre später sollte Sandy zwischen Zwillingsbrüdern auf einem vibrierenden Bett liegen und die Augen öffnen, nachdem sie geträumt hatte, daß sie nicht zwischen diesen beiden Brüdern, sondern zwischen ihren Schwestern schlief. »Ich bin nicht nymphomanisch!« sollte sie ausrufen und sich dann vor Erleichterung und um der alten Zeiten willen die Seele aus dem Leibe weinen.

Jetzt flocht sie sehr sanft eine Strähne von Lous langem dunklen Haar um ihr eigenes Handgelenk. Sie machte ein Lou-Haar-Armband. Sie machte es ganz still und sanft, aber Lou wachte trotzdem auf und sagte: »Der Fernseher ist nicht an.« Sandy schüttelte das Armband ab. »Irgendwas ist«, sagte Lou, sprang aus dem Bett und lief durch den Flur ins Schlafzimmer ihrer Eltern.

Ihr Vater stand am Fenster und las das Fieberthermometer ab. »Hm, da hat sich eure Mutter die Grippe eingefangen«, sagte er, als sei das nicht gerade der erste Preis.

Norma und Sandy kamen ins Zimmer und stellten sich neben Lou, die ihrer Mutter die Stirn fühlte. Sie schlief auf dem Rücken, die Decken hatte sie alle abgeworfen.

»Sie ist am Verbrennen«, flüsterte Lou.

»Sogar ihre Hand«, flüsterte Norma und streichelte sie.

Sandy fühlte die andere Hand, die dünnen Finger, glatt und damenhaft, weil sie nicht damit arbeitete. »Es tut uns leid«, flüsterte sie. Sie nahm an, daß das Fieber ihrer Mutter davon kam, weil sie das über ihren Bruder herausgefunden hatten.

Obwohl ihr Vater zu Hause war, mußten sie sich den Rest des Tages um sie kümmern. »Wenn man im Dienst ist, kann man sich nicht leisten, krank zu werden«, sagte er. Ihre Mutter wachte überhaupt nicht richtig auf. Sie bedachten nicht, daß sie sie zur Toilette bringen mußten, und irgendwann nach dem Lunch machte sie ins Bett. Da war ihr Vater gezwungen, zu kommen und sie in den Flur zu tragen, wo er ihr ein anderes Nachthemd anzog, während Norma und Lou die Bettwäsche wechselten. In der Nacht schlief er auf der Couch.

Als sie am nächsten Morgen zu ihr kamen, war sie wach. Sie sprach nicht, sondern sah sie alle der Reihe nach an, als habe sie ihnen etwas Wichtiges mitzuteilen. »Was?« bedrängten sie sie. Sie brachten ihr eine Schüssel Frosties und versuchten sie zu füttern, aber sie kaute nicht und schluckte sie schon gar nicht herunter, und dann hatte Lou die Idee, ihr einen bunten Partystrohhalm in den Mund zu stecken. Nachdem sie die ganze Milch aus der Schüssel gesaugt hatte, gingen sie mit ihr ins Badezimmer, Lou stützte sie auf der einen Seite und Norma auf der anderen. Lou und Norma rieben ihr auf das Nachthemd Deodorant unter die Arme und putzten ihr die Zähne, während sie auf der Toilette saß, und Sandy kämmte ihr das lange wellige Haar, so golden wie ihr eigenes, damit verwob sie es, weil sie sich freute, daß es ihrem so ähnlich war. Die ganze Zeit fragten sie sie, wie es ihr ginge, und baten sie inständig zu antworten, aber sie konnte kaum die Augen aufhalten.

»Füllt sie mit Flüssigkeiten ab«, befahl ihr Vater, als er von der Arbeit aus anrief. Er schlug Suppe vor, Ovomaltine, Kondensmilch, Saft. Jede Flüssigkeit im Haus, außer ihrem »Kaffee«.

Sechs Tage lang ging es ihr unverändert. Die meiste Zeit schlief sie, fieberte, warf sich hin und her, redete wirres Zeug. Offensichtlich verstört. »Ich möchte wissen, wovon sie träumt«, sagte Norma.

»Von Fernsehsendungen«, stellte Lou fest. »Alle durcheinander. Hoss und Lassie und Beaver.«

»Ja«, sagte Norma. »Und sie kämpfen alle gegeneinander, und die Sendung hört nie auf.«

Die Mädchen kamen gar nicht auf den Gedanken, daß ein Arzt nach ihrer Mutter sehen müßte. Es kam sowieso nie jemand zu ihnen, der nicht mit ihnen verwandt war. Einmal rief Tante Betty an, um zu hören, ob sich alle von Weihnachten erholt hätten, und Norma erzählte ihr, daß ihre Mutter Grippe hätte, aber es fiel ihr nicht ein, um Hilfe zu bitten. Sie und Lou machten sowieso alles im Haus. Sandy kümmerte sich nur um das Flicken. Das hatte eines Tages angefangen, als sie, ohne darum gebeten worden zu sein, Flicken auf die durchgescheuerten Ellenbogen in dem roten Flanellhemd ihres Vaters genäht hatte. Es stellte sich heraus, daß sie auch stopfen konnte. In dem Bereich hatte sie das Talent ihrer Mutter. Und weil sie die Miniaturausgabe ihrer Mutter war, mußte man sich auch nicht großartig darüber wundern. Deshalb wurden ihr ja auch keine anderen Hausarbeiten aufgedrückt – keiner konnte sich vorstellen, daß sie noch zu etwas anderem gut war.

»Wie sieht's mit Essen aus?« fragte Tante Betty.

»Wir haben bald kein Zeug mehr für Mommy zu trinken«, gab Norma zu.

»Na, *das* ist ja Glück im Unglück!« kreischte Tante Betty.

In Wirklichkeit hatten sie nicht nur keinen Saft und keine Suppe und keine Milch mehr, sondern fast überhaupt nichts mehr. Lou rief ihren Vater an, um es ihm zu sagen, und er kam in der Mittagspause mit etwas Einkaufsgeld vorbei.

Normalerweise machte es Lou nichts aus, einzukaufen. So kam sie aus dem Haus und konnte sich nebenbei immer ein paar Schokoladenriegel besorgen. Aber heute machte es ihr was aus. Sie hatte Angst, daß ihre Mutter starb, wenn sie weg war, oder zur Toilette mußte. Und es hatte einen Schneesturm gegeben und dann eiskalten Regen, so daß sie auf dem Heimweg ihre ganze Kraft brauchte, um den vollgeladenen Einkaufskarren über die Hubbel von den gefrorenen Reifenspuren auf dem Parkplatz des Einkaufszentrums zu ziehen. Auf halbem Wege mußte sie anhalten und sich auf dem Trittbrett eines Lastwagens ausruhen.

»Ich hab zu viel zu tun«, sagte sie zu sich selbst. »Ich hab zuviel am Hals.«

Sie beschloß, sich einen Scheißdreck darum zu kümmern, was zu Hause passierte, jetzt würde sie sich erst mal ein paar Minuten hier hinsetzen. Sie nahm einen von den Mars-Riegeln, und als sie das Einwickelpapier aufriß, sah sie einen Jungen über die Straße kommen, der einfach in den Verkehr lief und die Hand hob, um die Autos anzuhalten. Er kam auf sie zu, und dann erkannte sie ihn. Lance Nipper. Der Junge mit der Metallplatte im Kopf.

Sie beobachtete ihn genau. Er war so unberechenbar wie ein Polizeihund. Nachdem er sich bei einem Autounfall eine Kopfverletzung zugezogen hatte, sollte er durch die Platte wieder normal werden, aber er war nur anders geworden, ein furchtloser Einzelgänger, und verrückt nach anderen Metallgegenständen – er trug Nägel und Schrauben in den Taschen herum; sogar Messer und Knarren, sagte jemand.

Als er nur noch ein, zwei Meter von ihr entfernt war, warf er ihr einen Blick zu. Er wäre weitergegangen.

Aber sie fühlte den Zwang, ihn anzuhalten. Sein gefährlicher Blick kam ihr wie eine Herausforderung vor, und sie war gerade überhaupt nicht in der Stimmung, einen Rückzieher zu machen.

»Hallo«, sagte sie.

Er blieb stehen, sah sie an. »Laß mal beißen«, sagte er.

»Du kannst einen ganzen haben«, sagte sie, stand auf und zog noch einen Schokoladenriegel aus der Einkaufstasche.

Er nahm ihn und riß das Papier mit den Zähnen ab. Er hatte ein paar schwarze Haare auf Oberlippe und Kinn, so wie man sie bei einem Knacki zeichnen würde. Er *war* ein Knacki; er war im Heim gewesen, weil er ein Auto gestohlen hatte und damit zum Flughafen gefahren war.

»Du bist eine Field oder so was«, sagte er.

»Ja. Lou Field.« Woher kannte er sie? fragte sie sich aufgeregt. Er war in der siebten Klasse, drei Jahre vor ihr. Aber er war zweimal sitzengeblieben. »Du bist Lance Nipper«, sagte sie. Sie sah zu, wie er aß, überrascht, wie hübsch sein Kopf aus der Nähe war. Sie konnte keine Narben oder Beulen sehen. Sie hatte erwartet, daß er einen Wulst hatte, wo die Platte eingesetzt worden war. Der einzig sichtbare Nebeneffekt war, daß sein schwarzes Haar blau schimmerte, wie schwarzes Comicbuch-Haar.

»Was hast du gekauft?« fragte er.

»Ach, nur Lebensmittel.« Aus Gewohnheit und weil sie vergessen hatte, daß es stimmte, fügte sie hinzu: »Meine Mutter ist krank.«

Er zerknüllte das Einwickelpapier und stopfte es in das Auspuffrohr des Lastwagens. »Vielleicht komme ich mal zu euch«, sagte er.

»Nein!« sagte sie schnell. »Kannst du nicht, wegen meiner Mutter.« Sie meinte natürlich, wegen meines Vaters. Ihr Vater wußte über Lance Bescheid, er behauptete, das sei der Abschaum, der sich in den Vororten breitmachte, wenn man dort Mietskasernen baute. Wenn ihr Vater herausfand, daß Lance auch nur ihr Grundstück betreten hatte, würde er die Polizei rufen.

»Macht überhaupt nichts«, sagte Lance. »Dann kommst du zu mir.«

»Wann?«

»Jetzt.«

»Aber die Lebensmittel.«

»Nimm sie mit.«

Sie betrachtete die sperrigen Papiertüten, die in ihrem alten roten Karren aneinanderlehnten. Ihr war mehr danach, sie in den Wind zu schießen und alle anderen mahnenden Stimmen gleich dazu.

Es war, als sei sie hypnotisiert. Wie durch Zauber gebannt. Als sie sich bemühte, mit ihm Schritt zu halten, den Karren doch hinter sich herzuziehen, stellte sie sich vor, sie fühlte, wie die Metallplatte am Reißverschluß ihrer Jacke und an ihren Stiefelschnallen zog. Er klimperte mit den Schrauben und Nägeln in seiner Tasche. Von hinten sah er aus wie ein kleiner Mann.

Im Eingangsflur des Mietshauses nahm er den Hörer von der Gegensprechanlage und drückte auf einen Knopf. »Laß mich rein«, sagte er.

Dann brummte es laut. Als er die Tür aufmachte, sagte er, sie solle den Karren da stehen lassen, aber sie hatte Angst, daß ihre Lebensmittel gestohlen würden. Er winkte sie zu sich herüber, und während sie die Tür aufhielt, holte er ein paar Nägel aus seiner Jeanstasche und steckte sie oben durch zwei Tüten. »Jetzt klaut keiner dein Essen«, sagte er. Nägel und Schrauben an unwahrscheinlichen Stellen waren seine Visitenkarte.

Sie zögerte. »Alle wissen aber nicht, was sie bedeuten«, sagte sie.

»Alle, die dein Essen stehlen würden, schon«, sagte er.

Seine Mutter lag mit Lockenwicklern auf der Couch und sah fern. Als sie in die Wohnung kamen, schaute sie nicht auf. Sie gingen durch den Flur zu einer geschlossenen Tür mit einem »Eintritt verboten«-Schild unter einer Totenkopfzeichnung; Lou dachte, daß sie die bei weitem besser hingekriegt hätte. Als sie beide im Zimmer waren, legte er den Arm um sie, und sie dachte verschwommen: »Jetzt küßt er mich«, aber er machte die Tür zu und schloß ab. Über dem Griff war ein Schloß.

Sie setzte sich auf die Bettkante. Der Bettüberwurf hatte ein Ziegelsteinmuster. Braune und rote Ziegelsteine, und der Mörtel quoll dazwischen heraus. Auf der Kommode waren fünf große Gläser mit seinen Nägeln und Schrauben, nach Größen sortiert.

»Wie alt bist du eigentlich?« fragte er, lehnte sich gegen die Kommode und knöpfte seine Jacke auf.

»Zehn«, log sie.

»Du siehst ungefähr wie acht aus.« Er ließ die Hand hinten in seine Jeans gleiten und zog eine Zigarette hervor, die schon halb geraucht war. Aus seiner anderen Gesäßtasche zog er ein Streichholz und entzündete es an dem Reißverschluß seiner Jeans.

»Ich bin süchtig nach den verdammten Dingern«, sagte er.

Er sah sie an, sein Blick wie die Zeichnung auf der Tür, dann widmete er sich dem Rauchen. Er zog den Rauch ein wie ihr Vater, saugte ihn ein, als ob er tief in der Zigarette festhing. Im Fernsehen im Wohnzimmer sagte ein Mann: »Die Frau, die man oft küßt, nie das Bier vergißt.«

Sie hatte Angst. Nicht vor ihm, wie er da stand und rauchte, sondern vor etwas anderem, über das sie sich nicht klarwerden konnte. Die Uhr neben dem Bett zeigte zehn nach vier. Jetzt hätte ihre Mutter wahrscheinlich schon zur Toilette gemußt. »Wie wär's mit einem Zug?« fragte er.

Er kam zu ihr und hielt ihr die Zigarette an die Lippen. »Sargnägel«, sagte er, nahm selbst einen letzten Zug und schmiß die Kippe dann in den Papierkorb. Er hob eine dicke Strähne von ihrem Haar hoch. Ließ sie fallen. »Ich mag Mädchen mit langen Haaren«, sagte er. »Ich mag dünne Mädchen.« Er blieb einfach vor ihr stehen, seine Gürtelschnalle Zentimeter vor ihrer Nase.

»Laß uns irgendwo hingehen«, sagte er.

»Wohin?« Sie sah ihm ins Gesicht.

»Ich zeig dir was.«

Sie folgte ihm durch den Flur und machte ihre Jacke zu und zog sich die Handschuhe an, um nach draußen zu gehen, aber als sie unten waren, öffnete er eine Tür und ging noch ein paar Stufen hinunter, in den Keller. Ihr war vage bewußt, daß er ihr keine elektrische Eisenbahn zeigen wollte.

Sie gingen ein Stück durch den Flur zu einer Metalltür. Er rüttelte am Griff.

»Abgeschlossen«, sagte sie.

»Für das allgemeine Publikum«, höhnte er, nahm einen kleinen Nagel aus der Tasche und steckte ihn ins Schlüsselloch.

Es war die Waschküche. Mit zwei automatischen Waschmaschinen und zwei Trocknern. Einem grünen Klapptisch, ein paar Waschbecken und einem Anschlagbrett. »So«, sagte sie und ging durch den Raum, »was wolltest du mir zeigen?«

»Du mußt dir die Hose runterziehen.«

Auf dem Anschlagbrett war ein Zettel für kostenlose Kätzchen. Von den Telefonnummern war keine abgerissen. »Wozu?« fragte sie.

»Wir spielen Doktor. Ich bin der Doktor, du die Patientin.«

Sie drehte sich zu ihm um. »Ich mußte noch nie beim Doktor die Hose runterziehen«, sagte sie. Aber sie begriff, daß alles, was bisher gegolten hatte, jetzt nicht mehr zählte.

»Paß auf.« Er schlenderte auf sie zu, klimperte mit den Nägeln in den Taschen. »Es ist nichts Großartiges. Ich mache es, wenn du willst. Ich bin der Patient, du der Doktor.«

»Nein.« Sie schüttelte den Kopf.

Er zuckte die Schultern. »Also bist du die Patientin. Wie du willst.«

Ihre Hose hatte einen Gummizug in der Taille. Sie zog sie bis zum Knie herunter, ließ die Unterhose an.

»Ganz runter.« Sie schob sie bis zu den Knöcheln. »Ich muß dich untersuchen«, sagte er und befahl ihr, zum Tisch zu gehen. Mit den runtergelassenen Hosen ging sie wie eine Chinesin. Das war ihr peinlicher, als daß man ihre Unterhosen sehen konnte.

Sie mußte sich über die Tischkante beugen. Dann zerrte er ihr die Unterhose herunter.

»Hör auf!« schrie sie und langte danach.

Er ergriff sie am Handgelenk, sie mußte loslassen. Er drückte sie auf den Tisch. »Du kannst dich nicht bewegen«, sagte er und klang wütend. Sie wollte nicht, daß er wütend auf sie war.

Es kam ihr vor, als sei eine Stunde vergangen. Sie betrachtete ihre Hände in den roten Handschuhen flach auf dem Tisch. Ihr Daumen guckte durch ein Loch. Sie mußte Sandy bitten, daß sie ihr das stopfte. Sie hörte, wie er atmete, das war das einzige Geräusch.

Er berührte sie. Wo sie groß mußte. Sie zuckte zusammen, spürte dann seine Hand auf ihrem Po, die sie auf den Tisch preßte.

»Ich messe dir Fieber«, sagte er. Und obwohl er sie drückte, nahm sie an, daß es vorbei war, das Böseste, was man tun konnte, das, was sie hier tun wollte. Sie hatte es gewagt und gemacht, und es war gar nichts Großartiges. Sie konnte sich die Hosen wieder hochziehen, und als nächstes würde er etwas mit ihrem Mund machen. Sie richtete sich ein wenig auf. Als sie das tat, ging etwas in ihrem Po hoch. Kalt, dünn, glatt. Ein Nagel. Sie schrie.

»Sei still!« Er legte ihr die Hand auf den Mund. Der Nagel ging tiefer rein. Stach sie. Sie biß Lance.

»Scheiße!« schrie er gellend. Die Hand flog von ihrem Mund weg. Ein roter Blutring an seinem Finger.

Sie rannte zur Tür, stolperte, hielt sich den Po, weinte. Der Nagel war immer noch in ihr. Er war wie ein Messer, ein Messer in ihr. Schreiend zog sie ihn heraus.

»Warum heulst du? Du hast mir fast den verdammten Finger abgebissen.« Er stand jetzt an den Waschbecken, drehte beide Wasserhähne auf.

Sie kriegte die Hosen hoch, rannte zur Tür, rüttelte am Griff. Schrie um Hilfe und nach der Polizei.

»Sie ist auf, du Idiot«, sagte er.

Im Flur waren zwei »Ausgang«-Schilder. Auf welchem Weg waren sie heruntergekommen? Sie rannte nach links die Treppe hinauf, was sie schnurstracks in den Eingangsflur brachte, wo der Anblick ihres Wagens mit den Lebensmitteln ein solches Wunder war, als stünde ihre Mutter da. Ihre Mutter! Wie spät war es? Draußen war es dunkel. Wahrscheinlich war ihre Mutter jetzt schon tot.

Nein! Es ging ihr besser! Sie stand in der Küchentür.

»Mommy!« schrie Lou, ließ den Karren und die Lebensmittel im Flur und rannte zu ihr.

Ihre Mutter ergriff sie bei den Schultern. »Hast du mir meinen Kaffee gekauft?« Ihre Augen brannten. Ihre Hände schüttelten Lous ganzen Körper.

»Nein«, sagte Lou leise. »Nein, ich kann doch keinen Schnaps kaufen, Mommy.«

Ihre Mutter ließ sie los und zitterte heftig.

Lou schlüpfte um sie herum in die Küche. Alle Schranktüren waren offen, und ihre Schwestern saßen auf dem Boden, umgeben von Dosen. »Was, zum Teufel, ist hier los?« fragte sie.

»Wir können keine einzige Flasche finden«, seufzte Norma. »Keine einzige.«

»Sie sind alle alle«, sagte Sandy und streckte die leeren Hände aus. Sie hatte keine Lust mehr zu suchen – ihre Mutter spielte verrückt. Sie wollte, daß ihre Mutter wieder ins Bett ging.

Keine von ihnen hörte das Auto anhalten. Die Haustür ging auf und schlug gegen Lous Karren, aber bevor ihr Vater sich richtig aufspielen und losschreien konnte, war ihre Mutter im Flur und verkündete die Krise.

Er gestattete sich einen Moment, um zu registrieren, daß sie sich erholt hatte. Dann sah er auf die Uhr. »Herr im Himmel«, sagte er ruhig. Lou sagte noch freiwillig, daß außerdem morgen die Läden zu hätten, weil Neujahr war. Sie und ihre Schwestern hielten die Hände zur Musterung ausgestreckt, aber er würdigte sie keines Blickes. Er legte die Arme um ihre Mutter und sagte, sie solle wieder ins Bett gehen. Ein paar Schlaftabletten, und sie würde einfach durchschlafen.

»Geh zu den Nachbarn«, drängte sie ihn. »Sag, wir haben Gäste und der Schnaps ist uns ausgegangen.«

»Das mache ich nicht«, sagte er.

»Es ist Weihnachten, Jim. Alle haben sich gut eingedeckt.«

Sie zeichnete rote Linien auf ihren Handrücken. Ihr Vater schnappte sich das, womit sie es machte, und warf es auf den Boden. Es war ein Nagel, einer der Nägel, die Lance durch die Einkaufstüten gestochen hatte. Ihr Vater erklärte, sie brauche Jodtinktur und einen Verband auf diese Hand, und zwar subito. Er versuchte, sie durch den Flur zu ziehen. »Nein!« schrie sie. Sie befreite sich von ihm, und warf sich gegen die Tür. Er versetzte dem Karren einen Tritt, damit er aus dem Weg war, trat eine Tüte mit

Dosen um, kriegte ihre Mutter an beiden Armen zu fassen und drehte sie so, daß sie ihn ansehen mußte. In schweigendem Entsetzen sahen die Mädchen zu.

Aber er schlug sie nicht. Das hatte er noch nie getan und tat es auch jetzt nicht. Er sagte ruhig, flehentlich: »Um Gottes willen, Mary.« Norma wäre ihm in die Arme gesunken. Sie dachte: »Er ist der einzige Mann, der ohne seine Frau zur Kirche geht.«

Ihre Mutter leckte sich über die Lippen. »Es ist heiß«, krächzte sie. »Ich krieg keine Luft.«

»Willst du eine Pepsi?« fragte ihr Vater hoffnungsvoll. »Lou, hol eine.« Lou rannte in die Küche.

»Nein, nein, nein«, stöhnte ihre Mutter. »Ich muß aufs Dach.«

Lou hielt ihr die Pepsiflasche hin.

»Hier ist schönes kaltes Pepsi«, sagte ihr Vater.

»Ich geh nur mal aufs Dach«, sagte ihre Mutter und nickte, als sei das schon in Ordnung so.

»Das stillt dir den Durst«, sagte ihr Vater aufmunternd.

Lou fragte: »Wozu willst du aufs Dach?«

»Ich krieg keine Luft«, antwortete ihre Mutter und bedrängte ihren Vater. »Ich muß ganz hoch oben sein. Ganz hoch oben.«

Ihr Vater setzte ihr die Pepsi vorsichtig an die Lippen. Sie zog eine Grimasse und schlug sie ihm aus der Hand. Pepsi spritzte an die Wand und floß in einem braunen See neben ihren Schuhen zusammen.

»Das war's«, sagte ihr Vater. Er nahm ihre Mutter wie eine Braut auf den Arm und trug sie durch den Flur in ihr Zimmer. Sie strampelte mit den Beinen, warf sich hin und her. Eine rosa Haarspange mit Schleife, die Sandy ihr ins Haar geklemmt hatte, als sie schlief, flog heraus. Sie schlug ihren Vater so fest ins Gesicht, daß ihm der Hut herunterfiel.

Sie hörten, wie er sie aufs Bett fallen ließ. »Mädchen!« rief er. »Kommt her!«

Er hatte sie auf dem Bauch liegen, die Arme auf dem Rücken verdreht. »Lou, Sandy«, sagte er, »kommt ins Bett, jede auf eine Seite.« Sie kletterten hinein. »Gut. Jetzt haltet sie hier.« Er deutete mit dem Kopf auf ihre Handgelenke. »Los.« Sie hielten beide ein Handgelenk. Norma konnte es mit den Fingern umfassen. »Drückt fest«, sagte er. Sie hielten sie fester. »So ist es gut«, sagte er, ließ los, und sie warf sich herum, als ob sie sich jetzt selbst befreien könnte; deshalb hielten sie sie noch fester, sie knieten sich hin, um stärker zu sein, und Sandy sang: »Mommy kann nicht we-heg.«

Er sagte, Norma solle sich auf ihre Beine setzen. »Jetzt bleibt auf eurem Posten«, befahl er. Er sagte, er führe zu Onkel Eugene, um den Whisky zu holen. Es würde eine Stunde dauern. Er sagte, sie sollten keine Angst haben, sie sei nicht imstande weiterzukämpfen, sie sei krank. Aber es war leicht, sie festzuhalten. Für eine Mutter war sie klein.

»Egal, was ihr tut«, rief er von der Haustür aus, »laßt sie nicht nach draußen.«

Sobald er weg war, hörte sie auf, sich zu wehren. »Ihr könnt jetzt aufstehen«, sagte sie in freundlichem, mütterlichem Ton.

»Können wir nicht«, sagte Sandy. »Du gehst sonst aufs Dach. Da fällst du runter.« Sich zu Tode zu stürzen war dieser Tage Sandys größte Angst.

Lou fragte: »Warum willst du denn überhaupt da rauf?« Selbstverständlich nahm sie an, daß es einen logischen Grund dafür geben müsse, wie zum Beispiel eine im Kamin versteckte Flasche.

»Meine Arme«, jammerte ihre Mutter. Sie fing an zu weinen. Sandy, die sich über sie beugte und ihr ins Gesicht sah, ließ sie sofort los, und als Lou mitkriegte, daß Sandys Griff den dünnen weißen Arm ihrer Mutter gerötet hatte, sagte sie reumütig: »Oh« und ließ auch los.

Ihre Mutter bäumte sich auf. Norma taumelte zurück, ihre Brille fiel herunter. Blitzschnell war ihre Mutter auf den Beinen. »Stehenbleiben!« schrie sie und streckte wie ein Polizist die Hand aus. Sie blieben stehen, so eingeschüchtert waren sie. Aber dann hörten sie, wie der Haustürgriff gedreht wurde, und sie rannten durch den Flur hinter ihr her und erwischten sie, bevor sie draußen war.

»Haut ab! Laßt mich gehen!« keifte sie. Sie schleuderte ihnen haßerfüllte Blicke entgegen. Sie war ihr Feind.

»Laßt sie gehen!« schrie Sandy und fing an, ihre Schwestern zu hauen.

»Sie klettert aufs Dach«, sagte Norma. Sie zog ihre Mutter am Arm. Lou versuchte, den anderen Arm umzudrehen, wie ihr Vater es gemacht hatte.

»Laßt sie gehen, hab ich gesagt!« kreischte Sandy und zog Lou mit beiden Händen an den Haaren.

»Scheiße!« schrie Lou. So fest sie konnte, schubste sie Sandy, und die knallte gegen die Wand.

Norma hatte jetzt die Arme um die Taille ihrer Mutter. Ihre Mutter wand sich und kämpfte, aber Norma war zu stark für sie. »Wir brauchen Seil oder so was«, rief Norma. »Wir müssen sie fesseln.«

»Halt's Maul!« schrie Lou Sandy an, die hinter ihr heulte.

»Hol du es«, rief Norma Lou zu. »Ich kann ohne Brille nichts sehen. Ich halte sie fest.«

Lou rannte in die Küche und die Kellertreppe hinunter. Wo war ein Seil? In der Werkstatt ihres Vaters? In der Waschküche? Die Wäscheleine! Sie versuchte sie herunterzuziehen. Dann sah sie ihr Springseil auf dem Boden.

Als sie wieder oben war, hatte sich ihre Mutter auf der Fußmatte zusammengerollt und weinte leise. Sie hatte aufgegeben. Trotzdem band Lou ihr für alle Fälle das Springseil um Knöchel und Handgelenke. Sie deckte sie mit ihrer warmen Hudson-Bay-Decke aus dem Fernsehzimmer zu.

»Meine Mommy«, wimmerte Sandy wie ein Baby und kroch zu ihr unter die Decke. Sie schloß die Augen. Ihre Mutter hatte auch die Augen geschlossen, aber sie zitterte und bebte. Norma und Lou blieben neben ihnen und warteten. Lou lag auf dem Rücken, weil es ihr beim Sitzen innen drin weh tat. Norma merkte, daß sie auf dem Nagel saß, den ihr Vater weggeworfen hatte, und sie nahm ihn und machte sich damit die Fingernägel sauber und drängte Lou, ihr das über den anderen Nagel zu erzählen. Was ihr Einverständnis betraf, log Lou. Sie sagte, Lance habe sie gefesselt – sie sei heute auch gefesselt worden, sagte sie.

»Vielleicht hat er ein Organ oder sonstwas durchgestochen«, flüsterte Norma und ließ den Nagel bei dem Gedanken, wo er vielleicht gesteckt hatte, fallen.

»Ja, wahrscheinlich«, sagte Lou kühl.

»Wenn nur unser Bruder noch lebte.«

»Sprich nicht«, sagte Lou. »Ich versuche nachzudenken.« Sie dachte über Rache nach. Ein Feuer anzuzünden. Lance und sein Ziegelsteinbettüberwurf würden in Flammen aufgehen.

»Unser Bruder hätte dich gerettet«, sagte Norma leise. Sie stellte sich vor, wie er im Handumdrehen erschienen wäre und im Türrahmen gestanden hätte. Groß für sein Alter. Tapfer, mutig und kühn. Sie stellte sich vor, wie er mit großen Schritten nach Hause gekommen wäre und ihre Mutter mit sanften Worten vom Dach ferngehalten hätte. Ihr Bruder Jimmy, dachte sie, wäre groß und tapfer und sanft wie das Lamm Gottes gewesen.

Paradies

1960

An einem Abend zu Beginn des Sommers, als die Straßenlaternen angingen, fanden die Mädchen eine kleine Katze unter einem Busch. Bis auf einen großen schwarzen Fleck auf dem Rücken, wie ein Sattel, war sie ganz weiß – das weiße Fell seidig wie Engelshaar.

»Sie soll Rapunzel heißen«, erklärte Lou, weil sie das Märchen gerade gelesen hatte.

Sie trugen sie nach Hause und hinunter in das Fernsehzimmer, wo – ein überraschender Anblick – ihr Vater, den Arm um ihre Mutter, lässig auf der Couch lag.

»Was habt ihr denn da?« fragte er grinsend.

Ihre Mutter sagte: »Eine kleine Miezekatze.«

»Laß ihn mal sehen«, sagte ihr Vater.

Sandy sagte: »Es ist ein Mädchen.«

Als sie Rapunzel ihrem Vater übergaben, wehrte sie sich, aber er hielt sie fest in seinen großen Händen, drehte sie herum und hob ihr den Schwanz hoch. »Stimmt, es ist ein Mädchen«, sagte er. »Siehst du hier?« sagte er zu ihrer Mutter und zeigte unter Rapunzels Schwanz. »Das hier ist ein Bleistiftspitzer.« Er machte ein schabendes Geräusch und tat so, als ob er sich den Finger anspitzte.

Es stellte sich heraus, daß die Mädchen die ganzen Argumente, die sie sich auf dem Nachhauseweg ausgedacht hatten, um ihn zu überreden, nicht brauchten. »Am besten zerreißt ihr ein paar Zeitungen und macht ein Katzenklo«, sagte ihr Vater als nächstes. Dann setzte er Rapunzel auf die Fensterbank, und sie fing sofort an, nach den Faltern auf der anderen Seite der Scheibe zu springen und mit den Krallen zu schlagen.

»Nein!« schimpfte Lou und sprang schnell auf, um sie da wegzunehmen, bevor ihr Vater wütend wurde.

Aber er bedeutete mit der Hand, Rapunzel solle auf der Fensterbank bleiben. »Was für ein lustiges Vieh«, sagte er und lachte über sie. Sie lachten alle.

Sie hatten sie zwölf Stunden lang. Sie gaben ihr ein Schüsselchen Milch und eine Dose Schinkennudeln. Zur Schlafenszeit nahmen sie sie mit in Normas und Lous Zimmer. Die ganze Nacht war sie unruhig, sauste von Ecke zu Ecke wie ein Lichtstrahl. Die Mädchen lachten und erstarrten dann, weil sie damit rechneten, daß ihr Vater den Flur hinuntergestampft kam. Aber das geschah nicht. Schließlich machten sie die Nachttischlampen an, und Sandy zog Rapunzel ein rosa Puppenballkleid an. Sie streichelten ihr den weichen Bauch. Sie schnurrte, miaute, schlug nach ihnen, pinkelte in ein Osterkörbchen, biß in Lous Haarspitzen und hängte sich daran und schwang hin und her wie eine Trapezkünstlerin.

Als ihr Vater morgens die Haustür aufmachte, um die Zeitung hereinzuholen, rannte sie hinaus in den Regen; sie hatte immer noch das Ballkleid an. Ihr Vater erlaubte ihnen nicht, hinter ihr herzulaufen, bevor sie sich nicht angezogen hatten. »Die kommt zurück«, verkündete er. »Das könnt ihr mir glauben. Wenn man eine Katze einmal gefüttert hat, wird man sie nicht wieder los. Ich weiß alles über Katzen. Ich weiß alles über Katzen, was man wissen muß.«

Sie ließen die Tür auf, aber sie kam nicht zurück. Als sie angezogen waren, liefen sie mit Schirmen hinaus und immer ums Haus herum, riefen ihren Namen in der Hoffnung, daß sie ihn kannte. »Macht euch keine Sorgen«, sagte ihr Vater und kletterte ins Auto. »Die kommt zurück. Ich weiß alles über Katzen.«

Er ließ den Motor an. Dann gab es ein Geräusch, als ob eine elektrische Säge Holz sägte. Er machte den Motor aus, die Tür auf, stieg aus und trat beinahe auf Rapunzel, die unter dem Auto hervorkroch und ihr Hinterteil nachzog. Der Rock des Abendkleides war ganz rot. Tonlos miaute sie ihn an und fiel zur Seite auf seinen linken Schuh.

An dem Abend entschied Lou, daß sie von zu Hause weglaufen mußten. Nur so konnten sie ihre Ehre bewahren und ihren Vater gehörig bestrafen. Als er am nächsten Morgen zur Arbeit gefahren war, erzählte sie ihren Schwestern die beiden Pläne, die sie sich ausgedacht hatte. Plan A – nach Norden durch die Vorstadt in die Schlucht gehen, wo sie vielleicht einen alten Güterwagen zum Wohnen finden würden. Fisch aus dem Fluß und wilde Beeren essen. Plan B (falls es keine alten Güterwagen gab) – den Bus zur Stadtmitte nehmen, ins Waisenhaus. Sagen, daß sie vor einem Onkel flüchteten, der sie schlug. So tun, als ob sie wegen der Schläge auf den Kopf bestimmte Dinge vergessen hätten, wie zum Beispiel seinen Namen und wo sie wohnten. Abwarten auf reiche, nette Eltern.

»Daddy findet uns bestimmt«, sagte Norma, verwarf den Plan aber nicht. Plan A gefiel ihr, die Vorstellung, friedlich in den Wäldern zu leben, sich nach den Warnungen und Zeichen der Tiere zu richten.

»Wir lassen einen Zettel hier, um ihn auf eine falsche Spur zu locken«, sagte Lou und öffnete mit einem Klicken den kreisrunden Koffer, den ihre Mutter im Krieg, als sie Tänzerin in The Light Fantastics gewesen war, mit sich herumgetragen hatte. »Wir sagen, wir sind nach Florida gefahren.« Sie nahm die schwarzen Stepschuhe ihrer Mutter heraus und packte Teller, Gabeln und Löffel und das Fleischermesser hinein, das sie aus der Küche geholt hatte. Dann packte sie ihre Unterwäsche dazu. Obwohl es draußen warm war, befahl sie ihren Schwestern, die langen Wollhosen und Eislaufpullover anzuziehen, weil im Koffer für Winterkleidung kein Platz sei.

Sandy ging in ihr Schlafzimmer und kam in ihrem besten Kleid zurück.

»Was hast du Tolles vor?« wollte Lou wissen.

»Ich will nur sichergehen, daß ich adoptiert werde«, sagte Sandy, stolzierte zum Spiegel und drehte sich das Haar zu Locken um den Finger.

Norma sagte ganz elend: »Ach, dich schnappen sie sich doch in Nullkommanix.« Sie stellte sich vor, wie Mütter an Sandys Armen zogen. Sie glaubte, daß selbst Lou schnell weggehen würde – zu einer Mutter, die sie um alles in der Welt aufpäppeln wollte. »Wir wollen eins fest ausmachen«, sagte sie. »Okay? Entweder werden wir zusammen adoptiert, oder wir gehen nicht. Sie müssen uns alle drei zusammen adoptieren. Okay?«

»Wer kümmert sich um Mommy?« schrie Sandy, die sich plötzlich an sie erinnerte.

Lou sagte: »Mach dir keine Sorgen. Daddy. Er mag *sie*.« Sie versuchte sich nämlich daran zu erinnern, wie man giftige Beeren von eßbaren unterscheiden konnte. Sie machte den Koffer zu und wieder auf, ging noch einmal in die Küche und holte fünf Dosen und den Dosenöffner und packte sie ein. Damit der Koffer zuging, mußte sie Norma bitten, sich darauf zu setzen. Als nächstes sagte sie, Norma und Sandy sollten ihre Sparschweine leeren, während sie ins Schlafzimmer ihrer Eltern ging, um noch mehr Geld zu suchen. In der obersten Kommodenschublade ihres Vaters waren vier Dollar und Münzen im Wert von fünfunddreißig Cents, und sie nahm das Geld und tat es mit dem Geld aus den Sparschweinen in ihre schwarze Schultertasche, die sie immer zum Lebensmitteleinkaufen benutzte. Dann schrieb sie den Zettel:

»Lieber Daddy. Wir sind nach Florida gefahren, weil du Rapunzel getötet hast. Wir sind für immer weggegangen. Wenn du uns suchst, verschwendest du deine Zeit. Von deinen Töchtern Norma, Louise und Sandra.«

Sie legte ihm den Zettel aufs Kopfkissen in dem ungemachten Bett. Nie wieder würde sie das verdammte Bett machen, dachte sie, und fühlte sich, als sei sie schon weit weg, viel weiter, als sie überhaupt gehen wollte.

Norma trug den Koffer, Lou die Geldtasche und Sandy ihre Miss-Flexie-Puppe. Es war ein wunderschöner Morgen, warm, still, keine Wolke am Himmel. Von oben strömte blaßgelbes Licht zwischen die Häuser.

Als erstes gingen sie in den Zigarettenladen, um sich Sonnenbrillen zu kaufen, damit sie unerkannt reisen konnten. Dann gingen sie nach Norden in einen Teil des Viertels, durch den sie noch nie gegangen waren. Die Straßen trugen Namen wie Tiefer Kiefernwald und Schattiger Eichenhügel, obwohl es keine Hügel gab und nur ein paar von Stöcken gestützte spillerige Ahornbäume, genauso wie in ihrer Straße.

Lou versuchte, sich nordwärts zu halten, aber da die Straßen immer im Kreis herum verliefen und die Häuser alle gleich aussahen, wußte sie den Weg nicht so genau, wie sie tat. Kinder starrten die drei mit ihren Sonnenbrillen an. Ein Junge mit einer Davy-Crockett-Mütze fragte: »Seid ihr Penner?«, und ungefähr eine halbe Stunde später war er wieder da und fragte dasselbe.

»Oh, je, wir sind wieder da, wo wir losgegangen sind«, sagte Norma und setzte den Koffer ab. Ihr Arm brachte sie noch um.

Sandy setzte sich auf den Bordstein und nahm ihre Sonnenbrille ab. Weil es keine Kinderbrillen gab, hatte sie eine Damenbrille gekriegt, goldgerahmt mit roten Juwelen in den Ecken. Die Männerbrillen waren billiger – Lou hatte eine von denen gekauft –, aber Sandy würde nie eine Männerbrille tragen. Norma mußte Gläser haben, die man auf ihrer richtigen Brille festklemmte.

»Meine Füße tun weh«, sagte Sandy.

»Ich hab dir ja gesagt, daß du die verdammten Ballerinas nicht anziehen sollst«, sagte Lou. »He, du«, sagte sie zu dem Jungen. »Wie kommt man von hier zu der Schlucht?«

»Was für eine Schlucht?«

»Wo die Eisenbahn durchfährt.«

»Keine Ahnung.«

»Warum fragst du ihn nicht einfach, wie wir hier rauskommen?« sagte Norma, die neben Sandy saß.

»Ihr müßt erst so, dann so, dann wieder so und so, dann so gehen«, antwortete der Junge und machte Zickzackbewegungen mit dem Arm.

»Ich hab Durst«, jammerte Sandy.

»Haltet den Mund«, sagte Lou. »Haltet mal alle den Mund und laßt mich nachdenken.« Sie hatte auch Durst. Und schwitzte unter ihrem Eislaufpullover wie verrückt, aber sie konnte ihn nicht ausziehen, weil sie nichts darunter hatte. Sie starrte den Jungen an, der zurückstarrte und gehorsam schwieg. Ihr fiel nichts anderes ein, als zu Plan B überzugehen. »Okay, Junge«, sagte sie. »Ich geb dir was.«

Für eine Dose Birnen führte er sie zum Einkaufszentrum zurück. Sandy zog Schuhe und Strümpfe aus und ging auf dem Rasen, bis eine Biene sie in den Fuß stach, und dann mußte Norma sie huckepack tragen und Lou den Koffer.

Wieder im Einkaufszentrum, kauften sie drei Cola, Jodtinktur für Sandys Fuß und ein purpurrotes Weingummiband. Das konnte Sandy eine Zeitlang im Haar tragen, und später würden sie alle ein Stück davon kauen. Aber an der Bushaltestelle mußten sie so lange warten, daß das Haarband auf Sandys Kopf schmolz. Lou konnte das Gummi nur so entfernen, daß sie das Haar, an dem es klebte, abschnitt. Sie benutzte dazu das Fleischermesser.

»Ich will nach Haus«, wimmerte Sandy.

»Das kannst du vergessen«, sagte Lou. »In die Scheißbude gehen wir nie mehr zurück.«

Es kam Sandy nicht in den Sinn, allein nach Hause zu gehen. Sie saß auf dem Koffer und umklammerte ihre Puppe.

»Der Bus kommt jede Minute, Süße«, sagte Norma. Wie lange warteten sie schon, fragte sie sich. Eine Stunde? Bäume gab es nicht. Keinen Schatten. Nur den schmalen Streifen, den der Pfosten von der Bushaltestelle warf. Eine Dame, die eine Zeitlang mit ihnen gewartet und sich dann entschlossen hatte zu laufen, sagte, sie wette, daß der Bus überhitzt und irgendwo steckengeblieben sei. Sie erzählte ihnen auch, daß vor ungefähr einer halben Stunde ein Mann mit Sonnenstich hinter dem Drugstore zusammengebrochen sei und der Ladenbesitzer den Krankenwagen gerufen habe.

Norma sah ein Stück Pappe am Bordstein. Sie hob es auf und fächelte Sandy Luft zu. Sandy senkte den Kopf, und Norma sah am Hals, wo sich ihr Haar teilte, einen Hitzeausschlag. Armes Ding, dachte Norma. Um sie abzulenken, sagte sie: »Ich sehe was, was du nicht siehst, und das ist –« Sie sah sich überall nach einer Farbe um. »Das ist grau.«

»Filmstars«, sagte der Fahrer, als sie in den Bus stiegen. Sie vergaßen immer wieder, daß sie die Sonnenbrillen aufhatten. Als Lou bezahlte, fragte sie, ob der Bus in die Stadtmitte führe. Er sagte, sie müßten durch die Unterführung fahren, aber er würde sie zum Bahnhof bringen.

Sie setzten sich auf den Sitz hinter ihm. Norma lief der Schweiß innen in ihrer Winterhose an den Beinen entlang. Die Frau ihr gegenüber hielt einen zappeligen kleinen Jungen im Arm, und dadurch mußte sie an ihren Bruder Jimmy denken. Manchmal träumte sie von ihm, davon, daß sie ihn, immer noch ein Baby, im Kinderwagen auf der Straße fand. »Warum hast du mich nicht gesucht?« fragte er traurig, und sie dachte: »Mann! Ein sprechendes Baby!« Ein anderer Traum von ihr war, daß sie mit einem Jungen spielte, der Lous dünnes, dunkles Gesicht hatte und immer versuchte, sie zu küssen. »Es ist schon in Ordnung, ich bin dein Bruder«, sagte er. Aber sie wußte, er log, weil ihr Bruder durch und durch anständig wäre.

»Mir ist zu heiß«, sagte Sandy leise. Die Puppe fiel ihr auf den Boden im Bus, und sie blieb einfach nur sitzen und beobachtete, wie sie wegrutschte, als der Bus um eine Kurve fuhr.

»Deine Puppe«, sagte Norma und hob sie auf, und dann sah sie, wie rosa Sandys Gesicht war. »Lou, guck dir Sandy mal an«, sagte sie und schob die Klemmgläser hoch.

Lou dachte an den Mann, der hinter dem Drugstore ohnmächtig geworden war. »Wir müssen ihr was zu trinken holen«, sagte sie. »Wir steigen besser aus.« Sie klingelte, damit der Bus an der nächsten Haltestelle hielt. Der Busfahrer ließ sie ein Stück nach der Haltestelle an einem Häuserblock raus, wo es ein Restaurant gab, in das sie gehen konnten. Sandy wollte nicht laufen, deshalb mußte Norma sie wieder huckepack tragen. Hinter ihren juwelengeschmückten Brillengläsern schloß Sandy die Augen.

Sie setzten sich an den Tresen, und Lou bestellte drei große Cola. An der Kasse war ein kleiner Ventilator, den sie so drehte, daß er auf Sandy blies, die den Kopf auf den leeren Teller vor sich gelegt hatte.

Die Kellnerin, eine fette, lebhafte Frau, fragte, ob Sandy müde sei.

»Nein«, antwortete Lou. »Sie legt nur gern das Ohr auf einen Teller.« Was zufällig die Wahrheit war.

Aber die Kellnerin sah nicht überzeugt aus. »Das Kind gehört nach Haus ins Bett«, sagte sie.

»Hm, wir würden ja gern nach Hause gehen«, log Lou, weil sie ein weiches Herz heraushörte, »aber wir haben kein Geld für die U-Bahn.« Sie hielt Sandy den Strohhalm an die Lippen. »Na, komm schon, Süße«, sagte sie zärtlich, der Kellnerin zuliebe. »Trink. So ist es gut, mein Liebling. So ist es gut, Süße.«

Das hörte Sandy in schläfrigem Erstaunen. Jetzt, dachte sie, gibt mir Lou alles, was ich will. Sie überlegte, was sie wollte.

»Habt ihr Geld, um die Cola zu bezahlen?« fragte die Kellnerin. Lou schüttelte den Kopf.

Sandy traf ihre Entscheidung. Sie drückte die Lippen an Lous Ohr. »Ich möchte jetzt ins Waisenhaus«, flüsterte sie. (Ihr Leben lang sollte sich Sandy gegenüber Menschen, die ihr liebe Worte sagten, erkenntlich zeigen.)

Die Kellnerin zeichnete ihnen einen Plan, wie sie zur U-Bahn kommen konnten, auf eine Serviette und gab ihnen außerdem fünfundsiebzig Cents. Bleibt auf der schattigen Seite der Straße, ermahnte sie sie, aber selbst da war es glühend heiß. In der Hitze sahen alle Dinge aus wie ihr Spiegelbild in einem See. Sie kamen an einem Drugstore vorbei, an einem Schuster, einem Haushaltswarenladen – Reihen ein- und zweistöckiger Häuser, die Leute guckten oben aus den Fenstern. Arme, traurige, fremde Menschen, fand Norma, die es sich nicht leisten konnten, in den Vororten zu wohnen. Sie winkte zu einem Baby hoch, dessen Mutter mit seiner Hand winkte.

»Wir marschieren hier nicht in einer Parade«, schimpfte Lou. Jetzt, wo Sandy außer Gefahr war, machte Lou sich wieder Sorgen, daß sie entdeckt würden. Als ein blauer Packard wie der ihres Vaters vorbeifuhr, schob sie ihre Schwestern in einen Hauseingang.

Sie ging als Späher voraus, deshalb war sie die erste, die die Katze in einem Hauseingang sitzen und sich putzen sah. Bis auf einen großen schwarzen Fleck auf dem Rücken war sie weiß.

»Rapunzel!« schrie sie.

Die Katze erstarrte, ein Hinterbein vorgestreckt. Lou rannte zu ihr und kniete sich mit ausgestreckten Händen hin. »Rapunzel, ich bin's«, sagte sie. »Lou.« Die Katze machte sich davon.

Sie schrien ihren Namen, jagten sie um das Gebäude herum, über eine Steinmauer und über eine Rasenfläche. Lou ließ die Serviette fallen. Sandys Sonnenbrille fiel herunter. Norma, die alles trug, kam nicht mit und stellte sich vor, daß ihre Schwestern für immer verschwanden und keine andere Spur hinterließen als die Puppe und den Koffer voller Unterwäsche. Aber nach einer Minute waren sie wieder da und riefen außer Atem, ob sie sie gesehen hätte.

Jetzt hatte es keinen Sinn mehr zu laufen, weil sie nicht wußten, wo sie hingehen sollten. Um sich abzukühlen, liefen sie unter Rasensprengern durch.

Aus einem Fenster schüttelte eine Frau ein weißes Tuch aus, darin verfing sich ihr Blick, in dem Weiß. Sie suchten nach Weiß. Es gab weiße Blumen, einen weißen Verandastuhl, weiße Säulen, einen Mann in einem weißen Hemd, der den Rasen mähte. Nein, antwortete er Lou, er hatte keine weiße Katze mit einem schwarzen Fleck auf dem Rücken gesehen. Mitten auf einer Straße mit riesigen Bäumen, wo keine Autos fuhren, sagte Lou, sie sollten anhalten.

»Sie kann es sowieso nicht gewesen sein«, sagte Norma. Da Lou anscheinend nicht mehr befürchtete, daß sie entdeckt wurden, schob Norma ihre Klemmgläser hoch.

»Sie hatte das Kleid nicht an.« Das kam von Sandy.

»Manno«, sagte Norma, »sie sah aber trotzdem genauso aus. Vielleicht war es ihre Schwester.«

»Sie *war* es!« sagte Lou stinkwütend. »Ich hab sie gesehen. Ich hab sie gefunden. Das war meine verdammte Katze.« Sie drehte sich weg.

Norma klemmte die Sonnengläser wieder fest. Sie hätte unheimlich gern ihre Hand zwischen Lous dünne Schulterblätter gelegt, um zu fühlen, wie hart und gerade und vertraut Lous dünner Rücken war, wie die Seitenwand ihres Hauses. Statt dessen schob sie ihre Hand in Sandys Hand, und Sandy drückte sie. »Alles in Ordnung, Süße?« fragte Norma und dachte jetzt nur, daß Sandy nach einem Hitzschlag nicht sofort hätte rennen sollen.

Sandy nickte extrem kindisch. Sie zeigte auf ein Steingebäude mit einem Türmchen. »Ist das ein Schloß?«

Als sie die Katze gejagt hatten, hatte Norma überhaupt nicht aufgepaßt, wo sie waren. Jetzt sah sie, daß die Straße mit roten Steinen gepflastert war und die Häuser gigantisch waren. »Ich glaube, daß ist ein herrschaftliches Gebäude«, sagte sie. »Hier müssen reiche Leute wohnen.«

»Kommt, laßt uns gehen«, murmelte Lou. Sie setzte sich in Bewegung.

»Sollten wir nicht in die andere Richtung gehen?« fragte Norma.

»Nein, in *diese!«* brüllte Lou, ohne anzuhalten. Aber sie wußte es nicht genau. Sie war so wütend, daß sie jemanden mit dem Fleischermesser hätte töten können. »Blöde Scheißkatze!« brüllte sie. Es war keiner da, der es hätte hören können. Der Mann, der den Rasen gemäht hatte, war weg, und nirgendwo spielten Kinder. Auf den Rasenflächen gab es keine Kinder und keinen Löwenzahn.

Unter den Bäumen war es beinahe kühl. Lou dachte, wenn sie bis Mittag den Weg hinaus nicht gefunden hatten, konnten sie unter einem dieser großen Bäume schlafen. Vielleicht konnten sie sogar ein paar Monate hier rumhängen. Hausmädchen nach Essensresten fragen, die Gärten ganz für sich haben. Sie waren an zwei Gärten mit Schaukeln und Rutschen, aber ohne Kinder vorbeigekommen. Wo waren die ganzen Leute?

Genau als sie sich das fragte, sah sie jemanden. Einen alten Mann in Hawaiihemd und Bermudashorts, der wie der Nikolaus aussah. Er schnitt eine Hecke. Er winkte ihnen zu, und Sandy winkte zurück.

»Lauft ihr von zu Hause weg?« fragte er mit freundlicher Stimme, als sie auf ihn zugingen. Er lächelte sie über kleine runde Brillengläser hinweg an.

»Ja«, antwortete Sandy, und ihre Augen schwammen in Tränen.

»Wir wollen nach Florida«, sagte Lou ärgerlich. Sandy hätte nichts sagen sollen.

»Das ist aber weit zu laufen für drei kleine Mädchen.«

»Wir gehen nur bis zur U-Bahn«, sagte Lou ironisch.

Der alte Mann deutete auf Sandy. »Ich gehe jede Wette ein, daß eine kalte Limonade diese Tränen trocknen würde.«

Sandy nickte und ließ die Tränen kullern.

Norma stellte den Koffer hin. Sie hatte Durst, der Arm tat ihr weh und ihre Füße auch, weil ihre Sportschuhe zu klein waren. Aber Lou mußte entscheiden.

»Gehört Ihnen das Haus?« fragte Lou den alten Mann und zeigte auf das vornehme weiße Haus hinter ihm. Wenn es ihm gehörte, wenn er nicht nur ein einfacher Arbeiter war, würden sie auf eine Limonade bleiben. Sie hatte nicht übel Lust, so ein Haus mal von innen zu sehen.

Er sagte, ja. Als sie über seinen Rasen gingen, nahm er Norma den Koffer ab und Sandy an die Hand. Um den ganzen Rasen herum leuchteten Blumen wie die auf seinem Hemd. In der Mitte war ein Springbrunnen mit der Statue eines Mädchens, das Wasser aus einem Krug goß. In den Bäumen flatterten Vögel, und in einem Käfig, der vom Verandadach hing, waren zwei orange-grüne Vögel – Papageien, stellten die Mädchen beim Näherkommen fest.

»Du, du!« krächzte einer der Papageien.

»Meint er uns?« fragte Sandy. Der alte Mann zwinkerte belustigt mit den Augen.

Die Küche war fast so groß wie ihr gesamtes Haus. Sie hatte zwei Doppelwaschbecken mit altmodischen Wasserhähnen, zwei Herde und Schränke mit Glastüren wie die Küche in *Leave it to Beaver.* Der alte Mann ließ sie die Wasserhähne aufdrehen und die Schränke öffnen. Als sie fragten, wozu die von der Decke hängende Schnur sei, sagte er, um einen Rauchfang zu öffnen, und hob

Sandy auf den Arbeitstisch, damit sie daran ziehen konnte. Dann hob er Lou hoch, damit sie daran zog, und dann wollte er Norma hochheben, aber sie wich zurück, weil sie glaubte, sie sei zu schwer für ihn. »Nein, das geht schon«, sagte er und packte sie trotzdem unter den Armen und schwang sie hoch. Für einen alten Mann war er stark.

Er machte die Limonade mit Zitronen. Sie hatten nicht gewußt, daß man das kann. Warum kaufte er sie nicht in Dosen? fragte sich Lou; leisten konnte er es sich. Zu Hause hatten sie nur Dosen. »Manchmal«, erzählte sie dem alten Mann, »wenn ich mit Kochen und Abwaschen an der Reihe bin, mach ich einfach nur die Dosen auf und stell sie direkt auf die Flamme.«

»Und dann mußt du keine Töpfe waschen«, sagte der alte Mann.

»Genau, stimmt.«

Der alte Mann nahm vier Gläser aus dem Schrank. Sie waren alle verschieden groß, und eins hatte rote Luftballons draufgemalt.

»Hier paßt nichts zusammen«, sagte Lou. »Die Häuser sind alle verschieden und die Gläser hier und ...« sie sah sich um, »die Fenster.« Sie zeigte auf eins mit bunter Bleiverglasung und dann auf das runde über dem Waschbecken.

»Wie findest du das denn?« fragte der alte Mann. Er schenkte die Limonade ein.

»Es ist hübsch«, sagte Lou ernsthaft. Sie nahm das Glas, das er ihr gab, und schluckte vor lauter Durst alles auf einmal herunter. »Nicht schlecht«, sagte sie. »Aber ein bißchen sauer. Und Sie haben ein paar Kerne drin gelassen.«

Er besichtigte mit ihnen das übrige Haus. »Sie wohnen wirklich ganz allein hier?« fragte Lou ungläubig. Es gab so viele Möbel, so viele Zimmer. Jede Nacht der Woche konnte er in einem anderen Schlafzimmer schlafen. In dem Schlafzimmer, in dem er schlief, waren die Wände bedeckt mit Bildern und Zeichnungen von Mädchen, die weder seine Töchter noch seine Enkelinnen noch überhaupt Bekannte waren. Einfach nur hübsche Mädchen, sagte er, wie sie.

»Seid ihr weit von zu Hause weg?« fragte er.

»Ja«, antwortete Norma. Sie erzählte ihm, sie seien den ganzen Tag gelaufen.

»Da sind eure armen, kleinen Beine aber bestimmt müde«, sagte er.

»Und wie müde«, sagte Norma und lehnte sich an ihn. Noch nie hatte jemand irgendeinen Körperteil von ihr als »klein« bezeichnet. Aber dann sah sie, daß sein Blick zu Sandy gewandert war, und sie stellte sich gerade hin und schaute aus dem Fenster auf die märchenhaften Blumen da draußen.

»Lassen wir deine Beinchen mal ausruhen?« fragte der alte Mann und hob Sandy hoch.

Sie gingen alle nach unten, Sandy saß in seinen starken Armen wie in einem Stuhl. Sie berührte seinen buschigen weißen Bart. In seinem Ohr sah sie Ohrenschmalzkrümel. Sie fand, daß sein Ohr wie eine rosa Rose mit Blütenstaub drin war. »Kann ich dich Großvater nennen?« flüsterte sie.

»Das wäre mir eine Ehre«, sagte er.

Als er in der Küche noch mehr Limonade zubereitete, erzählte Lou ihm die Geschichte, die sie sich für das Waisenhaus ausgedacht hatte, und über den Onkel, der sie prügelte. »Er peitscht Sandy mit seinem Gürtel«, führte sie aus. »Mit dem Ende, wo die Schnalle ist.«

Der alte Mann runzelte die Stirn.

»Und manchmal beißt er sie.«

Der alte Mann hielt inne, das Küchenmesser mitten in der Luft. Dann halbierte er die Zitrone und fragte Sandy, ob sie gern den Saft ausdrücken wolle.

»Oh, ja, Großvater«, sagte sie und dachte dabei an Heidi, wie sie lernte, die Kuh zu melken.

Er zog einen Stuhl für sie heran, damit sie sich darauf stellen konnte, und zeigte ihr, wie man die Zitrone auf der Zitronenpresse halb zur einen Seite, halb zur anderen dreht. Sie machten es gemeinsam, ihre Hand auf seiner. Er hatte eine glatte, rundliche, braungefleckte Hand und dicke Finger wie Fingerhandschuhe, wenn man sie aufbläst.

»Sie kann nähen«, sagte Lou und öffnete eine Schranktür und schlug sie wieder zu.

»Ja, wirklich?« sagte er.

»Und Norma und ich können waschen und bügeln und staubsaugen und einkaufen.« Vor lauter Verantwortung seufzte sie tief auf. »Norma und ich, wir können wirklich fast alles.«

»Dann seid ihr also nicht nur hübsche Mädchen«, sagte er, »sondern auch noch kluge Mädchen.«

»Lou kriegt immer Einser in der Schule«, steuerte Norma bei. Sie konnte sich denken, worauf Lou hinauswollte, und fand, daß es schon gut wäre, eine Zeitlang hierzubleiben und vielleicht was zu essen. Aber eigentlich glaubte sie nicht mehr daran, daß sie wirklich für immer weglaufen konnten. Als der alte Mann seinen Blick von ihr zu Sandy hatte wandern lassen, hatte sie sich gefragt, warum sie überhaupt noch bei irgendwas Hoffnungen schöpfte.

Er trug die Limonade auf einem Tablett nach draußen. Obwohl Lou sich die Sonnenbrille wieder aufsetzte, ließ Norma ihre Klemmgläser in der Tasche für den Fall, daß sie damit heimtückisch aussah. Sie und Lou setzten sich auf das samtene Gras vor den Liegestuhl des alten Mannes, Sandy setzte sich so, daß sie sich gegen seine Beine lehnen konnte. Er berührte Sandys Haar, wo Lou es abgeschnitten hatte. »Was ist denn hier passiert?« fragte er.

»Das hat unser Onkel gemacht«, schoß es aus Lou heraus.

Der alte Mann schüttelte den Kopf.

»Großvater«, sagte Sandy und kämmte die weißen Haare auf seinen Beinen mit den Fingerspitzen, »können wir hier mit dir zusammen wohnen?«

»Wenn ihr wollt«, sagte er.

Lou sprang auf die Füße. »Wirklich?«

»Wir können euch doch nicht zu eurem Onkel zurückgehen lassen, oder?«

»Aber können wir für immer mit dir zusammen wohnen?« fragte Lou. »Jahrelang?«

Er breitete die Hände aus. »So lange ihr wollt.«

»Juhu«, sagte Lou und strahlte ihn an. »Toll. Gut, ich schau mich mal um.« Sie flitzte quer über den Rasen ins Haus, und Norma stand auf, weil sie hinter ihr hergehen wollte, aber sie brachte es nicht über sich, Sandy und den alten Mann ganz allein zu lassen. Sie sah ihn an. Er beobachtete sie.

»Warum wollen Sie, daß wir hierbleiben?« fragte sie schüchtern.

»Weil ihr nirgendwo sonst hingehen könnt.«

»Aber ich meine, warum wollen sie die ganzen Probleme und alles, wenn drei Mädchen, die Sie nicht mal kennen, hier wohnen?«

»Weil Mädchen Balsam für die Seele sind.«

Sein Lächeln war so freundlich, daß sie sich schämte. Er fragte sie, ob sie für den leeren Limonadenkrug ein paar Blumen pflücken wolle. Er gab ihn ihr und hielt dabei den Boden, als sei es etwas anderes. Ein kostbares Geschenk.

»Gut«, sagte sie dankbar.

Die Gartenbeete umgaben den ganzen Innenhof, schlossen ihn ein wie ein verzauberter Wassergraben. Durch die hohen Bäume fielen golddurchwirkte Sonnenstrahlen. Das einzige Mal, daß Norma einen ähnlichen Garten gesehen hatte, war in einem Buch von ihrem Vater, »Zwanzig Jahre Kompostieren«. Aber er pflanzte immer bloß Petunien und Geranien. Sechs rote Geranien in einer Reihe unter dem Wohnzimmerfenster; zehn weiße und rosa Petunien in zwei Reihen zu je fünf Rosa-weiß-rosa-weiß-Reihen unter dem Küchenfenster.

Ein paar federige weiße Blumen, die aussahen, als seien sie aus Papiertaschentüchern, erregten ihre Aufmerksamkeit. Aus Höflichkeit pflückte sie die kleinste. Dann guckte sie zurück, um zu sehen, ob der alte Mann sie immer noch beobachtete. Tat er nicht. Er und Sandy saßen im Gras, Sandys nackte Füße in seinem Schoß.

»Er wollte mich nur los sein«, dachte Norma. Aus dieser Entfernung sah sie nichts als einen fremden alten Mann. Einen fremden alten Mann, der ihre Schwester an den Zehen kitzelte. Warum hatte er keine Angst, daß ihr Onkel sie suchen würde? fragte sie sich. Ihr kam ein schrecklicher Gedanke: was, wenn er vorhatte, sie zu kidnappen und auf dem weißen Sklavenmarkt in Afrika zu verkaufen?

Sie behielt ihn im Blick und ging weiter hinunter in den Garten und pflückte ein paar Gänseblümchen und dann eine purpurrote Blume. Der Duft war hier so stark wie in einem Zimmer voll schicker Damen. Ob ihre Mutter den Abschiedszettel gesehen hatte? Sie würde direkt aus der Flasche trinken. Norma atmete heftig ein und aus. Sie hätten nie weggehen sollen. Besser, sie gingen jetzt sofort nach Hause.

Aber als sie über den Rasen zurückging und Sandy sagen wollte, daß sie sich Socken und Schuhe wieder anziehen solle, sprach der alte Mann zuerst.

»Eine bemerkenswerte Auswahl«, sagte er. Er stand auf und streckte beide Hände nach dem Krug aus. »Norma«, sagte er und hielt den Krug mit den vier mickrigen Blumen hoch, »du bist eine Künstlerin. Wie eine Künstlerin weißt du zu schätzen, was nicht da ist.« Und dann küßte er sie auf die Stirn.

Sie war so überwältigt, daß sie nichts sagen konnte.

»Weißt du, was?« sagte Lou, als sie aus dem Haus und Norma aus dem Gemüsegarten kam. »Er hat keinen Fernseher. Keinen Fernseher! Ich bin sogar oben auf dem Boden und unten im Keller gewesen und habe gesucht. Und wißt ihr, was noch? Er hat kein Radio. Und ihr werdet's nicht glauben, aber ein Telefon hab ich auch nicht gefunden. Manno, hier muß sich aber einiges ändern.« Sie nahm eine Rote Bete aus dem kleinen Weidenkorb, den Norma trug. »Was, zum Teufel, ist das denn?«

»Gemüse. Er hat mich gebeten, ob ich ein paar zum Essen ausgraben könnte.« Sie hatte vier rote Beeten, ein Bund Radieschen und acht Karotten.

»He«, sagte Lou und sah über den Rasen, »sieh dir das mal an.«

Norma ging um die Ecke des Hofes, um zu gucken. Der alte Mann kroch auf Händen und Knien immer im Kreis herum, und Sandy ritt auf seinem Rücken.

»Er meint wohl, die ist drei oder so«, sagte Norma kühl. Sie sah Sandys bloße rosa Füße den alten Mann unter den Armen kitzeln und hatte das Gefühl, als sei sie mitten im dichtesten Straßenverkehr aufgewacht. Sie stellte den Korb mit dem Gemüse ab. »Wir müssen nach Hause«, sagte sie.

»Nein, müssen wir nicht«, sagte Lou.

»Warum will er, daß wir hier sind? Er muß verrückt sein.«

»Er mag uns. Er mag hübsche Mädchen.«

»Ich bin nicht hübsch.«

Lou schwieg zu lange. »Du bist auch hübsch«, sagte sie.

»Wir gehen nach Hause«, sagte Norma. »Ich bin die Älteste, und ich bringe uns nach Hause.« Sie rannte auf den Rasen. »Sandy!« rief sie. »Wir gehen nach Hause!«

Der alte Mann krabbelte herum, um sie anzusehen. Norma wich seinem Blick aus. »Komm«, sagte sie und versuchte, Sandy von seinem Rücken zu heben, »wir müssen jetzt nach Hause.«

»Nein!« schrie Sandy.

»Laß sie!« rief Lou und kam angerannt.

»*Komm* jetzt«, sagte Norma und zog an Sandy.

»Hör auf!« schrie Sandy.

»Beruhigt euch doch erst mal«, sagte der alte Mann.

Norma ließ Sandy los. »Wir sind sonst zu spät zum Abendessen«, sagte sie und vermied es immer noch, ihn anzusehen.

Er sagte: »Aber ihr eßt doch hier zu Abend.«

Norma schüttelte den Kopf. Sandy zerrte an seinem Kragen, als seien es Zügel.

»Wollen Sie, daß wir das Essen kochen?« fragte Lou den alten Mann, um das Thema zu wechseln.

Norma sagte: »Wir haben einen Vater und eine Mutter. Unser Vater schlägt Sandy nie. Nur sie schlägt er nie.« Jetzt sah sie den vor ihr knienden alten Mann an. Sein Gesicht war besorgniserregend rot, seine Brille fiel herunter. Man konnte die Unterhose in seiner Taille sehen. »Fruit of the Loom«, las sie verkehrt herum. Beinahe hätte sie losgeweint.

Aber er fing an zu weinen. Ein gebrochenes Keuchen, das sie zuerst für Husten hielten. Sandy kletterte von seinem Rücken und bückte sich vor ihm. »Großvater?« fragte sie. Er ließ den Kopf hängen wie ein altes Pferd.

»Jetzt siehst du, was du gemacht hast«, sagte Lou zu Norma. Sie wäre nicht angeekelter gewesen, wenn er vor ihren Augen hingemacht hätte. Sie überlegte, ob er Alkoholiker war. Das hatte ihnen noch gefehlt.

»Großvater, was ist los?« fragte Sandy.

Er brachte sich in eine sitzende Position und zog ein rotes Taschentuch aus seiner Shortstasche. Putzte sich die Nase. Nahm die Brille ab und rieb sich die Augen. »Verzeiht mir«, sagte er. »Ich war so glücklich, das ist alles. Ich war heute so glücklich.«

»Aber ich gehe nicht nach Hause«, sagte Sandy. »Ich hab's euch ge*sagt*.« Sie drückte seinen Bart zusammen und ließ los, um zu fühlen, wie er zurücksprang.

»Ja«, sagte Lou. Sie sagte, sie blieben alle und Norma habe das mit ihren Eltern nur gesponnen, Norma spiele manchmal verrückt.

Norma ging ins Haus. »Hallo, Schöne!« kreischte einer der Papageien. Sie überlegte, ob sie die Polizei holen sollte. Um ihren Vater anzurufen, war sie weder mutig noch verräterisch genug.

Der alte Mann erhob sich und ging gebeugt zu seinem Stuhl. Seine Strümpfe hingen unten, und Lou sah, daß er vorstehende dunkelrote Adern an den Waden hatte. Sandy kam und kniete sich zu seinen Füßen, und er legte die Hand auf ihren goldenen Kopf und deckte die Stelle zu, an der Lou das Haar abgeschnitten hatte. Wie schwarzes Papier schwebte eine Krähe über den beiden.

»Hättest du gern ein bißchen Schnaps?« fragte Lou ihn.

Aber er schlief. Seine Hand fiel auf Sandys Schulter, blieb schwer dort liegen. Als Sandy sie wegnahm, sah sie auf seine Armbanduhr. »Viertel vor fünf«, flüsterte sie.

»Weck ihn auf«, sagte Lou. »Er muß das Abendessen kochen. Ich weiß nicht, wie man das verdammte Gemüse kocht.«

Sandy schüttelte ihn sanft am Arm und sagte: »Großvater.« Sein Kopf fiel nach hinten.

»He, wach auf«, sagte Lou. Sie rüttelte ihn kräftig an den Schultern. »Manno, der hat aber einen festen Schlaf«, sagte sie, blickte sich um und sah Norma vom Haus her auf sie zukommen.

Ein, zwei Meter vor dem Stuhl blieb Norma stehen. Woran merkte sie es? An der Haltung seines Kopfes? An der Art, wie seine Arme schlaff über den Lehnen des Stuhls hingen? »Horch nach seinem Herzen«, sagte sie.

Lou runzelte die Stirn. »Was meinst du?«

»Mach es, ja?«

Lou preßte das Ohr auf seinen Brustkorb. Es klang wie unter Wasser. »Ich kann es nicht hören«, sagte sie, richtete sich wieder auf und ging ein paar Schritte zurück, ein bißchen angeekelt von seinem Geruch nach Sauer-scharf-Suppe.

Sandy kniete sich wieder hin und schob ihr Ohr vorn über sein Hawaiihemd und dachte abwechselnd, sie hörte sein Herz und hörte es nicht. Sie stand auf, nahm ihm die Brille ab, schob ein Augenlid hoch und schrie, als sie den weißen Augapfel sah.

»Halt's Maul«, sagte Lou. Sie kam und schüttelte ihn noch einmal, wodurch ihm der Kopf auf die Brust fiel. Dann versuchte sie auf Grund einer vagen Erinnerung, den Puls an seinem Handgelenk zu fühlen. Nichts.

Sie standen alle drei dicht beieinander, ungefähr eineinhalb Meter vom Stuhl entfernt. »Ein toter Mensch«, flüsterte Norma. Ihre Beine wurden weich, und sie griff haltsuchend nach Lous Handgelenk.

Lou schnappte nach Luft. Sie hatte die Hand des alten Mannes, mit der er eben noch die Zitrone ausgepreßt hatte, angestarrt und geglaubt, es sei *seine* Hand, plötzlich die eines Geistes, die nach ihr griff. Als er sie in der Küche hochgestemmt hatte, hatte es ihr ein bißchen unter den Armen weh getan.

»Es stinkt«, sagte Sandy. Sie fing an zu wimmern, und Lou mußte sich räuspern. Wein nicht, Lou, ermahnte sie sich. Gestern hatte ihr Vater gesagt: »Vor zwei Tagen hast du nicht mal gewußt, daß Rapunzel existierte. Tu einfach so, als sei es vor zwei Tagen.« Sie hatten Rapunzel in Toilettenpapier eingewickelt und in einem alten Schuhkarton begraben, den Lou in ihrem Schrank aufbewahrte, weil sie, als sie kleiner war, immer gedacht hatte, das Bild der tanzenden, glamourösen Dame mit hohen Absätzen und Streichholzbeinen darauf sei ihre Mutter.

Eine Fliege landete auf dem Ohr des alten Mannes und grub sich dann einen Gang in seinen Bart. »Er riecht nach Kacke«, wimmerte Sandy.

»Wir begraben ihn besser«, sagte Lou.

Norma starrte sie mit offenem Mund an. »Das können wir nicht.«

»Er hat uns doch gesagt, wir könnten bleiben«, sagte Lou. »Oder etwa nicht? Deshalb ist es jetzt unser Haus. Oder? Wenn Leute kommen, sagen wir, er ist in Urlaub gefahren. Wir sagen ihnen einfach, sie sollen sich zum Teufel scheren.«

Sandy schrie auf. »Sie hat sich bewegt!« Sie klammerte sich an Normas Arm.

»Wer?«

»Seine Hand. Sie hat sich bewegt.«

Lou sagte: »Hat sie nicht.« Sie haute Sandy eine runter und sagte ihr, sie solle nicht so verdammt blöde sein.

»Hat sie doch«, sagte Sandy weinend. Sie konnte einfach nicht glauben, daß er tot war, weil kein Blut da war. Er machte ihr aber Angst, wie er einfach so kaputtgegangen war. Als ihm der Kopf auf die Brust gefallen war, hatte sie das andere Augenlid hochgezogen, und das Auge war dagewesen, aber es war wie blauer Marmor, wie ein Spielzeugauge, blind.

Sie sah, wie seine Hand wieder zuckte. »Er wacht auf!« schrie sie.

»Halt den Mund«, sagte Lou. »Willst du die ganze Nachbarschaft hier haben? Hör auf zu weinen!« Sie fing selbst an zu weinen. Sie lief zur anderen Seite des Hauses, wo die Garage war. Wenn er eine Schubkarre hatte, würde sie sie holen und ihn zum Gemüsegarten fahren und dort begraben.

Norma überholte sie. »Ich rufe die Polizei«, sagte sie und breitete die Arme aus. »Ich gehe nach nebenan und rufe sie, wenn du es wagst, was zu machen.«

Lou blieb stehen. »Du Idiot«, sagte sie und wischte sich die Tränen ab, wütend, daß Norma sie gesehen hatte, »die glauben, wir hätten es gemacht.«

»Nein, glauben sie nicht«, sagte Norma. Aber was war, wenn sie es doch glaubten? Sie ließ die Arme sinken.

»Begrab ihn!« kreischte Sandy.

»Halt den Mund!« brüllte Lou.

»Laßt uns einfach gehen«, sagte Norma. »Okay? Laßt uns nach Hause gehen und ihn hier lassen. Jemand findet ihn schon.«

»Ich gehe nicht nach Hause«, sagte Lou.

»Gut«, sagte Norma, »ich aber.«

Sie standen da und sahen sich an, bis Lou sich abwandte. Tränen strömten ihr übers Gesicht.

»Wo ist die Schultertasche?« fragte Norma. Sie sah sie hinter dem alten Mann. Sie ging hin, wobei sie einen weiten Bogen um ihn machte, und hob sie auf, trat zurück und öffnete sie, um das Geld zu zählen. Dreimal ließ sie Kleingeld fallen, weil ihre Hände zitterten. Sie kam zu dem Schluß, daß reichlich Geld für U-Bahn und Bus da war, aber wo war die U-Bahn? Wo *waren* sie?

Sie ging ins Haus, um den Koffer und Sandys Puppe zu holen. Sandy folgte ihr und sagte, sie müsse zur Toilette. Sie benutzten die Toilette unten, und während Norma drauf saß, warnte sie Sandy, zu erzählen, wie der alte Mann gestorben sei. Wenn es jemand rausfand, sagte sie, würden sie alle wegen Mord ins Gefängnis gesteckt.

»Ich könnte es *sowieso* nicht erzählen«, sagte Sandy und machte eine hilflose Handbewegung und dachte mit schmelzendem Herzen an die Puppen, die sie mit dem Versprechen, anzurufen, in ihrem Bett aufgereiht zurückgelassen hatte. »Wir wußten ja gar nicht, wie er hieß.«

Lou stahl dem alten Mann einen Zehn-Dollar-Schein aus der Tasche, und damit konnten sie sich ein Taxi erlauben, als sie schließlich auf einer Hauptstraße waren. Norma und Sandy kletterten auf den Rücksitz und machten Platz für Lou, aber Lou setzte sich vorn zu dem Fahrer und ignorierte ihn dann, so daß Norma ihm die Adresse geben mußte.

Als sie in der Einfahrt hielten, war das Auto ihres Vaters nicht da. Sie gingen ins Haus und hinunter ins Fernsehzimmer, und ihre Mutter sagte einfach nur Hallo, obwohl sie ihr weder Lunch noch Abendessen gemacht hatten. Ihr Vater mußte länger arbeiten, sagte sie, ihre Augen wandten sich wieder dem Bildschirm zu.

Der Zettel war immer noch auf dem ungemachten Bett. Lou nahm ihn und las ihn mit einem Gefühl gespannter Erwartung, weil sie sich nicht daran erinnern konnte, was sie geschrieben hatte, und mit einem Gefühl tiefer Traurigkeit, weil sie sich daran erinnerte, wie aufgeregt sie gewesen war, als sie ihn geschrieben hatte.

»Lieber Daddy. Wir sind nach Florida gefahren, weil du Rapunzel getötet hast.« Aber jetzt bezweifelte sie, daß er das glauben würde, weil er Rapunzel eigentlich nicht getötet hatte, und schon gar nicht mit Absicht. Er hätte garantiert nicht geglaubt, daß sie wegen etwas, an dem er nicht schuld war, so weit wegrennen würden.

Sie zerknüllte den Brief, warf ihn in den Papierkorb und fing an, das Bett zu machen. Was wäre gewesen, überlegte sie, wenn sie geschrieben hätte: »Wir sind nach Florida gefahren, weil es da fast nie regnet. Nicht so wie hier. In Florida müssen Katzen nicht in Motoren klettern, um es warm zu haben.«

So einem Zettel hätte er womöglich geglaubt. Ein Zettel, der dem kalten Wetter, das er haßte, die Schuld gab, anstatt ihm, hätte ihm gefallen. Vielleicht hätte er sie sogar gehen lassen. Sie konnte sich vorstellen, wie er sagte: »Was soll's. Da ist ja was dran.«

Aber das war jetzt auch egal.

Disneyland

1961

Am Weihnachtsmorgen war nur ein Geschenk für jede unter dem Baum. Für Norma und Lou häßliche grüne, dreiviertellange Hosen, an denen noch die »Reduziert«-Schildchen hingen, und für Sandy eine Beatnikpuppe mit einer Schnur am Rücken, an der man zog, damit die Puppe sprach. Ihr Vater ließ sie eine Weile schmoren, und dann rückte er mit der Überraschung heraus. In einem supertollen Wohnwagen mit fünf Schlafplätzen wollte er mit ihnen nach Disneyland fahren.

»Wann, Daddy? Wann?« schrien die Mädchen.

Er zog an der Schnur von Sandys Beatnikpuppe. »Ich blick voll durch, Mann, ey, Beatnik«, sagte die Puppe.

»In diesem Sommer«, antwortete ihr Vater. »Deshalb gilt die nächsten sechs Monate die Parole Sparsamkeit.«

Im Januar begannen für den Fall, daß die Russen die Bombe warfen, die Luftschutzübungen in der Schule. Der Rektor hielt in der Sporthalle eine Rede. Wenn es jemals sehr hell würde, sagte er, als ob ein riesiges Blitzlicht am Himmel explodierte, sollten sie die Hände vor die Augen legen und unter die Tische kriechen, bis der Lehrer sagte, sie könnten wieder hervorkommen, es sei jetzt ungefährlich. Dann sollten sie in Zweierreihen in den Keller gehen. Sie dürften nicht versuchen, nach Hause zu laufen.

»Scheißegal«, sagte ihr Vater, als sie ihm das erzählten. »Ihr rennt nach Hause.« Obwohl die Parole Sparsamkeit galt, hatte er beschlossen, einen atomsicheren Bunker zu bauen. Er hatte sich eine Broschüre schicken lassen, die »Pioniere der Selbstverteidigung« hieß und in der stand, wie man einen baute.

Sobald die Erde weich genug war, Ende April, bestellte er einen

Mann mit Bagger, der ein großes Loch im Garten hinter dem Haus ausschaufeln sollte. Am nächsten Tag lieferte ein Mann mit einem Lastwagen einen Stapel Betonblöcke und ein paar Rohre und Bretter und Bleche, und ihr Vater fing sofort an zu arbeiten.

Es dauerte einen Monat. Jede Minute, die ihr Vater nicht schlief beziehungsweise arbeitete, war er unten in dem Loch. Er nahm sogar seine Mahlzeiten dort ein. Norma durfte helfen, und solange er sie nicht anschrie, daß sie alles falsch machte, was, wenn er ihr über die Schulter guckte, prompt geschah, war sie richtig gut im Mörtelmischen und Nägeleinschlagen. Morgens wachte sie mit der Sehnsucht auf, den Hammer in der Hand zu spüren, den ganzen Tag träumte sie in der Schule vom Hämmern. Sie wünschte, sie könnte hämmern, wenn er nicht da war, aber wenn er nicht wütend oder müde war, fand sie es trotzdem schön, daß sie wie ein Team arbeiteten: sie mischte den Mörtel, er setzte die Betonblöcke; er sägte die Bretter zurecht, sie hämmerte sie fest. Bei ihm mußte alles perfekt sein, und je länger sie ihm half, desto mehr mußte auch bei ihr alles perfekt sein, desto weniger konnte sie ihm seine Wutanfälle noch vorwerfen. Sie überlegte, ob er sich einen Sohn wünschte – Jimmy (der jetzt dreizehn wäre) –, der ihm an ihrer Statt helfen würde.

Als der Rohbau stand, kam der Mann mit dem Bagger wieder und schaufelte die Erde auf das Dach. Innen bauten Norma und ihr Vater Regale und Klappkojen und malten die Wände kanariengelb an, was eine heitere Note hereinbringen sollte. Obwohl Norma sagte, daß sie kein Himmel-und-Hölle mehr spielten, malte ihr Vater, wie in der Broschüre empfohlen, ein Himmel-und-Hölle auf den Boden.

Er kaufte einen Zweiwochenvorrat Essen in Konserven, Wasserkrüge, Kerzen, Leuchter, Papierteller, eine chemische Toilette, Brennspiritus, einen Feuerlöscher, einen Campingkocher und Pfeil und Bogen zum Jagen, wenn die Kugeln ausgingen. Alles andere, was in der Broschüre zum Kaufen empfohlen wurde – Bettzeug, Verbandszeug, ein Transistorradio, eine Taschenlampe, Batterien, Brettspiele, eine Schaufel für den Fall, daß sie sich aus dem Haus, das auf sie gestürzt war, ausgraben mußten –, hatten sie schon. Eine kleine Bibliothek mit Büchern über Natur und amerikanische Geschichte werde sich als nützlich und anregend erweisen, stand in der Broschüre, aber er sagte, die wüßten wohl nicht, wieviel heutzutage ein Buch kostete, und schleppte eine Kiste mit seinen alten *Life*-Ausgaben hinunter. Er nahm auch sein Gewehr aus dem Zweiten Weltkrieg mit und drei Kästen von dem Whisky, den ihre Mutter immer trank.

Jeden Montag und Freitag mußten die Mädchen die Wasserkrüge leeren und sie frisch füllen. Diese Hausarbeit machte ihnen überhaupt nichts aus. Das war ein geringer Preis für den Ruhm und die Gewißheit, die einzigen Kinder im Stadtteil zu sein, denen nichts passieren konnte. Ihre Freundinnen bettelten, daß sie auch hineinkönnten, wenn die Bombe fiel, und Sandy sagte zu allen, die fragten: »Klar.« Da Norma genau wußte, wie streng der Bunker für maximal fünf Personen angelegt war, sagte sie, sie glaube nicht, daß sie mit hineinkönnten – anfangs sagte sie das –, aber am Schluß sagte sie auch immer: »Na, gut«, denn wie konnte sie ihre Freundinnen dem Tod ausliefern? Lou sagte: »Vorauszahlung in bar.« Am Ende des Schuljahres hatte sie drei Dollar verdient.

Ihr Vater begann, den Ernstfall zu proben, was den Übungen in der Schule nicht im geringsten ähnelte, wo die wichtigste Regel war, Ruhe zu bewahren. Er pfiff manchmal mitten in der Nacht auf einer Trillerpfeife, und die Mädchen mußten wie verrückt rennen, um die ihnen zugewiesenen Aufgaben zu erfüllen: Norma, die Fenster zumachen und verriegeln und die Haustür verschließen; Lou, den Strom abstellen und den Absperrhahn am Heißwasserboiler umlegen; Sandy, die Heizung abdrehen. Am nächsten Morgen behauptete ihre Mutter immer, sie hätte die ganze Nacht durchgeschlafen, obwohl er die ganze Zeit gepfiffen und »Rührt euch!« gerufen hatte, bis sie vor der Bunkerluke in Reih und Glied standen. Einmal unten, richtete er die Taschenlampe auf die Stoppuhr und verkündete, wie lange es gedauert hatte. Er leuchtete ihnen ins Gesicht und sagte ihnen, wie sie noch mehr kostbare Sekunden rausschinden konnten.

Er schlief unten. Er legte ein Verlängerungskabel, damit er seine Judy-Garland-Platten hören konnte. Die Mädchen malten sich aus, wie er mit der Schaufel tanzte, sie abknutschte: »How's about a little kiss, Baby.« Sie fanden es toll, wenn er abends aus dem Haus war, weil sie dann die Kanäle wechseln und sagen konnten, was sie wollten, und spät ins Bett gehen konnten. Solange ihre Mutter einen vollen Becher Whisky hatte und der Fernseher lief, war ihr einerlei, was passierte.

Am vorletzten Samstag vor den Ferien verkündete ihr Vater, daß sie alle für zwei Wochen in den Atombunker gingen. Alle, einschließlich ihrer Mutter. Die Mädchen kapierten nicht. Meinte er, zwei Wochen lang jeden Tag einen Probealarm? Nein, er meinte, zwei Wochen unten bleiben. Da schlafen? fragten sie. Da schlafen, sagte er, da essen, zwei Wochen lang nicht rauskommen.

»Oh, Herr im Himmel«, sagte ihre Mutter leise.

»Da unten Fernsehen gucken?« fragte Norma.

»Kein Fernsehen. Wir leben so, als ob die Bombe gefallen wäre und es keinen Strom gäbe.«

Sandy erkundigte sich, was wäre, wenn das Telefon klingelte.

»Wir sagen vorher allen, wo wir sind.«

»Aber mußt du nicht zur Arbeit?«

»Nein. Ich hab zwei Wochen frei.«

Sie kapierten immer noch nicht. »*Noch* zwei Wochen, Daddy?« fragte Norma.

»Alles paletti«, sagte er und klatschte in die Hände, »heute in einer Woche gehen wir runter. Deshalb will ich am Freitag das Bettzeug draußen auf der Leine sehen, zum Lüften. Ich will, daß das Wasser erneuert wird. Ich will, daß ihr alle badet.«

»Aber wann fahren wir denn nach Disneyland?« fragte Lou.

»Überhaupt nicht«, sagte er.

Sie waren noch keine Stunde im Bunker, als Norma zum ersten Mal ihre Periode hatte. Weil sie dachte, die Krämpfe kämen von Blähungen, ging sie in das kleine Einbauklo und setzte sich auf die Toilette.

Ein paar Sekunden später rief sie Lou herein. »Ich sterbe«, flüsterte sie, berührte das Blut im Zwickel ihrer Hose und hielt ihren Finger gegen den Leuchter.

»Du Blödi«, flüsterte Lou. »Es sind die Tage.«

»Woher weißt du das?«

»Ja, was denn sonst? Was bist du blöde.«

»Hast du sie auch?«

»Nein«, sagte Lou, als ob sie lieber sterben würde.

Norma sah auf den dunklen Fleck in ihrer Unterhose. Jetzt tropfte Blut in die Toilette. »Was soll ich machen?«

»Nimm Binden. Aber ich nehme an, hier unten sind keine.« Lou wühlte in dem Regal neben der Toilette. Verbandszeug, Toilettenpapier, Magentabletten. »Ich weiß, daß in Mommys Schrank welche sind, weil ich ihr gerade eine Schachtel gekauft habe.« Sie machte die Tür auf. »Mommy? Kannst du mal kommen?«

»Was ist los?« fragte ihr Vater.

»Nichts. Mommy?«

Die Hausschuhe ihrer Mutter schlappten beim Gehen.

»Norma hat ihre Periode«, flüsterte Lou ihr zu.

Ihre Mutter schlug die Hände vor den Mund.

»Haben wir Binden hier unten?« fragte Lou.

»Jim«, sagte ihre Mutter und drehte sich um. »Lou muß mal eben für eine Sekunde hoch ins Haus flitzen.«

»Was für eine Scheiße erzählst du denn da?« brüllte er. »Draußen ist alles radioaktiv.«

»Na ja, Jim, nicht in echt.«

»Ja, aber wir müssen uns so verhalten, als ob es so wäre, oder wir machen die ganze Übung kaputt.«

»Norma ist eine Frau geworden.«

Schweigen. Norma schloß die Augen.

»Was für eine Scheiße erzählt ihr da?« fragte ihr Vater wieder.

Ihre Mutter sagte sehr deutlich: »Tante Rosa«, was ein Codewort sein mußte, denn ihr Vater sagte: »Ach, du liebe Güte.«

»Deshalb muß Lou mal eben raufflitzen und ein paar Binden holen«, sagte ihre Mutter.

»Sie blutet wirklich?« sagte er.

»Hm, ja, Jim.«

»Alles paletti, wir zerreißen ein Laken.« Er nahm ein grüngestreiftes Biberbettuch vom Regal, wo die Bettwäsche lag, und riß es auseinander. »Was, glaubt ihr, haben die Pioniere gemacht?« fragte er.

Den Rest des Morgens durfte Norma auf der Koje bei ihrer Mutter liegen, die die Fernsehzeitschrift las, Zigaretten rauchte und aus dem Kaffeebecher Whisky schlürfte. Wenn ihr Vater nicht hinsah, gab sie Norma einen Schluck gegen die Krämpfe.

Lou und Sandy mußten sich streng an das sogenannte Reglement halten. Das war ein Plan, den ihr Vater auf ein Stück feinen, glatten gelben Karton geschrieben und an die Wand genagelt hatte. Links standen die Tageszeiten und rechts, was sie zu diesen Zeiten tun mußten. »Acht Uhr – aufstehen; acht Uhr bis acht Uhr fünfzehn – Benutzung der Toilette in nachstehender Reihenfolge: Dad, Sandy, Norma, Lou, Mom.« Et cetera. Einige Programmpunkte hatten die beiden Buchstaben »L.a.« davor, das bedeutete »Licht aus«, um Kerzen und Spiritus zu sparen. Vor Singen und Nachmittagsgymnastik stand »L.a.«.

Von zehn Uhr dreißig bis elf Uhr dreißig war Gymnastik mit Licht an. Im ersten Teil führte ihr Vater Lou und Sandy im Marschschritt im Bunker herum und schrie immer: »Eins, zwei, drei, vier! Links, links!«

Das nächste war fünfundzwanzigmal Fingerspitzen an die Zehen und danach fünfundzwanzig Liegestütze. Der Boden fühlte sich kalt an den Händen an, und Lou und Sandy schafften nur ein paar Liegestütze, dann wurden ihre Arme lahm.

»Fünf, sechs, sieben!« zählte ihr Vater weiter. Zwischen den Liegestützen klatschte er immer in die Hände und hielt sich eine Sekunde lang in der Luft. Aus den Augenwinkeln warf er ihnen einen wütenden Blick zu, damit sie weitermachten, und sie kriegten noch ein paar hin, aber es war einfach zuviel für sie.

Er machte fünfzig. Dann sprang er hoch wie ein Kistenteufelchen und schrie: »Grätschsprung!«

Sie sprangen mit dem Gesicht zu ihm, traten sich gegenseitig auf die Zehen und schlugen mit den Händen aneinander, weil es nicht genug Platz gab. Sein Mund war kreisförmig geöffnet und bedachte sie mit einem Schwall Kaffeeatem. Der Schweiß strömte ihm übers Gesicht. Wenn sie auf der Straße einen Mann getroffen hätten, der so aussah, wären sie weggerannt.

»Gut, spielt Himmel-und-Hölle«, sagte er nach den Grätschsprüngen.

»Wir brauchen Steine«, sagte Lou.

»Spielt ohne.« Er kurbelte das Frischluftgebläse an, goß sich dann ein Glas Wasser ein. Lou fragte, ob sie auch eins haben könnte.

»Warte bis zum Mittagessen«, sagte er. »Wir müssen es rationieren.«

»Psst.« Es war ihre Mutter. Sie krümmte den Finger, und als Lou hinging, gab sie ihr heimlich einen Schluck aus ihrem Becher. Lou schnappte nach Luft, weil es ihr so in der Kehle brannte.

»Du gewöhnst dich dran«, flüsterte Norma.

»Sonst schaffen wir es nie, bis der Vorhang fällt«, flüsterte ihre Mutter.

Ihr Vater legte sich in eine untere Koje und rauchte erst mal eine Zigarette. Alle paar Sekunden sah er auf die Uhr, bis es Zeit für den nächsten Programmpunkt war – »L.a. Singen«.

»Alles paletti«, sagte er, nachdem er das Licht ausgemacht hatte. »Was wollt ihr singen?«

»Uh«, sagte Lou. »Uh«, sagte sie noch einmal, um ihre dünne Stimme wie eine Nadel aus Licht in der pechschwarzen Dunkelheit zu hören. Das einzige, was ihr einfiel, war das Lied von Jiminy der Grille, das ihr Vater bestimmt nicht kannte.

»It's a long way to Tipperary«, stimmte ihr Vater an. »Los! Alle! Sandy! Norma!«

»It's a long way to go«, sang ihre Mutter in der Koje mit ihrer hohen, zittrigen Stimme.

Sandy drückte eine Hand… die ihrer Mutter – das merkte sie daran, wie klein sie war. Halb saß sie, halb lag sie über den Beinen ihrer Mutter und Normas Beinen. Oben im Haus hatte sie keine

Angst mehr vor der Dunkelheit, aber in dieser Dunkelheit hier hatte sie das Gefühl, als falle sie – das ganze Bett mit ihnen allen dreien stürzte wirbelnd in die Tiefe. Außerdem gab es auf einmal einen Verwesungsgeruch. Sie glaubte, daß er von Rapunzel kam, die unter dem Baum mit der Wäscheleine begraben war. War da der Luftabzug? Hier unten konnte Sandy keine Richtungen mehr unterscheiden. Es stank aber so gewaltig, daß sie zu der Überzeugung kam, daß das Luftloch direkt neben Rapunzel war.

Sie sangen »The British Grenadiers«, »The Battle Hymn of the Republic«, »Marching to Pretoria«, »You're a Sap, Mister Jap«. Dann gingen sie zu Liedern aus Judy-Garland-Filmen über, die sangen sie leise. Ihr Vater verlangte bei Judy-Garland-Liedern eine zarte Intonation, selbst bei »Ballin' the Jack« und »The Trolley Bus Song«. Sie hörten mit »Somewhere over the Rainbow« auf. Ihr Vater hatte wirklich eine gute Stimme (im Dunkeln, ohne daß man ihn singen sah, klang sie sogar noch besser), und bei der letzten Zeile von »Somewhere over the Rainbow«, bei der Zeile »Why, oh, why can't I?«, wo die Mädchen und ihre Mutter wußten, daß sie ganz langsam werden mußten, erhob sich seine Stimme klar und rein wie die eines Jungen vor ihren höheren Stimmen und erzeugte in der Schwärze einen so wunderschönen Klang, daß sie danach einen Moment lang schwiegen.

»Wir sind wie Sternchen«, sagte Norma. Sterne am Himmel meinte sie.

»Guckt mal, der Broadway«, sagte ihr Vater. Er zündete ein Streichholz an, dann eine Kerze und sah auf die Uhr. »Punkt zwölf«, sagte er. »Zeit zum Mittagessen.«

Während Lou aus Pulver Milch anrührte und Margarine auf Brotscheiben schmierte, machte er zwei Dosen Spaghetti auf dem Campingkocher warm. Sie aßen im Sitzen auf den Kanten der unteren Kojen. Nach einem Mundvoll stellte Norma fest, daß sie keinen Hunger hatte. Sie gab ihrem Vater ihren Teller und fragte, ob sie zur Toilette gehen könne.

Der Lappen war klatschnaß. Sie konnte nicht verstehen, wie soviel Blut aus ihr herauskommen konnte und sie immer noch lebte.

Sie hatte keine Bauchschmerzen mehr, aber ihr war schwindelig. Was, wenn sie wirklich verblutete?

Sie machte den alten Lappen los, wickelte ihn in Toilettenpapier, nahm einen neuen von dem Stoß und steckte ihn fest. Auf dem Weg zurück zur Koje ihrer Mutter hob sie den Deckel des Mülleimers und ließ den zusammengerollten Lappen hineinfallen. Der Eimer war mit Polyäthylen ausgeschlagen, und auf dem Boden stand ein Behälter mit Desinfektionsmittel zum Aussprühen. Sie fragte sich, ob ihr Vater sie zwei Wochen hier unten aufbewahren würde, wenn sie sich zu Tode geblutet hätte.

Das Reglement sah vor, daß Mittagessen und Abwaschen eine Stunde dauern sollten, aber das Geschirr war um zwölf Uhr zweiundvierzig trocken und wieder auf den Regalen.

»Was machen wir bis eins?« fragte Lou und klaute sich einen Schluck von dem Whisky ihrer Mutter. Ein Uhr bis drei Uhr war Karten- und Brettspiele.

Ihr Vater klopfte auf seine Uhr. »Dann können wir wohl früher mit den Spielen anfangen«, sagte er mit grimmiger Miene. »Aber morgen dehnen wir das Mittagessen aus. Eßt langsamer. Redet. Ich will, daß ihr euch alle Themen für eine Unterhaltung ausdenkt.«

Er legte über das Himmel-und-Hölle eine Decke auf den Boden, und sie setzten sich alle im Kreis hin. Obwohl ihre Mutter im Haus nie Gesellschaftsspiele spielte, kam sie auch dazu und sagte, sie könne sich nicht daran gewöhnen, daß kein Fernsehen da sei. Es sei, als verliere man einen seiner Sinne, sagte sie, wie nicht sehen oder hören können.

Ihr Vater langte über den Boden nach dem Whisky und goß ihren Becher randvoll.

Zuerst spielten sie Karten. Rommé. Normalerweise haßten die Mädchen es, mit ihm Karten zu spielen. Er sagte immer, sie sollten sich beeilen und rauslegen, und wenn sie es taten, sagte er: »Ihr macht wohl Witze?« Er schrie sie an, sie sollten ihre Karten hochhalten – sie zeigten ja jedem, was sie hatten. Wenn sie gewannen, sagte er, das sei Glück, aber wenn er gewann, sagte er, es sei achtzig

Prozent Können, zwanzig Prozent Glück. »Es ist doch nur ein Spiel«, sagte er zu ihnen, wenn sie sich ärgerten oder aufregten, aber er rief immer »Mamma mia!« und »Himmelherrgott!« Mit ihm endete das Spielen entweder so, daß er sie alle ins Bett schickte oder aus dem Zimmer stürmte. Heute war er aber netter, weil ihre Mutter mitspielte oder vielleicht, weil er nicht hinausstürmen konnte. Er gebrauchte seine nette Stimme. Die Mädchen mußten kichern. Alles, was er sagte und tat, schon, wenn er eine Karte nahm und sie stirnrunzelnd ansah, kam ihnen urkomisch vor.

Ihre Mutter lächelte über dem vollkommenen Fächer ihrer Karten. Sie gewann die ganze Zeit, eine Überraschung für die Mädchen, aber nicht für sie selbst, und sie begriffen, daß Rommé noch etwas war, das sie insgeheim gut konnte, wie Nähen und Steptanzen.

»Mommy!« schrien sie und umarmten sie, wenn sie ihre Karten in ordentlichen Reihen hinlegte und sie alle mit vollen Flossen erwischte.

»Na, na, na«, sagte ihr Vater, sein Lächeln hörte in seinen Mundwinkeln auf. Die Mädchen lachten. »Beruhigt euch«, sagte er freundlich.

Sie fühlten sich pudelwohl. Es machte Spaß hier unten; es war so wie in einem Fort. Als nächstes spielten sie Herz, und ihre Mutter gewann immer weiter, versuchte zweimal, alle Karten zu kriegen und kriegte sie.

Zwischen den Runden fing ihr Vater an, hin und her zu laufen. »Irgendwas ist hier im Gange«, sagte er und wedelte ihnen mit der Zigarette zu. »Hier wird euer alter Vater verarscht.«

Er wollte Scrabble spielen, ein Spiel, jeder gegen jeden. Es konnten aber nur vier spielen, deshalb bildeten Sandy und ihre Mutter ein Team.

Er fing an und legte das Wort BRUMMEN. Das brachte die drei total zum Lachen. Ihre Mutter und Sandy legten KLIRREN, was noch lustiger war. Norma benutzte das B, um BUS zu legen. Sie kreischten vor Lachen. Lou legte WUSELN, und sie konnten es nicht aushalten, so witzig kam es ihnen vor.

»Beruhigt euch«, sagte ihr Vater wieder. Wie ein Zick-Zack-Blitz erschien die Ader auf seiner Stirn – ein Gefahrensignal –, aber sie konnten nicht aufhören zu lachen.

Er war an der Reihe. Er benutzte das K und legte KASETTE.

»Alles paletti«, sagte er frohgemut und fing an, seine Punkte zu zählen. »Ein Doppelbegriff –«

»Was denn?« fragte Lou.

»Kassette«, sagte er. »Ein Kästchen und eine Musikkassette.«

»Aber Kassette wird mit zwei s geschrieben«, schrie sie.

Unmutig sah er auf das Spielbrett. »Nein, wird es nicht.«

»Doch, doch«, sagte ihre Mutter. »K-A-S-S-E-T-T-E.«

Er lachte. »So wird's heute geschrieben. Ich schreibe es wie früher.«

Ihre Mutter schüttelte den Kopf. »Ich glaube, es gibt bloß eine Art, es zu schreiben, Jim.«

»Daddy, du kannst nicht richtig schreiben«, sagte Sandy zärtlich. Sie konnte auch nicht richtig schreiben.

»He!« schrie Lou und ordnete die Buchstaben neu. »Du kannst KETTE legen!«

»Kette!« Alle drei brachen in Gelächter aus.

Mit dem Handrücken schlug er Lou voll ins Gesicht. Sie fiel zur Seite. Norma und Sandy sprangen auf und rannten zur Wand, Sandy weinte. Ihre Mutter beugte sich vor, um die Whiskyflasche an sich zu nehmen. Er stand müde da, als ob alles vorüber sei, trat dann aber gegen das Scrabble-Brett. Es schoß in die Höhe, Buchstaben fielen überall hin, es war in der Mittelfalte geknickt, als ob es fliegen wollte, und fiel dann flach auf den Boden.

Lou hatte sich aufgerappelt, sprang jetzt zur Decke hoch und versuchte, an die Treppen zu kommen, die man herunterziehen mußte.

»Der Riegel ist vor«, sagte ihr Vater ganz sachlich. Er sah auf die Uhr. »Zeit für das Nickerchen«, sagte er und fing an, die Lichter zu löschen.

Lou warf sich wieder auf den Boden. »Ich steh nicht wieder auf«, sagte sie mit leidenschaftlicher Stimme, die ihre Schwestern überzeugte. Ihr Vater machte einen Schritt über sie hinweg. Die anderen gingen zu den Kojen. Zwei Kojen, Lous und Normas, waren an der Rückwand; eine, Sandys, an derselben Wand wie die Toilette; und noch zwei, die ihrer Mutter und ihres Vaters, an der Wand gegenüber der Toilette. Ihr Vater kletterte auf seine Koje, er trug dabei eine Kerze, die er sich zwischen die Knie klemmte, während er den Wecker stellte, dann blies er sie aus.

Schwarz. Und dann dieser Gestank. Diesmal rochen ihn alle drei Mädchen. Lou bildete sich ein, er käme von unter dem Bunker, von unter der Stelle, wo sie lag. Sie fing an zu zittern. Der Boden war kalt und hart und hubbelig von den Scrabblebuchstaben. Ihr Ohr pochte; es kam ihr riesig vor, wie ein Mickymausohr. In Disneyland hätte sie mit ihren drei Dollar eine Mickymauskappe gekauft.

Sie kniete sich hin und kroch zu ihrer Koje, am Schnarchen ihres Vaters erkannte sie die Richtung. Als sie gegen die untere stieß, fiel sie mit dem Kopf auf die Kante. Sie war zu müde, um nach oben zu klettern oder zu Norma zu kriechen.

»He«, flüsterte Norma, aber Lou schlief schon fest. Norma legte die Hand auf das Gesicht ihrer Schwester. Sie meinte, sie spürte den heißen Abdruck der Hand ihres Vaters. Wenn sie jetzt aufstand, um den Lappen zu wechseln, schlug er sie womöglich auch, aber wenn sie das ganze Bett vollblutete, würde er sie umbringen. Nach dem Spielen hatte sie einen neuen nehmen wollen. »Bitte, lieber Gott«, betete sie, flehte, daß das Bluten aufhörte. Würden die Jungen das Blut riechen? Jungen starrten immer auf ihre Brust. Ganz egal, wie klug oder nett sie ansonsten waren, wenn sie ihr auf die Brust starrten, guckten sie dämlich und hinterhältig. Selbst an heißen Tagen trug sie zwei Unterhemden und einen Pullover. Sie schlief auf dem Bauch, aber ihre Brüste wuchsen trotzdem weiter. Wann würden sie damit aufhören? Manchmal glaubte sie, ihre Brüste seien intelligentes Leben mit wahnsinnigen, ekelhaften Absichten.

Sie fragte sich, ob der grauenhafte Verwesungsgeruch ihre Periode sei.

Aus irgendeinem Grunde ging der Wecker erst um zehn nach vier statt um vier Uhr und verkürzte so die Gymnastikstunde. Ihr Vater gab jeder nur eine Minute zur Benutzung der Toilette, Norma zwei, damit sie den Lappen wechseln konnte. Das Blut war nicht bis auf die Laken durchgekommen, aber es war durch die Unterhose geflossen und hatte einen Flecken in der blauen Cordhose hinterlassen. Die mußte sie die ganze Woche tragen. Hier unten gab es kein Waschpulver, geschweige denn, Wasser oder Zeit im Reglement, Wäsche zu waschen, und sie hatten bloß einmal Wechselwäsche mitbringen dürfen, die sie aber nicht vor nächstem Samstag anziehen durften.

Sandy bettelte um Wasser, und er gab ihr einen Schluck. Als er pinkelte, trank Lou ein ganzes Glas. Sie sagte, sie habe Kopfschmerzen, und Sandy sagte: »Ich auch.«

»Nimm noch einen Schluck«, flüsterte ihre Mutter und bot ihr den Becher an.

Nachmittagsgymnastik im Dunkeln kam als nächstes. Weil Norma sagte, ihr Bauch tue immer noch weh, wurde sie freigestellt. Lou und Sandy nicht, Kopfschmerzen wegen der Druckverhältnisse seien hier unten normal, behauptete ihr Vater. Ein Kinderspiel – mit dem Licht aus. Lou hatte nicht im geringsten vor, sich anzustrengen. Sie ließ Sandy ihre Hand halten (»Sonst fühle ich mich wie in dem Haus des Zauberers von Oos«, flüsterte Sandy), und die beiden taten nur so, als höben sie die Beine beim Marschieren. Beim Zehenspitzenberühren und den Liegestützen lagen sie nur da und machten Grunzgeräusche, während der Schweiß ihres Vaters auf sie regnete.

Für die »aufmunternden Worte« ging das Licht wieder an. Sie bestanden darin, daß ihr Vater ihnen von einem Dreitagemarsch mit einem gebrochenen Knöchel erzählte, davon, wochenlang von Pfirsichkonserven zu leben und einen verwundeten Kumpel unter einem Fritzen-Sperrfeuer in Sicherheit zu ziehen – Geschichten, die sie schon tausendmal gehört hatten. Dann waren »Inventur«, »Abendessen und Aufräumen« dran, danach zwei Stunden »Freizeit«, die entweder in stillen Gesellschaftsspielen bestanden oder in

Lesen. Die Mädchen spielten mit ihrer Mutter Herz und nippten an ihrem Becher. Lou stahl sich auch ein paar Züge von ihrer Zigarette. Nach ein paar Runden kippte Norma um. Ihr Vater lag auf seiner Koje, rauchte und las seine *Life*. Alles über Russen oder Neger las er in ironischem Ton laut vor.

Um neun Uhr mußte Norma aufwachen, und sie zogen alle ihre Schlafanzüge an. Als sie im Bett waren, sagte ihr Vater das Gebet des Soldaten: »Stärke unsere Herzen und schwäche unsere Feinde.« Für Gottes Segen sagte er ihre Namen in derselben merkwürdigen Reihenfolge herunter, in der sie die Toilette benutzen mußten. Dann blies er die Kerze aus und fing sofort an zu schnarchen. Sandy fing an zu wimmern.

»Was hast du, Liebling?« fragte ihre Mutter.

»Ich rieche, wie die Würmer Rapunzel fressen.«

»Das ist Daddy.«

»Ich glaube nicht, daß das der Gestank von einem Menschen ist«, sagte Norma schnell, immer noch unsicher, ob sie es nicht selbst war.

»Es ist immer nur im Dunkeln«, sagte Sandy.

Ihre Mutter stand auf und machte den Leuchter in der Ecke neben der Toilette an. »So«, sagte sie. »Es ist weg.« Und das stimmte. Sie schliefen alle ein! Ungefähr eine Stunde später, als der Wecker ging, damit ihr Vater das Gebläse ankurbeln konnte, wollte er wissen, wer, zum Teufel, den Leuchter angemacht hatte. »Ich, Jim«, sagte ihre Mutter. »Ich habe den Alptraum gehabt.« Er drehte sich um und sah sie an. Was für einen Alptraum? überlegten die Mädchen.

Er ging ins Bett zurück und ließ den Leuchter brennen. Alle paar Stunden ging der Wecker, damit er das Gebläse ankurbeln konnte. Einmal war der Leuchter aus, und er goß Spiritus nach und zündete ihn wieder an.

Jahre später sollten die Mädchen von diesen beiden Wochen nicht als »wie wir im atomsicheren Bunker waren« sprechen, sondern davon, »wie wir fast gestorben sind«.

Von Anfang an war die Bedrohung Tod da, wenn man bedachte, daß ihr Vater sie um jeden Preis alle hier unten halten wollte, egal, was geschah. Als Erwachsene waren die Mädchen sich einig, wenn eine von ihnen einen Blinddarmdurchbruch gehabt hätte, hätte er versucht, sie mit seinem Jagdmesser und Jodtinktur zu kurieren.

Da aber nichts so Dramatisches passierte und sie die ganzen zwei Wochen betrunken verbrachten, dämmerte es ihnen erst in den letzten Tagen, wie sehr sie in Gefahr waren, als es nämlich kein Wasser mehr gab und die »aufmunternden Worte« in Geschichten von Kindern wie Anne Frank und der kleinen Eva aus »Onkel Toms Hütte« bestanden, die dem Tod tapfer ins Auge geblickt hatten.

Er hakte die Tage ab, indem er in die untere Ecke des Reglements Striche kratzte. An Tag vier waren die Mädchen und ihre Mutter so auf den Zeitplan eingestellt, daß sie raten konnten, wenn es für den nächsten Programmpunkt Zeit wurde. Mitten in den Gesellschaftsspielen und Liedern, mitten in Sätzen, durchfuhr sie ein Schreck bei dem Gedanken, wie spät es war.

Wie ihre Mutter vertrugen die Mädchen den Alkohol, zumindest waren sie immer in der Lage, zu tun, was sie tun mußten. Aber jeden Morgen hatten sie einen Kater, und Norma war normalerweise noch speiübel. Zuerst schob Norma die Schuld auf ihre Periode, weil sie nicht wußte, daß man auch von einem Schluck ab und zu betrunken werden kann, und weil sie nicht glaubte, daß ihre Eltern ihnen erlauben würden, sich zu betrinken. Auch weil er es auf ihre Periode schob. Wie konnte er diese schon am zweiten Tag kaum noch heimlichen Schlucke nicht mitkriegen? Vielleicht, dachten die drei Mädchen später (eigentlich hielten sie es sogar für wahrscheinlich), kriegte er es durchaus mit; wahrscheinlich hielt er es für besser, sie ruhig zu stellen.

Tag vier war der beste. Als aufmunternde Worte des Tages erzählte er ihnen, was für eine glatt laufende Maschine sie fünf seien, was für ein Pfundstrupp, was für Kerle.

Am Tag fünf stieg er aus dem Bett, trat auf Normas Brille und zerbrach beide Gläser. Als klar wurde, daß man sie nicht mit Alleskleber und Isolierband reparieren konnte, verabreichte er ihr eine Tracht Prügel, weil sie sie auf dem Boden gelassen hatte, und schrieb dann einen Brief ans Gesundheitsministerium über den betrügerischen Optiker, der ihm fünfzehn Dollar extra für unzerbrechliche Gläser abgeknöpft hatte.

Das alles dauerte eine halbe Stunde. »Allmächtiger Gott, acht Uhr dreiunddreißig!« rief er und gab jeder nur eine Minute im Bad.

Norma vergeudete ihre Minute nicht mit Pinkeln. Sie machte schnell ihren Lappen los und tastete auf dem Regal über der Toilette nach einem neuen. Sie tastete überall, warf eine Flasche um.

»Deine Zeit ist um!« schrie er.

Sie klopfte den Boden ab, fand den Lappen, den sie gerade abgenommen hatte, und drückte ihn über der Toilette aus.

»Zeit!« brüllte er.

»Schon gut, schon gut.« Wo hatte sie die Sicherheitsnadeln hingelegt?

Lou machte die Tür auf und schob sich an ihr vorbei, um die Toilette zu benutzen. »Meine Güte«, sagte sie. Norma stand da, die Schlafanzughosen unten, den blutigen Lappen in der Hand.

»Kannst du sehen, wo meine Sicherheitsnadeln sind?« flüsterte Norma.

Lou saß auf der Toilette und suchte den Fußboden ab. »Hier«, sagte sie und hob sie auf.

»Ich hab keine Lappen mehr«, sagte Norma leise, ihre Stimme zitterte, ihre Finger zitterten, als sie die Sicherheitsnadeln nahm.

Normalerweise wuschen sie sich, nachdem sie der Reihe nach auf der Toilette waren, in derselben Reihenfolge mit dem Wasser, das er zum Rasieren benutzt hatte. Heute morgen sagte er ihnen jedoch, sie sollten direkt zu »Ankleiden« übergehen, und um auch ein paar Sekunden zu sparen, ging er zum Umkleiden nicht ins Bad.

Für »Ankleiden« blieb das Licht an, da diese Kategorie Rasieren und Waschen einschloß. In Anwesenheit ihres Vaters mußten sich die Mädchen in ihre Decken wickeln und zum Umziehen zur Wand drehen. Norma, die sich sowieso verhüllt und zur Wand gedreht hätte, obwohl ihre Schwestern und ihre Mutter sich nicht mehr darum scherten, war den Tränen nahe, weil er sich im selben Zimmer auszog. Nichts, was er je getan hatte, erschien ihr so unrecht –

»Rühr dich!« schrie er sie an, und dann kullerten ihre Tränen, weil sie alle aufhielt und nichts sehen konnte und platzte, weil sie nicht auf der Toilette gewesen und ihr speiübel war und ihr Lappen tropfnaß.

Sie konnte nichts essen. Um allem die Krone aufzusetzen, hatte er auf der Toilette so wüst wie noch nie gestunken und außerdem hatte er Körpergeruch, weil er sich nicht gewaschen und kein Deodorant benutzt hatte. Sie saß da und rührte in ihren Frosties und versuchte, den Mut aufzubringen, um zu fragen, ob er wohl noch ein Laken zerreißen würde.

Aber dann erwähnte Lou, daß die Lappen alle waren.

Er sah Norma an. »Blutest du immer noch?« fragte er in einem Ton, der implizierte, daß ein echter Kerl mittlerweile aufgehört hätte.

»Wie ein angestochenes Schwein«, antwortete Lou.

»Dann nimm ein paar Lappen aus dem Müll und wasch sie«, sagte er zu Norma. »Hängt eine Wäscheleine auf. Spare in der Zeit, so hast du in der Not.«

Norma klaubte auch den letzten Lappen heraus, für den Fall, daß sie die ganzen zwei Wochen blutete. Auf Knien wusch sie sie mit Spülmittel in dem großen Topf im Bad, wo die anderen sie nicht sehen konnten. Sie kriegte nicht alles Blut heraus – der grüne Stoff behielt bräunlichrote Streifen. Als sie zwischen den oberen Kojen die Leine spannte und die Lappen zum Trocknen aufhängte, sagte ihre Mutter: »Sie sehen nicht gerade festlich aus!«

»Sie sehen wie Tankstellenfähnchen aus«, sagte Lou.

Für Norma sahen sie nach ihrem Schmutz und ihrer Scham aus. Die Scham sollte sie nie überwinden.

Wie der Rest des Tages immer schlimmer wurde:

Ihr Vater verlor beim Mau-Mau, beschuldigte Lou, sie hätte

gepfuscht (was stimmte), verprügelte sie und verbrannte das Kartenspiel auf dem Kocher.

Nach »Zeit für das Nickerchen« bemerkte Sandy, daß sie mit einem Ausschlag bedeckt war. Ihre Mutter diagnostizierte ihn als Windpocken.

Als ihr Vater die »Pioniere der Selbstverteidigung«-Broschüre sorgfältig durchlas, fiel ihm auf, daß er beim Kalkulieren, wieviel Wasser sie brauchten, in der Spalte »Für drei Personen« anstatt in der »Für fünf Personen« nachgeguckt hatte.

Das Abwaschwasser mußte drei Tage halten. Sie konnten sich nur noch an den geraden Tagen waschen und die Zähne putzen: acht, zehn und so weiter. Zum Mittagessen gab es nichts mehr zu trinken.

An dem Morgen, an dem ihr Vater die neuen Wasserrationierungsregeln verkündete, stieg die Temperatur im Bunker um ungefähr zehn Grad. Ihr Vater kam zu dem Schluß, daß draußen eine Hitzewelle sein müsse, und erklärte, es sei ein Glücksfall, diese Temperatur sei näher an der, die sie von einer nuklearen Verbrennung erwarten konnten. Er zog sich bis auf seine Boxershorts aus und fing an, mit seinem mexikanischen Akzent zu reden.

Nach einigen Stunden zog sich ihre Mutter auch bis auf Unterrock, BH und Unterhosen aus und streifte Sandy die langen Hosen und den Pullover ab. Dann entledigte sich auch Lou ihrer Klamotten. Aber Norma, die Brüste und blutbefleckte Unterhosen zu verbergen hatte, behielt alle ihre Sachen an. Um sich Abkühlung zu verschaffen, lehnte sie sich gegen die Betonwände und machte einen von ihren sauberen Lappen mit etwas Canadian Club naß und benetzte sich die Haut. Ihre Mutter kühlte Sandys Windpocken auch mit einem whiskygetränkten Geschirrtuch.

Ihre Mutter war so besorgt und wütend, wie die Mädchen sie noch nie gesehen hatten. Sie widersetzte sich dem Befehl ihres Vaters, Sandy hinter einem Plastikvorhang unter Quarantäne zu halten, und ließ sie bei sich liegen. Jede Stunde maß sie ihr das Fieber und hielt ihr den Becher mit Whisky an die Lippen. Immer wieder zog Sandy die Schnur an ihrer Beatnikpuppe. Sie klemmte jetzt und die Puppe sagte nur noch: »He, kesse Biene, machen wir 'ne Nummer.« Sandy mochte keine Puppen mit glattem schwarzem Haar. Sie hatte diese Puppe einzig und allein aus dem Grund mit heruntergebracht, weil ihr Vater gesagt hatte, sie könne sie mitnehmen, und sie dachte, das bedeute, sie müsse sie mitnehmen. Sie zog an der Schnur, damit sie sich nicht an den Windpocken kratzte. Die ganze Zeit sagte ihre Mutter: »Ich weiß, daß es dir ganz schrecklich geht«, aber Sandy ging es eigentlich nicht schrecklich, außer, daß es sie überall juckte. Aber vielleicht täuschte das Fieber sie. Vielleicht starb sie. Immer wenn sie daran dachte, weinte sie.

Einmal, als sie weinte, sagte ihre Mutter: »Wenn das Fieber bei diesem Kind noch ein Grad höher steigt, bringe ich sie hier raus, Jim, selbst wenn ich dich erschießen muß, um an den Schlüssel für den Riegel zu kommen.«

»Lieber Gott«, dachte Lou, »laß Sandys Fieber ein Grad steigen.«

Aber ihre Mutter hielt es mit Canadian-Club-Wickeln unten. Wenigstens vertrieb der Whisky den Toilettengeruch. Der Toilettengeruch war das schlimmste. Der und der Durst. Von Tag sechs an (das verstanden sie nicht, denn sie tranken den ganzen Tag Whisky) waren die Mädchen immer wie ausgedörrt.

Eines Morgens, an Tag neun, nahm Norma einen Schluck von dem zwei Tage alten Spülwasser. Wahrscheinlich Gift, aber das war ihr gerade recht. Sie starb sowieso. Sie verblutete, und allen war es egal. *Ihr* war es egal. Um sich auf den Himmel vorzubereiten, hatte sie ihre Sünden aufgezählt und Gott um Vergebung gebeten. Sie hatte jetzt eine so tiefe Liebe zu Jesus entwickelt, daß sie ganz oft während des Tages Harfenmusik hörte und den Stern von Bethlehem hell erstrahlen sah. In ihrem Kopf setzte sich die Vorstellung fest, daß ihr toter Bruder rechts neben Jesus saß, und sie führte lange, einseitige Unterhaltungen mit ihm. Von da, wo er saß, konnte er die ganze Welt sehen, stellte sie sich vor. Er konnte sogar unter die Erde sehen. Wenn sie nach Disneyland gefahren wären, hätte er ihren Wohnwagen als winzigen Flecken beobachtet, wie er quer durch die Prärie fuhr. Daß sie nun den Wilden Westen nicht mehr besuchen konnte, bedauerte Norma am meisten. Daß sie die Pferde nicht sehen konnte. Sie glaubte immer gern, daß es im Himmel Pferde gab – die bunten mit Flügeln. Na ja, sie würde es schon bald herausfinden. Jede Stunde, die verging und sie immer noch nicht tot war, erschien ihr wie ein Wunder, aber gesetzwidrig. Hier war sie, aß nichts und verlor literweise Blut. Bisher eine Neun-Tage-Periode. Warum verwelkte sie nicht einfach?

Diejenige, die verwelkte, war Lou, jedenfalls glaubte sie das. Sie empörte sich über ihre Arme und Beine. »Seht mal! Seht mal!« sagte sie und streckte die Arme aus. »Bohnenstangen!«

Niemand widersprach.

»Ich brauche mehr Essen!« schrie sie. »Ich verhungere!«

»Tonteria con salsa«, sagte ihr Vater. »Quatsch mit Soße!«

Und weil es stimmte, daß Lou genauso viel wie sonst aß, hatte sie allmählich den Verdacht, daß in Wirklichkeit sein schlechter Atem die Ursache für ihren Gewichtsverlust war. Er atmete so was wie DDT-Gas aus.

Sie benutzte einen von Normas gewaschenen Lappen und etwas Schnur und machte sich eine Maske, um Mund und Nase zu bedecken. In Unterwäsche und Maske mit offenem, ungekämmtem Haar sah sie aus wie ein Alptraum von Krankenschwester, sagte ihr Vater.

Er lachte verschlagen. Er traute ihr keinen Fußbreit über den Weg. Für den Fall, daß sie versuchte, Essen zu klauen, wenn er schlief, hatte er sich den Dosenöffner am Gummizug seiner Boxershorts festgebunden, und die beiden verbleibenden Wasserkrüge stellte er oben ans Fußende seiner Koje.

Er nannte sie »den Gringo«. »Guckt euch den Gringo an«, sagte er, als sei sie außer Hörweite. »Guckt, wie er Pläne ausbrütet. Wenn der Gringo könnte, wie er wollte, würde er die ganze Übung sabotieren.«

Das hatte sie schon. Der Prüfstein, das einzige Ziel, das zählte, war, die von der Broschüre empfohlenen vierzehneinhalb Tage, dreihundertundachtundvierzig Stunden, hier unten zu bleiben. Das würde nicht passieren. Am Morgen von Tag neun fügte Lou, bevor er aufwachte, auf der unteren Ecke des Reglements, wo er die Tage abstrich, einen Strich hinzu, und er merkte es nicht.

»Tag zehn«, verkündete er auf dem Weg zur Toilette und kratzte eine waagerechte Linie über die vier senkrechten.

Der Gang zur Toilette, einschließlich der Pause, den Tag abzustreichen, dauerte sechs Sekunden. Am Tag zuvor hatte er jede seiner Tätigkeiten gestoppt, vermerkt, wie lange es dauerte, zu pinkeln, ein Glas Orangensaft zu trinken, Pachisi zu spielen, »Easter Parade« zu singen – alles, was er tat. Er ging dazu über, die Zeit im Militärjargon anzugeben. »Nullachthundert«, sagte er. Er war besessen von der Zeit. Es durfte keine Abweichungen mehr vom Reglement geben, kein Ausdehnen oder Kürzen der Programmpunkte. Obwohl viele gar nicht mehr stattfanden. »Gymnastik« war dazu verkommen, daß Lou und Norma auf den Himmel-und-Hölle-Kästchen standen, wobei Lou Comics las und Norma vor sich hinstarrte. Der Ankleidepart von »Ankleiden« existierte nicht mehr, weil sich keine mehr die Mühe machte, abends die Schlafanzüge anzuziehen. Und er machte sich ab Tag zehn auch nicht mehr die Mühe, sich zu waschen, die Zähne zu putzen und zu rasieren. Er sah wie ein Penner aus, wie die Männer, die aus der Schlucht kamen und in aller Öffentlichkeit die Hosen runterließen. Weil er Durst hatte, gesellte er sich auch zu den Whiskytrinkern.

Vom Alkohol wurde er ungeschickt und weinerlich. Während der Zeit für das Nickerchen an Tag elf, der eigentlich Tag zehn war, versuchte Lou, noch einen Tag auf dem Reglement abzustreichen, aber diesmal erwischte er sie, und als er sie verprügelte, brachen er und Sandy in Tränen aus.

An Tag zwölf ließ er den letzten Krug fallen und das ganze Wasser floß auf den Boden.

»Du Idiot!« kreischte Lou, aber er war zu benommen, um zu reagieren. Lou riß sich die Maske ab, fiel auf die Knie und leckte das Wasser auf. Das war's dann an ungepanschter Flüssigkeit. Für die nächsten einundsechzig Stunden war es Whisky oder gar nichts.

Diese Stunden waren ein süßer, kloakenhafter Traum. Es half, daß ihr Vater sturzbesoffen war. Er bemühte sich immer noch, einige Programmpunkte des Reglements auf den Glockenschlag genau zu verkünden, aber ob sie stattfanden oder nicht, merkte er nicht.

»Eine Schnapsleiche«, sagte Lou, als er bei »Inventur« vollkommen hinüber auf dem Boden lag und sie den Dosenöffner von seinen Boxershorts löste. Jetzt konnten sie essen, was und wann sie wollten. Aber so hungrig waren sie nicht. Sie interessierten sich sowieso nur für Dosen mit Saft – Gemüse- und Obstdosen –, aber aus irgendeinem Grund waren sie auch nicht mehr so durstig.

Warum suchte Lou nicht nach dem Schlüssel für den Riegel, wenn er völlig weggetreten war? Das fragte sie sich einen Tag, nachdem sie aus dem Bunker waren, und sie fragte es sich für den Rest ihres Lebens. Warum flüchtete sie nicht? Sie war betrunken, das schon, aber auch nicht betrunkener als zu dem Zeitpunkt, als sie einen Tag auf dem Reglement abgestrichen hatte. Und auf jeden Fall war ihr Kopf klar genug, daß sie begriff, daß sie betrunken war und keine Schnapsleiche.

Ihre Mutter übernahm das »Singen« und die »Aufmunternden Worte«. Statt Soldatenliedern sangen sie Titelmelodien aus Fernsehsendungen und Lieder aus alten Musicals. Statt Geschichten über den Krieg und die Weltwirtschaftskrise hörten sie Episoden aus alten Fernsehserien und Geschichten, wie ihre Mutter auf einer Farm aufwuchs, die einzige Tochter, die den Boden anbetete, den ihre beiden älteren Brüder betraten, die immer Weiß trug, das weißeste Weiß.

Auch nachdem das Fieber weg war, schlief Sandy bei ihrer Mutter. Die beiden verbrachten den größten Teil des Tages im Bett, dösten vor sich hin oder starrten an die Decke. (Sandy hatte sich den heiteren Blick ihrer Mutter angewöhnt.) Wenn Lou sie dort golden und ganz gleich liegen sah, stellte sie sich vor, daß sie entweder Leichen oder Engel wären. Manchmal dachte Lou, sie kämen aus dem Weltall, Spione vom Mars in menschlicher Gestalt, die sich einbildeten, wenn man als Tochter auftreten wollte, verkleidete man sich einfach als kleinere Mutter.

Lou verbrachte ihre freie Zeit damit, zu üben, wie man Spielkarten von unten austeilte, las die *Life,* jetzt, wo ihr Vater sie nicht las, arbeitete an ihren Listen, erweiterte ihre Schimpfwortsammlung und brachte sie in alphabetische Reihenfolge und bereicherte ihre Hitliste berühmter Leute um weitere Namen wie zum Beispiel der Avonberaterin und Kathy von *Vater ist der Allerbeste.*

Norma trank aus ihrer eigenen Whiskyflasche, die sie sich wie ein Kreuz vor die Brust hielt, eine Fahrkarte zum Himmel. Ohne ihre Brille fühlte sie sich, als sei sie schon im Himmel, als sei sie in einer Wolke, umgeben von den lieben, verschwommenen Gesichtern ihrer Familie. Eine solche innere Ruhe hatte sie noch nie erlebt. Jede Minute dieser letzten Stunden war sie ruhig bis auf einmal – als sie ins Bad ging, um den Lappen zu wechseln und ihr Vater schon drin war, vor der Toilette stand.

»Ach, willst du gerade drauf?« fragte sie, weil sie annahm, er wolle nicht, denn er hatte die Tür aufgelassen und sie nicht weggeschickt.

Und dann erkannte sie an dem Farbflecken Haut, daß er die Hosen schon unten hatte. Sie drehte sich um, stolperte durch die Tür. »Ich seh nichts«, schrie sie.

Aber sie *hatte* etwas gesehen. Sie hatte seinen Penis gesehen, etwas, das rot und verschwommen hervorschaute.

Voller Panik dachte sie: »Er weiß, daß ich ihn gesehen habe.« Sie nahm einen Schluck Whisky. »Er ist sowieso betrunken«, sagte sie sich. »Er weiß nicht, was er tut.« Sie starrte auf den Schein des Leuchters, seinen immerwährenden göttlichen Schein und erinnerte sich an eine Zeile aus einem Kirchenlied: »Im Himmel ist gut wohnen, hinauf steht mein Begier.« Sie konnte es kaum erwarten.

Am letzten Tag um fünf Uhr morgens leerte ihr Vater die restlichen drei Flaschen Whisky auf den Boden aus.

»Gott verdammich, wir gehen hier nüchtern raus«, sagte er.

Mit Ausnahme ihrer Mutter natürlich. Bevor er die Flaschen ausgeschüttet hatte, hatte er ihren Becher gefüllt, aber sie teilte mit niemandem.

An dem Abend davor hatten sie eine Dose Tomaten gegessen, die letzte Konserve, die Flüssigkeit enthielt. Jetzt gab es nur noch fünf Tage altes Spülwasser zum Trinken. Besser als nichts.

Gegen Mittag hatten alle drei Mädchen die schlimmsten Kopfschmerzen ihres Lebens. Aber es waren immer noch sechs Stunden.

»Ich sterbe«, sagte Lou. »Jetzt sterbe ich wirklich.«

Sandy weinte. Norma fühlte sich auch zum Heulen. Jetzt merkte sie wieder, wie die Bude roch, wie sie roch. Sie quälte sich mit der Vorstellung, daß jemand so Stinkiges, Blindes und Versoffenes wie sie geglaubt hatte, in den Himmel zu kommen.

Das einzige, was sie alle drei noch wollten, war schlafen, aber ihr Vater befahl ihnen, das Bettzeug zu falten, die Kisten zusammenzusuchen und zu packen. Er rauchte Kette. Sah alle zwei Minuten auf die Uhr. Er drohte Lou, ihr eins aufs Maul zu hauen, wenn sie es nicht hielte. Seine Hände zitterten. Auf seinem Gesicht klebten Toilettenpapierfetzen, da, wo er sich beim Rasieren geschnitten hatte. Er sah aus wie ein Wrack. Sie sahen alle so aus.

Um fünf Uhr ordnete er an, daß sie sich mit allem im Arm, was sie hochtragen konnten, auf die Kanten ihrer Kojen setzten. Ihre Blicke saugten sich an dem Riegel fest, als ob er sich von selbst öffnen würde, als ob, wenn er es nicht täte, sie für immer gefangen wären.

Die Sonne blendete sie. Das Haus war noch da. Unter ihren Füßen war das Gras, es mußte gemäht werden. Der Hund eines Nachbarn bellte. Zwischen ihrem und dem Nachbarhaus sahen sie ein blaues Auto vorbeiflitzen. Sie starrten es alle mit offenen Mündern an. Sie standen nahe beieinander, blinzelten.

»Heimat, du hast uns wieder«, sagte ihr Vater, was er immer nach langen Autofahrten oder Ferien sagte. Sein Blick war triumphierend, wahnsinnig, elend.

Über Nacht weiß

1963

Ihr Vater beginnt im Wohnzimmer zu schlafen, jeden Morgen verstaut er seine Decken, Kissen und den Schlafanzug hinter der Couch. Beim Frühstück sieht ihre Mutter wie betäubt aus. Im September geht sie ins Krankenhaus. Als die Mädchen nach Hause kommen, sitzt ihr Vater am Küchentisch, drückt die Zigarette in einer Salatschüssel aus, die Kippen häufen sich schon darin.

»Eure Mutter kriegt den Blinddarm rausgenommen«, sagt er.

»Den hat sie doch schon raus«, sagt Lou. Sie haben die Narbe gesehen, als sie die Grippe hatte, damals, als sie sie zur Toilette bringen mußten.

Er starrt sie an, drückt immer noch die Kippe aus. »Nein, stimmt nicht«, murmelt er. »Das war was anderes.«

»Was?«

»Eine Operation. Eine Komplikation.« Er sieht Lou direkt an. »Um genau zu sein, als du geboren wurdest.«

Ihre Mutter ist zwei Wochen weg. Jeden Abend fährt ihr Vater mit einer Flasche Whisky in der Aktentasche hin, um sie zu besuchen. Als sie wieder nach Hause kommt, ist ihr Haar weiß. Über Nacht ist sie weiß geworden.

Eine Reaktion auf die Narkose, erklärt ihr Vater. Aber an ihren herunterhängenden schmalen Schultern, dem Grau um ihre Augen, daran, wie ausgehöhlt sie aussieht, merkt man, daß sie mehr als das erlitten hat.

Die Mädchen fragen nicht. Sie wollen es nicht wissen. Sandy kann sie nicht ansehen, ohne an den weißhaarigen Nikolausmann zu denken, der gestorben ist, als sie dabei waren. Sie kann ihr eigenes goldenes Haar nicht kämmen, ohne sich darüber zu grämen, daß sie das Abbild ihrer Mutter ist und sich mit sechsunddreißig in eine alte Dame verwandeln wird.

Ein paar Wochen später liefert Tante Betty Mary Janes letzte Wintergarderobe ab, damit ihre Mutter sie in Kleidung für sie ummodelt. Jeden Tag nach der Schule öffnen die Mädchen die Haustür in der Erwartung, das Surren der Nähmaschine zu hören. Statt dessen sehen sie die ungeöffneten Kisten immer noch im Flur. Schließlich sucht sich Norma aus, was sie will (sie ist die einzige, die die Klamotten ohne Veränderung tragen kann), und ihr Vater verstaut den Rest unter der Treppe.

Sandy weint, als sie die Kisten verschwinden sieht. Unten im Keller nimmt sie die Partykleider, Blusen und Pullover heraus und streichelt den teuren Stoff.

Dann geht sie eines Tages, an einem Sonntagmorgen, mit der Schere und der tragbaren Nähmaschine hinunter. Beim Mittagessen trägt sie einen Rock – eng, aus blauem Wollstoff, mit gelben Knöpfen an einer Seite –, aus einem Trägerkleid gemacht. Am Sonntagnachmittag hat sie eine dazu passende Weste. Sie trägt das Kostüm am Montag zur Schule, und alle glauben, es ist gekauft.

Den Rest der Woche und die ganze nächste Woche näht sie, vor der Schule, nach der Schule. Mittags zeichnet sie Schnittmuster und überlegt sorgfältig, welches Kleidungsstück sie als nächstes auseinandernehmen und verarbeiten wird. Die ganze Zeit hat sie das Gefühl, daß sie eine Fähigkeit erlernt, die sie schon beherrscht. Sie macht aus einem Kleid eine Bluse mit Puffärmeln und Muschelkragen, aus einem weiten Rock einen Faltenrock, aus einem Kleid ein Kleid. Sie zieht einen Pullover auf und strickt ihn neu.

Nur Norma begreift, wie erstaunlich es ist, daß Sandy in dem Alter diese Kleider macht, ohne daß es ihr gezeigt worden ist. Obwohl sie Sandy nicht lobt (in dieser Zeit hat sie das Gefühl, daß die Angelegenheiten ihrer Schwester sie nichts angehen), versorgt sie sie mit Nachschub, indem sie die meisten Kleidungsstücke, die sie aus den Kisten genommen hat, zurückgibt. Sie überlegt, ob sie ein Testament aufsetzen und Sandy all ihr Zeug vererben soll – alles, bis auf die Garderobe, in der sie begraben werden möchte.

Über diese Garderobe denkt Norma ständig nach. Neuerdings stellt sie immer wieder fest, daß sie sich Gedanken über ihre Beerdigung macht, als sei es eine Projektarbeit für die Schule, mit der sie nicht fertig wird. Und die ganze Zeit möchte sie herausfinden, ob der Bestattungsunternehmer einem die Brille aufsetzt. Sie macht sich Sorgen, ob genug Leute kommen. Sie fragt sich sogar, ob ihre Mutter kommt. Lou muß – ihr Vater wird sie zwingen –, aber wird Lou weinen? Es stört Norma, daß sie sich nicht vorstellen kann, wie Lou weint. Lou weint fast nie, aber der Grund, warum Norma sie sich weinend nicht vorstellen kann und es doch gern würde, ist, daß Lou sie auf einmal zu hassen scheint. Schweinchen nennt Lou sie oder Fettarsch – sonst nichts. Aus keinem ersichtlichen Grund sagt sie zum Beispiel: »Ich weiß, was mit dir nicht stimmt: scheißbraune Haare, schwammige rote Backen, Colaflaschenbrille, Basketballtitten, großer fetter Arsch.«

Norma wehrt sich nicht. Wie auch, wenn doch alles wahr ist? Und sie schlägt auch nicht mit einer Aufzählung dessen zurück, was mit Lous Aussehen nicht stimmt, weil ihr nur eine Sache einfällt und weil sie Angst hat, wenn sie einmal anfängt, gemein zu sein, kann sie nicht wieder aufhören – bis zum Mord würde sie gehen –, und weil sie die Starke sein muß, da ihr Bruder doch tot ist.

Und weil sie es aushält. Lou könnte niemals etwas sagen, was so schlimm wie die Schule ist, und wenn Norma die Schule aushält, kann sie alles aushalten. Sie ist das erste Jahr in der High School. Ihre alten Freundinnen sind alle in einer anderen Klasse. Sie ißt mit einem Mädchen, das fürchterlich näselt und sie Norba nennt und in einer Tour sagt: »Was soll's?«

Aber besser als allein zu essen. Wenn Norma allein durch die Flure geht, muhen die Jungen hinter ihr her und nennen sie Enorma. Es geht das Gerücht, sie habe drei Brüste. Im Sportumkleideraum erwischt sie Mädchen, die versuchen, einen Blick auf sie zu erhaschen. Schließlich zieht sie sich in einer Klozelle um und tut als ob – mit Klopapierabreißen und Spülen.

Sie lebt auf drei Uhr fünfzehn hin, wenn sie nach Hause und in die Werkstatt ihres Vaters gehen kann. Bis auf das behagliche Surren der Nähmaschine im anderen Zimmer ist es dort ruhig. Wenn sie nicht die Wäsche machen muß, hat sie zwei ganze Stunden für sich.

Der Anblick der Werkzeuge, wie sie in praktischer Reihenfolge über der Werkbank hängen, berührt sie immer. Sie wünschte, sie könnte noch einmal einen ganzen Raum bauen, mit ihrem Vater. Die Zeit, als sie zusammen den atomsicheren Bunker gebaut haben, kommt ihr vor wie die Zeit unbeschwerter Jugend. Damals hat sie mit zweifünzig langen Fünf-mal-zehn-Kanthölzern gearbeitet. Jetzt arbeitet sie mit Abfallstücken. Das ist eine der Bedingungen ihres Vaters, die andere ist, daß alles, was sie macht, nützlich sein muß.

Als erstes baut sie ein Regal für Krimskrams. Erst, als sie es fertig hat und einen Platz zum Aufhängen sucht, merkt sie, daß sie keinen Krimskrams haben (oder Petit-point-gestickte Bilder oder Plastikfische an der Wand). Schließlich hängt sie das Regal neben ihr Bett und tut jeden Abend ihre Brille und das Glas Wasser drauf.

Als nächstes macht sie einen Brotkasten. Dann einen Schmuckkasten, dann einen Werkzeugkasten. Sie weiß, sie ist beim Tischlern nicht so geschickt wie Sandy beim Nähen, aber sie hat immer wieder gute Ideen. Den Werkzeugkasten versieht sie zum Beispiel mit Haken, damit man ihn an die Leiter hängen kann. In der Werkstatt ihres Vater sprudeln ihr die Ideen nur so aus dem Kopf, und sie hört auf, sich über ihre Beerdigung Gedanken zu machen.

Eines Tages entdeckt sie unter der Werkbank einen Ordner, den man wie eine Ziehharmonika auseinanderfalten kann. Er ist ganz verstaubt und mit einem schwarzen Schnürsenkel zusammengebunden. Er erinnert sie an den Zeitungsausschnitt, den Onkel Eugene in seiner Werkstatt versteckt hatte. Als sie den Ordner aufmacht und herausnimmt, was drin ist – ein Schwarzweiß-Foto –, denkt sie zwar in erster Linie an den Ausschnitt über ihren Bruder Jimmy, glaubt aber trotzdem, daß sie das auf dem Foto ist. In einem der Fotoalben ist ein Bild von ihr mit sechs Monaten, und da sieht sie ganz genauso aus: schwarze Haare, chinesisch geschlitzte Augen, sie trägt sogar dasselbe Spitzennachthemd.

Warum versteckt ihr Vater das Bild hier unten, fragt sie sich.

Ihre kleinen Babyhände zeigen mit den Handflächen nach oben in einer Geste »Wer, ich?«. Fand er es besonders niedlich? Vielleicht hat er sie wirklich geliebt, als sie ein Baby war.

Sie dreht das Bild um. »Jimmy«, liest sie laut, »Zweiter März achtundvierzig.«

Sie dreht das Bild wieder um. »Jimmy Field«, sagt sie leise, förmlich.

Er hätte ihr eineiiger Zwilling sein können. Als sie geboren wurde, müssen sich ihre Mutter und ihr Vater gefragt haben, ob sie er war, zurück vom Grund der Niagarafälle. Sie guckt sich die Schrift an. Kleine ordentliche Buchstaben. Die Schrift ihrer Mutter.

»Armes Baby, armes kleines Baby«, sagt sie zu dem Gesicht. Jetzt, wo sie weiß, es ist Jimmy, findet sie ihn süß. »Mommy hat dich geliebt. Immer und ewig. Als du ertrunken bist, hat sie angefangen zu trinken.«

Sie küßt das Bild, läßt es zurück in den Ordner gleiten, bindet den Schnürsenkel zu und legt den Ordner da wieder hin, wo sie ihn gefunden hat, unter die Bank. Den Rest des Nachmittags ist sie sich des Bildes auf Höhe ihrer Oberschenkel bewußt, als träfe sie ein Strahl warmen Lichts, es beruhigt sie.

Ungefähr eine Woche später steht sie an der Werkbank und ertappt sich dabei, wie sie laut sagt: »Was würdest du tun, wenn du ein Mädchen wärst und die Jungen hinter dir hermuhten?« Sie stellt sich vor, wie die Antwort sich in Jimmys Kopf bildet, zu ihren Oberschenkeln ausstrahlt und dann durch ihren Körper hoch in ihr Gehirn wandert. Sie stellt sich eine Stimme wie die von Jesus vor: »Tu so, als seist du Daniel in der Löwengrube.«

Von dem Tage an stellt sie Jimmy alle sie bedrängenden Fragen. Sie fragt nur dann und wann und beschränkt sich auf wichtige Themen, sie glaubt, sie müsse Respekt zeigen. Auf jede Frage, die sie stellt, bekommt sie eine Antwort, von der sie weiß, daß sie richtig ist. »Warum nicht nachsehen, was im Haus alles repariert werden muß?« »Unser Vater ist im Moment total gut gelaunt – frag ihn, ob du ein paar von seinen guten Kanthölzern benutzen darfst.«

Auf einmal ist ihr Vater ein guter Kumpel, gibt das Geld mit vollen Händen aus. Er kommt mit Geschenken nach Hause, Schokoladentafeln. Er gibt ihnen mehr Taschengeld. Eines Samstags im Oktober taucht er um zwölf Uhr von der Arbeit auf, schwärmt von den herrlichen Herbstfarben und fährt mit ihnen aufs Land, damit sie die Bäume sehen. Seit Jahren haben sie keinen Ausflug mehr aufs Land gemacht, seit ihre Mutter das Haus nicht mehr verläßt. Ungefähr zwei Stunden lang fahren sie kaputte Straßen rauf und runter, ohne daß er einmal meckert, was die Schlaglöcher seinen Stoßdämpfern antun. Er lächelt verzückt, pfeift, fängt an, Lieder zu trällern. Dann fährt er in die Stadtmitte, mitten rein, obwohl es bedeutet, sagt er, eine wichtige Sitzung auf der Arbeit zu schwänzen. Jedes Viertel, in dem ethnische Minderheiten wohnen, kündigt er an, läßt eine Sekunde lang das Steuer los und ruft durch die vor den Mund gehaltenen Hände: »Wir betreten jetzt Spaghettifresserstadt!« »Wir betreten jetzt das Pollackenparadies!« Die Mädchen sind froh, daß die Autofenster zu sind. Auf dem Nachhauseweg hält er vor einem Restaurant und kauft ihnen Luxuseisbecher. »Was soll's«, lacht er, als er die Rechnung sieht.

Wo ist seine schlechte Laune? Lou kann sogar vor ihm fluchen, und wenn er sie nicht ignoriert, sagt er nur so was wie: »Was für eine Type« oder »Ich könnte mich über dich totlachen.«

Zuerst denkt Lou: »Das ist ja toll«, aber nach ungefähr einer Woche geht er ihr auf die Nerven. Alle anderen auch. Zur Zeit könnte sie über alle kotzen. Mit einer Ausnahme – Sherry, ihre neue Freundin. Sherry ist aus Chicago. Sie ist hier hoch zu ihrer Großmutter gezogen, weil ihre Mutter einen Nervenzusammenbruch hatte, nachdem sich ihr Vater in »eine schwarze Schnalle« verliebt hat. Als einziges Mädchen in der Klasse weiß Lou, daß es sich dabei nicht um ein Schmuckstück handelt.

Sherry ist immer wieder baff, wie unschuldig die Mädchen hier oben im Norden sind. »In Chicago würde sich ein Mädchen ums Verrecken nicht ohne Make-up zeigen«, sagt sie. Wann immer Lou sie besucht, ganz egal, zu welcher Tageszeit, trägt sie orangefarbenes festes Puder-Make-up, rosa Lippenstift und schwarzen Eyeliner. In der Schule hat sie immer eine enge, auf dem Rücken geknöpfte Strickjacke an. Sie und Lou rauchen hinter den Toilettencontainern Zigaretten und reden mit Südstaatenakzent wie Sandra Dee in *Tammy Tell Me True*. »Ich fühl mich so wunderbar komisch«, sagen sie. »Ich fühl mich wie's Vöglein im Baum.« Wenn ein Junge von der High School ankommt und will, daß Sherry mit ihm knutscht, geht Lou vor die Toiletten und steht Schmiere. »Ich fühl mich ganz rundum zufrieden«, sagt Sherry hinterher.

Lou weiß, wider den äußeren Anschein ist von ihnen beiden sie der schlechte Einfluß. Sherry knutscht mit Jungen, raucht die Zigaretten, die Lou stiehlt, und zieht sich wie eine Sexbombe an. Damit hat sich's. Darunter ist sie so nett wie eine Sonntagsschullehrerin. Wenn Lou sich mal wieder hinreißen läßt, jemanden richtig fertigzumachen, sagt sie immer: »Sie ist eigentlich ganz in Ordnung.« Oder: »Sie kann nichts dafür.« Sie sieht immer nur die guten Seiten. »Immer noch besser, als bei einer bekloppten Mutter zu wohnen«, sagt sie dazu, daß sie aus Chicago weg mußte. Sie sagt, in ein paar Jahren fängt sie sowieso an, reiche alte Männer zu heiraten, mit ihnen so lange zu schlafen, bis sie der Schlag trifft, und dann deren ganzen Zaster auszugeben.

»Warum heiratest du nicht reiche *junge* Männer und ermordest sie?« schlägt Lou vor. Sherry sagt ihr, sie hätte was ganz Gemeines.

Lou hat aber was noch Schlimmeres: eine unbändige Wut. Manchmal wird sie so wütend, daß sie in der Dunkelheit rausgeht und Steine gegen Fenster und Straßenlampen wirft. Eines Abends schreibt sie mit weißer Kreide überall auf die Straße und die Gartenzäune »FUCK OFF«.

In ihren Träumen ist sie ein anderer Mensch, sanft und unschul dig, meist noch ein kleines Mädchen. Sie hat einen immer wiederkehrenden Traum, in dem sie und ihre Schwestern friedlich ganz für sich allein in dem weißen herrschaftlichen Haus wohnen, wo der alte Mann in ihrem Beisein gestorben ist.

Im wirklichen Leben haßt sie es, mit ihren Schwestern zusammenzuleben, besonders mit Norma. Norma treibt sie in den Wahnsinn – frißt wie ein Schwein, ist fett wie ein Schwein, läßt zu, daß die Jungen Ausdrücke hinter ihr herrufen. Lou kann es nicht ertragen, daß irgend jemand gemein zu Norma ist. Sie wirft eine volle Colaflasche auf einen Jungen, der hinter Norma hermuht, als sie und Norma aus dem Zigarettenladen kommen. Immer wenn sie Norma von weitem sieht, am Ende der Straße, zum Beispiel, wenn Norma (immer allein) aus der Schule kommt, schnürt es ihr die Kehle zu. Sie will, daß Norma nie wieder ein Leid geschieht. Sie will Norma das Leben retten. Statt dessen schreit sie sie an. Sie kann nicht anders. Jedesmal, wenn sie sich umdreht, stopft sich Norma garantiert mit Keksen voll. Oder erledigt eine von Lous Aufgaben. Wäscht ab. Macht Lunch. »Was willst du nur beweisen!« wütet Lou, die Tränen steigen ihr in die Augen. Eines Tages hat sie genug. Sie sagt: »Okay, du willst hier alles tun, dann tu's. Ich geb auf.«

Das einzige, was Lou im Haushalt noch macht, ist das Einkaufen, weil sie sich nämlich dann ihre wöchentliche Ration Limo und Süßigkeiten besorgt. Samstags morgens fährt ihr Vater sie und ihren Karren auf dem Weg zur Arbeit vor den Laden – »Morgenstund hat Gold im Mund«, sagt er immer (da kann man sein Leben drauf verwetten) –, aber normalerweise geht sie direkt vom Auto zu Sherrys Wohnung in den Mietshäusern hinter dem Einkaufszentrum und schafft es erst nachmittags, die Lebensmittel einzukaufen.

An einem Samstag läßt sie es ein bißchen sehr spät werden und rast durch die Supermarkttüren, als der Leiter abschließen will. »Fünf Minuten«, ermahnt er sie.

»Drei«, sagt Lou, läßt den Griff ihres Karrens los und schnappt sich einen Einkaufswagen. Da sie jede Woche dasselbe kauft, geht sie schnell durch.

Sie scheint die letzte Kundin im Laden zu sein. Da wird sie noch schneller. Aber als sie auf den Fleischstand zurast, sieht sie genau da, wo sie hin will, zwei Leute am Hotdogstand stehen. Eine Frau in einem Angestelltenkittel und einen Mann in einem schwarzen Mantel.

Eine fremde Frau.

Und ihr Vater.

Lou hält inne, ihre Turnschuhe quietschen. Ihr Vater dreht sich nicht um. Die Frau, die zu dicht neben ihrem Vater steht, mit dem Gesicht zu ihrem Vater und zu Lou, sieht herüber. Ihr Name steht auf ihrer Brusttasche. Lou kann ihn lesen, so nah ist sie. »Vera Produce«, liest sie.

Sie sagt: »Dad.« Aber das Wort scheint vor ihrem Mund auf einer Ziegelmauer aufzuprallen. Ihr Vater hält Vera Produces linke Hand unten an ihrem roten Rock fest.

An ihrer Hüfte. Sie hat breite Hüften und dicke weiße Beine ohne Strümpfe. Rote hohe Absätze. Sie sieht Lou wieder an, dann jemand anderen, der durch den nächsten Durchgang kommt.

»Unser Geschäft schließt jetzt«, sagt eine Stimme über Lautsprecher. »Bitte nehmen Sie ihre Einkäufe mit zur Kasse. Unser Geschäft schließt jetzt.« Vera Produce fährt sich mit den Händen durch das schwarze Haar. Ihr Vater flüstert ihr was zu. Sie sieht mißgelaunt zu Boden, schüttelt den Kopf, schaut ihn dann wieder an mit offenem, nassem Gesicht.

»Liebling«, sagt ihr Vater. Er legt ihr die Hand auf die Wange. Sie drückt ihre roten Lippen auf die Manschette seines Hemdes, das Norma gestern mit dem Bügeleisen versengt und dann in Bleichmittel eingeweicht hat. Vera Produce schießen die Tränen aus den Augen, sie küßt eine Linie von den Manschetten ihres Vaters bis zu seinen Fingerspitzen.

Lou läßt den Einkaufswagen los. Sie dreht sich um, läßt den Wagen und die Lebensmittel stehen und marschiert durch den Gang zur Vorderseite. Der Leiter muß ihr die Tür aufschließen. »Vergiß deinen Karren nicht«, sagt er.

In dem Moment, in dem sie hinausgeht, leuchten die Parkplatzlampen auf. In der hintersten Reihe neben dem Müllcontainer der Heilsarmee entdeckt sie den Kombi ihres Vaters. Versteckt wie schmutzige Unterhosen, hinter eine Tür geworfen. Sie wird nicht daran vorbeigehen. Sie geht einen anderen, den langen Weg nach Hause. Die Ruhe, die sie spürt, ist ihr vertraut: Sie weiß, sie ist nicht von Dauer. Sie geht langsam, zieht ihren leeren Karren, bleibt stehen, geht wieder los, sieht in Fenster, die einzuschmeißen sie nicht die Absicht hat. Überall sitzen die Leute an Küchentischen beim Abendbrot. Vor einem Haus, das genauso ist wie ihres – es hat sogar mitten auf dem Rasen eine kümmerliche Trauerweide und dieselbe Haustür mit drei runden Fenstern, die wie die Denkblasen bei einer Comicfigur schräg hochgehen –, setzt sie sich in ihren Karren. Dann legt sie sich hinein, um auszuprobieren, wie er wohl als Bett wäre.

Sein Auto ist nicht in der Garage. Vor ihrem inneren Auge sieht Lou rasch und angeekelt, wie ihr Vater und Vera sich auf dem Parkplatz abknutschen. Vera Produce hat dicke weiße Beine wie Säulen vor einem Herrenhaus. Was sieht ihr Vater in ihr? Was sieht sie in ihm? – das ist die wahre Frage. Vera Produce muß verrückt sein. Eine verrückte Schnalle.

Lou zieht den Karren mitten in die Garage, damit ihr Vater reinkracht, dann kickt sie ihn gegen die Wand, aus dem Weg. Ihr wird schlecht, wenn sie daran denkt, wie er sie alle mit seiner Nummer vom guten Kumpel verarscht hat. Wer bezahlt die Rechnungen, wenn er abhaut? Als Sherrys Vater mit der Negerfrau abgehauen ist, war Sherrys Mutter gezwungen, das Haus zu verkaufen.

Drinnen plärrt die Glotze. Norma hämmert vor sich hin.

»Warum ist es hier, verdammte Axt, nie einigermaßen ruhig und friedlich?« schreit Lou.

Sofort herrscht Ruhe. Einen Moment später kommt Norma aus dem Keller in den Eingangsflur. Sie trägt eine von den alten Arbeitshosen ihres Vaters, die Hosenaufschläge hochgekrempelt, und eine riesige, sägemehlbestäubte Strickjacke von ihrer Cousine Mary Jane. »Wo sind die Lebensmittel?« fragt sie.

Lou zieht sich die Jacke aus. Anstatt sie auf die Bank fallen zu lassen, hängt sie sie auf einen Kleiderbügel im Garderobenschrank.

»Was ist los?« fragt Norma.

Lou schiebt sich an ihr vorbei in die Küche. Sie überlegt, ob sie die Wahrheit erzählen soll oder nicht. Norma kommt hinter ihr her und fragt wieder nach den Lebensmitteln. Seufzend läßt sich Lou auf einen Stuhl fallen. Sie sieht Normas ängstliches Gesicht und zum ersten Mal fällt ihr auf, daß es das Gesicht ihres Vaters ist, nur mit Brille und jünger und fetter. Und freundlicher. Sandys Gesicht ist das ihrer Mutter. Meins, denkt Lou, ist von niemandem. Es wird fürchterlich, denkt sie, alles zu vermeiden, das ihn in Wut bringt, die ganze Zeit gut zu sein, damit er bei ihnen bleibt. Sie stützt sich mit den Ellenbogen auf den Küchentisch und legt den Kopf in die Hände. Im Moment hat sie weder die Kraft noch den Mut, Norma die schlechte Neuigkeit mitzuteilen. »Ich hab sie vergessen«, sagt sie.

»Vergessen?«

»Ja, vergessen. Klar?«

Mehr als die offensichtliche Lüge, mehr als keine Lebensmittel und die ordentlich aufgehängte Jacke ängstigt Norma der Ton in Lous Stimme. Was hat Lou angestellt? Lou war diejenige, die vor ein paar Wochen diese Sauereien überall auf die Straße und die Zäune gekritzelt hat. (Norma hat, soviel sie konnte, mit ihrem Schal weggewischt.) Abgesehen davon, daß sie die Schrift erkannt hat – dasselbe *F*, ein *T* mit zwei Querstrichen, das Lou benutzt, wenn sie mit ihrem Familiennamen unterschreibt – Norma fällt niemand ein, der so weit gehen würde. Sie weiß, daß Lou klaut und mit diesem frühreifen Mädchen aus Chicago rumhängt. »Beschütz deine Schwestern«, rät ihr Bruder Jimmy aus dem Himmel. Leicht gesagt.

»Na ja«, sagt Norma seufzend und hilflos wie immer, »das heißt dann wahrscheinlich Senfbrote zum Abendessen.«

Sie warten mit dem Essen auf ihren Vater. Alle paar Minuten sieht Lou aus dem Fenster. Nach einer Viertelstunde sagt sie ruhig: »Das Schwein kommt nicht mehr nach Hause«, und Norma wickelt sein Brot in Butterbrotpapier ein, damit er es später essen kann.

Sein Auto fährt genau in dem Moment vor, als sie sich an den Tisch setzen. »Kommt«, sagt Lou und stürzt in den Eingangsflur.

Ihr Vater wirkt überrascht, sie zu sehen. »Fein, alles klar«, sagt er, ohne ihre ausgestreckten Hände zu inspizieren. Er sieht stirnrunzelnd an ihnen vorbei zum Eßzimmer, als ob er im falschen Haus wäre.

»Mir ist schlecht geworden, deshalb gibt's keine Lebensmittel«, sagt Lou. Sie kann nicht verhindern, daß ihre Stimme ärgerlich klingt. Als er seinen Mantel aufhängt, sieht sie Veras roten Lippenstift auf der Manschette.

»Was?« sagt er geistesabwesend und dreht sich um.

Als Lou nicht antwortet, murmelt Norma: »Lou war zu übel, um einzukaufen.«

»Ach so, ist schon gut«, sagt ihr Vater. Er tätschelt Lou die Schulter, geht dann durch den Flur in sein und ihrer Mutter Schlafzimmer, geht hinein und schließt die Tür ohne ein Geräusch. Daß er eine Tür so schließt, haben sie noch nie erlebt.

Qualen der Sehnsucht

1967

Sandy geht mit furchtbar vielen Jungen, fast mit jedem Jungen, der sie fragt. Vor ein paar Abenden hat ein Junge ihr gesagt, er liebt sie, und sie angefleht, mit ihm zu gehen.

»Na, gut«, sagte sie, da sie sah, wie sehr er sie liebte.

Sie saßen in seinem Auto in ihrer Auffahrt. Sie küßten sich, und sie trieb weit von ihm weg, von allem außer seinem Mund. Sie vergaß, wer er war – sie dachte, er sei der Junge, mit dem sie letzte Woche ausgegangen war –, und als sie die Augen aufmachte, erschrak sie über sein Gesicht.

»Was ist los?« fragte er.

Sie sagte: »Ich hab's mir anders überlegt«, und dachte, das sei auch besser so.

»Warum?«

Aber sie wollte es ihm nicht sagen, so gemein wollte sie nicht sein. Er schlug mit der Hand aufs Steuer und sagte, sie habe ihn nur geleimt. Er sagte, sie habe sich zwischen ihn und seinen besten Freund gedrängt, ob sie das wüßte? Sie schüttelte den Kopf. Sie wußte nicht einmal, wer sein bester Freund war. An der Stelle ging das Licht in der Küche an, und sie sprang aus dem Auto, weil sie Angst hatte, daß ihr Vater sie durchs Fenster beobachtet hatte.

Ihr Vater haßt es, daß sie sich mit Jungen verabredet. Als sie mit dreizehn eingeladen wurde, sagte er: »Wenn du sechzehn bist.« Und als sie sechzehn wurde und er nicht zu seinem Wort stehen wollte, überraschte ihre Mutter sie beide mit einer ihrer seltenen Interventionen. »Laß dem Kind doch seinen Spaß«, sagte sie und zitierte damit etwas. Ihre traurige, kaum hörbare Stimme rührte ihren Vater offensichtlich, denn er gab nach.

Aber er doziert in einem fort über wildgewordene männliche Hormone. Und kommt immer wieder auf das Heim für ledige Mütter zu sprechen. (Er behauptet, die Mädchen dort müßten ohne Messer essen, weil sie so deprimiert seien und sich so schämten, daß sie sich womöglich selbst erdolchen.) Als er Sandy mit Make-up erwischt, verlangt er, daß sie ihm ihre Tuben und Augenstifte aushändigt. Wenn sie enge Röcke oder Pullover trägt, ja, selbst, wenn sie hohe Absätze hat, nennt er sie Nutte und Abschleppkünstlerin.

Wenigstens schlägt er sie nicht – Norma und Lou würde er schlagen. Daß sie wie ihre Mutter aussieht, rettet sie, sagt Lou. Und weiter: »Sag ihm, er soll dich am Arsch lecken. Wovor mußt du Angst haben?«

Daß er sie eines Tages *doch* schlagen wird. Wenn er sie anschreit, weint sie für den Fall, daß er kurz davor ist. Und trotzdem würde sie sich lieber selber erdolchen wie eine ledige Mutter, als unmodisch gekleidet aus dem Haus zu gehen. So illoyal das auch ihrer Mutter gegenüber ist, sie wünschte, er fände eine neue Freundin und wäre wieder nett.

Nicht, daß die Freundinnen ihre Mutter stören. Sie redet über sie, als ob sie die Autos wären, die er aus dem Autopark leiht, wo er arbeitet. Ihre Mutter hat Sandy nämlich das mit den Freundinnen gesagt. Schätzchen nennt sie sie. Nachdem er sechs Monate lang nicht *einmal* in Wut geraten ist, hat er Lou eines Tages mit der flachen Hand eine ins Gesicht verpaßt, weil sie sich aus seiner Schrankschublade Zigaretten genommen hat. Sandy rannte weinend ins Fernsehzimmer, und ihre Mutter sagte, daß er mit seinem letzten Schätzchen Schluß gemacht haben müßte.

»Jetzt müssen wir alle Geduld mit ihm haben«, sagte sie und wischte Sandy die Tränen ab. »Jetzt müssen wir eine Zeitlang alle einen Eiertanz vollführen.«

Das war vor einem Jahr. Aber gestern abend hat er Geschenke mitgebracht – drei Paar Strickhausschuhe mit Entenköpfen –, deshalb hat Sandy auf Holz geklopft, weil ihr beim Zurückdenken auffällt, daß Geschenke das erste Zeichen sind.

Nur Norma hat ihre Hausschuhe angezogen. Lou ist gleich die Idee gekommen, daß sie ihre einem Mädchen verkaufen könnte, auf das sie aufpaßt, und Sandy beschloß, ihre mit zur Arbeit zu nehmen. Um sie den anderen Mädchen zu zeigen, erzählte sie ihrem Vater, in Wirklichkeit aber, um sie Mrs. Dart zu geben, die eine achtjährige Tochter hat.

Mrs. Dart ist Sandys Chefin in dem Stoffladen. Donnerstags und freitags abends und den ganzen Samstag verkauft Sandy Stoffe auf Provisionsbasis. Letzten Monat war sie beste Teilzeitverkäuferin in der gesamten Ladenkette, von Küste zu Küste, was bedeutete, daß sie einen Ballen Stoff zur freien Auswahl gewann (sie suchte sich blauen Samt aus) und ihr Bild die Titelseite des Firmenblättchens zierte.

»Du hast ein Mannequingesicht«, sagten die anderen Verkäuferinnen zu ihr. »Zu blöd, daß du nicht größer bist.«

Aber Mrs. Dart sagte, Sandy sei zu Größerem ausersehen. Sandy würde Modeschöpferin, sagte Mrs. Dart.

Mrs. Dart lobt Sandy immer in den Himmel. Da kann Sandy ihr wenigstens die Hausschuhe schenken. Obwohl Mrs. Dart groß ist, schwarze Haare hat, eine Brille und zuviel Make-up trägt, Ausdrücke benutzt und Parkinson hat, behauptet sie, Sandy sei sie vor zwanzig Jahren. Mrs. Dart schwärmt von allem, was Sandy trägt (Sandy entwirft und schneidert alle ihre Kleider selbst). »So hab ich auch genäht«, sagt sie, »bevor ich den Tatterich gekriegt habe.« Ihre Theorie ist, daß Sandys Kleider ihre magische Verkaufsformel sind, daß die die Kundinnen anziehn wie Scheiße die Fliegen, wenn Sandy ihre Direktheit entschuldigt. Das scheint der Fall zu sein. Sandy ist eher zurückhaltend, aber zu ihr kommen die meisten Frauen.

An dem Samstag, als Sandy die Hausschuhe mithat, stehen sie nicht nur vor ihr, sondern auch vor allen anderen Verkäuferinnen Schlange. Weil Super-Sonderangebotstag ist. Wenn eine Kundin drei Meter eines Stoffes kauft, kriegt sie zwei Meter eines vergleichbar teuren Stoffes gratis. Um halb elf hat Sandy für sechzig Dollar Stoff verscherbelt.

»Es ist wie ein zeremonieller Krieg«, sagt ein Mann.

Sandy sieht ihn überrascht an. Es verlaufen sich nicht viele Männer hierher.

Er nimmt einen Ballen Stoff mit Paisleymuster. »Wie ihr Mädchen alle mit euren Meßstäben rumlauft«, sagt er und klopft auf den Ballen auf ihrer Schulter. »Euch anrempelt. Aber keine Blessuren. Keine Toten.«

»Noch nicht«, sagt sie.

Er lacht, ein wirklich belustigtes Lachen, das ihr plötzlich in der Brust herumspringt. Sie schneidet gerade drei Meter rosa Seide ab und muß mittendrin aufhören und warten, daß der Ball hinter ihrem Herzen zur Ruhe kommt.

»Drei Meter«, sagt die Kundin ungeduldig.

Nach dem Schneiden hält sie den Kopf auch dann noch gesenkt, als sie den Stoff faltet. Seine Beine sind vor ihren Augen. Rostbraune Tweedhosen, sehen teuer aus. Made in Italy, wettet sie.

Er legt den Stoffballen hin und folgt ihr zum vorderen Tisch. Ihre Finger auf den Tasten der Kasse sind naß. Sogar aus ihren Fingerspitzen schwitzt sie.

Aber gut aussehen tut er nicht, denkt sie. Als sie der Kundin das Wechselgeld aushändigt, wirft sie ihm einen kurzen Blick zu. Untersetzt, beginnende Glatze, alt – fünfunddreißig, vielleicht vierzig.

Er lächelt. Seine Augen sind tannengrün mit schlüsselblumengelben Pünktchen. Wie ein Pullover, den sie gerade strickt. »Lassen sie euch zum Kaffeetrinken raus?« fragt er leise.

Sie nickt.

»Wann?«

»Jederzeit.«

»Treffen wir uns in dem Doughnutcafé«, sagt er. »In fünf Minuten.«

Sie guckt auf die Uhr, die seitlich an der Kasse hängt. »In einer halben Stunde«, sagt sie.

Er geht schon hinaus. Er hebt die Faust, Daumen raus, um zu zeigen, daß eine halbe Stunde in Ordnung geht.

»Ich bin gleich bei Ihnen«, sagt sie zu der nächsten Kundin. Sie geht zu den Toiletten hinten im Laden, schließt die Augen, setzt sich auf die Klobrille und legt die Hände vors Gesicht. Sie sind immer noch naß. Sie dreht sie um und studiert jeden perfekten, pfirsichblütenrosalackierten Nagel mit einem Gefühl, als sähe sie ihn zum letzten Mal.

Nach Abendessen und Abwaschen, dem Vorbereiten des Mittagessens für den nächsten Tag und vielleicht einer Ladung Wäschewaschen hat Norma ungefähr fünfzehn Minuten, um das zu tun, was sie möchte. Normalerweise ist sie so erschöpft, daß sie sich einfach nur auf den Boden vor den Fernseher legt. Um acht Uhr muß sie aufstehen, in ihr und Lous Zimmer gehen und sich an den Schreibtisch setzen, bis es Zeit zum Schlafengehen ist.

Diese zweieinhalb Stunden Schularbeit jeden Abend von Sonntag bis Freitag sind ihr Reglement. Dieses Wort aus dem Bunker hat ihr Vater wieder aktiviert, nachdem sie letztes Jahr in der zwölften Klasse sitzengeblieben ist. Davor hat sie ihre Zensuren vor ihm geheimgehalten, indem sie ihre Mutter ihre Zeugnisse unterschreiben ließ. Aber wenn man sitzenbleibt, müssen beide Eltern unterschreiben, und es gibt Treffen mit dem stellvertretenden Direktor und Briefe hin und her.

Auf dem langen Weg nach Hause im letzten Frühjahr, am letzten Schultag, hat sich Norma nicht mehr bemüht, Gott um das Wunder zu bitten, daß ihr Vater sie nicht schlagen würde. Sie ging absichtlich in den Verkehr, aber alle Autos hielten an, und ein Lastwagenfahrer steckte den Kopf durchs Fenster und schrie: »Aus dem Weg, Fettarsch.« Als sie zum Bordstein zurückrannte, merkte sie, wie sie den Namen ihres toten Bruders wimmerte.

Sie wird immer glauben, daß Jimmy sie gehört hat. Ganz egal, was sie später alles leugnen wird, tief in ihrem Herzen wird sie immer davon überzeugt sein, daß ihr Vater ihr wegen Jimmy kein Haar gekrümmt hat.

Ihr Vater war gerade zwischen zwei Freundinnen, und die kleinste Kleinigkeit konnte ihn schon zur Raserei bringen, aber nachdem er an dem Abend ihr Zeugnis gesehen hatte, hielt er lediglich einen Vortrag, führte Beispiele aus seinem Leben in der Armee an, darüber, daß ein Mensch eine strenge Arbeitsroutine brauche. »Hast du mich verstanden?« fragte er alle paar Minuten, und sie antwortete: »Ja, ja.« Natürlich machte sie das nicht dadurch kaputt, daß sie ihm erzählte, was sie wirklich brauchte.

Einen Psychiater höchstwahrscheinlich. Sie hat eine Geisteskrankheit, von der sie noch nie gehört hat. Sie nennt sie Prüfungszimmerphobie. In dem Augenblick, wo sie die Sporthalle betritt, in der die Arbeiten geschrieben werden, und sie die Tischreihen sieht, kriegt sie Gleichgewichtsstörungen. In ihrem Kopf dreht sich alles, und unter ihren Armen und zwischen den Brüsten strömt der Schweiß nur so heraus, und sie hat das Gefühl, wenn die Flut nicht zum Stillstand kommt, wird es eine Schweißlawine, und sie wird mit der Sturmflut hinweggeschwemmt.

Vor zwei Jahren ist sie vor der Tür zur Sporthalle ohnmächtig geworden und von drei Jungen (»*drei* Jungen waren nötig«, wurde ihr später unter die Nase gerieben) in die Erste Hilfe getragen worden. Aber sie hat die Prüfung bestanden. Sie hat sie sogar mit »Sehr gut« bestanden, weil sie nach der Schule schreiben durfte, ganz allein in einem leeren Klassenzimmer. Daher weiß sie, daß sie vor Prüfungsräumen, nicht vor Prüfungen, Angst hat.

Sag es dem stellvertretenden Direktor, haben ihre Freundinnen gesagt. Bitte um die Erlaubnis, daß du alle Prüfungsarbeiten allein schreiben darfst.

»Das überwinde ich schon«, sagte Norma, und ihre Freundinnen wußten, es bedeutete, daß sie keine Aufmerksamkeit auf sich lenken wollte.

Sie und ihre drei Freundinnen sitzen im gleichen Boot. Die eine ist einsfünfundachtzig, die andere hat chronische Akne und die dritte ist das Mädchen mit der fürchterlich näselnden Stimme. Wie Norma tragen sie dicke Brillen, und das ist das einzige, was sie gemeinsam haben, außer, daß sie wie Aussätzige behandelt werden.

Von den vielen Dingen, die Norma an sich selbst bedauert, bedauert sie am meisten, daß sie nicht den Mut hat, diese Mädchen fallenzulassen. Sie hat noch nie jemanden gehaßt, der sie gequält hat, aber diese Mädchen, die loyal sind und sie beschützen und sie nicht einmal verletzt haben, kann sie nicht ausstehen.

Alle glauben, sie sind so nett, wie sie tun, so nett, wie man es von Mädchen erwartet, die ihr Äußeres kompensieren müssen. Aber in Wahrheit sind sie absolut fies. Sie hassen jedes Mädchen, das keinen Makel hat, der gesellschaftlich von Nachteil ist. Ein normales Mädchen muß nur mal an ihrem Tisch in der Cafeteria vorbeigehen und die drei legen los, tratschen darüber, wie dumm, nuttig und, unter den Klamotten und dem Make-up, wie spießig das Mädchen ist. Wenn Norma ihnen zuhört, sehnt sie sich nach einer hübschen Freundin. Hübsche Mädchen wie ihre Schwester Sandy bleiben süß wie Babies. Häßliche Mädchen sind verdorben; ihre äußere Häßlichkeit verdirbt sie innerlich.

Norma nimmt sich selbst davon nicht aus. Sie ist nicht gehässig, aber was sie eigentlich ist, findet sie schlimmer – sie ist feige und falsch, und das ist sogar noch verachtenswerter, als gemein zu sein. Sie erzählt ihren Freundinnen nie etwas Wichtiges über sich selbst. Sie versteht es meisterhaft, vage, irreführende Antworten zu geben. Sie hält sogar geheim, wo sie wohnt; jeden Nachmittag trennt sie sich von ihren Freundinnen unten an ihrer Straße und trifft sie am nächsten Morgen dort wieder. Als das große Mädchen einmal fragt, ob sie bei Norma zu Hause aufs Klo könnte, sagt Norma ganz locker: »Ach, du kannst es schon noch aushalten«, und geht weg. Sie hätte die alte Geschichte mit der Krankheit ihrer Mutter ausgraben können, aber zu direktem Lügen ist sie unfähig geworden. Weil sie so schleimig und feige ist, glaubt sie.

Sie glaubt, das Kreuz, das sie trägt, die viele Hausarbeit, das Hausaufgabenreglement, die Ausdrücke, die Einsamkeit, das alles geschieht ihr recht.

Er ist der einzige Kunde in dem Doughnutcafé. Er sitzt in der letzten Nische, mit dem Gesicht zur Tür, raucht eine Zigarette.

»Na, was sagt man dazu?« sagt er lächelnd. »Da ist sie ja.«

»Ich mache hier immer Pause«, sagt Sandy und gleitet auf den Stuhl ihm gegenüber.

»Auch eine?« Er hält ihr das Päckchen Players hin.

»Ich rauche nicht.« Sie dreht sich um und studiert das Angebot an Doughnuts, obwohl sie immer einen mit Schokoglasur bestellt. Als er ihr eine Zigarette angeboten hat, ist ihr aufgefallen, daß er ein Kettenarmband trägt. Sie mag keinen Schmuck an Männern. Sie mag keine kahlen Stellen.

»Was sind Sie für ein wunderschöner Fratz«, sagt er.

Sie dreht sich wieder um.

»Hat Ihnen schon mal jemand gesagt, daß Sie schön sind?«

Sie nickt. Glaubt er, er ist der erste? Sie hat versucht, zu sehen, was an ihm sie ins Schwitzen gebracht hat, aber jetzt sieht sie nur, wie alt er ist.

»Was sehen diese großen blauen Augen?« sagt er lachend.

Ihr Gesicht brennt. Das ist es, was ihr gefällt – sein Lachen.

Er bestellt zwei Kaffee und zwei Doughnuts mit Kirschfüllung. Als die Kellnerin wieder geht, zündet er sich noch eine Zigarette an und sagt: »Sandra Field. Süße sechzehn. Die jüngste von drei Schwestern. Unerhört beliebt, aber keinen festen Freund, obwohl ich das kaum glauben kann.«

Sie spürt eine plötzliche vertraute Angst. »Woher wissen Sie das alles?«

»Ich hab gefragt.«

»Wen?«

Er schüttelt den Kopf und lächelt.

Sie beugt sich über den Tisch. *»Wen?«*

»Ich kann doch wohl meine Quelle nicht preisgeben, oder?«

Sie umklammert die Stuhlkante, berührt den Wulst harten Kaugummis darunter. Hat er herausgefunden, daß ihre Mutter ihren Bruder in die Niagarafälle hat fallenlassen? Nein, das ist verrückt. Wer würde ihm das erzählen? Aber immer, wenn Jungen – Männer – in ihrem Leben herumspionieren, passiert dasselbe. »Ich möchte alles über dich wissen«, sagen sie, und immer geschieht es, daß ihre Gedanken in ihr tiefstes Geheimnis stürzen.

»He, Süße.« Er versucht, ihr Kinn zu heben. Sie läßt ihn nicht. Sein Daumen fährt an ihrem Kinn entlang, und dann ist seine Hand weg und nimmt die Zigarette aus dem Aluminiumaschenbecher. »Schon gut«, sagt er. »Was sein muß, muß sein. Reg Sherman. Achtunddreißig Jahre jung. Einzelkind. Ex-Quarterback der Albert Park High School. Gegenwärtig Inhaber von Sherman Shoes.«

Sie sieht ihn an. Sherman Shoes ist direkt neben dem Stoffgeschäft, und jetzt fällt ihr ein, daß sie ihn schon mal gesehen hat. Er ist der Mann, der ihr die blauen Pumps mit den Knöchelriemen verkauft hat. Sie erinnert sich, daß er ihren Fuß zu lange festgehalten und ihr die Zehen gedrückt hat, aber so sanft, wie ein Arzt nach einem Bruch tastet.

»Teilzeitspion«, redet er weiter. »Aktuelle Mission – Informationen über eine Miss Sandra Field zu sammeln.« Er lacht, und sie auch, weil ihr von seinem Lachen schwindelig wird.

»Verheiratet«, sagt er.

Sie lacht in ihre Papierserviette.

»Seit fünfzehn Jahren«, sagt er und schüttelt den Kopf, und sie begreift, daß er keinen Scherz macht.

Er faßt sie am Arm. Seine Ehemann-Hand auf ihrem Arm ist violett unter dem schwarzen Haar. Warum hat sie nicht daran gedacht, daß jemand in seinem Alter verheiratet ist?

»Passen Sie auf«, sagt er. »Ich will ehrlich mit Ihnen sein. Ich bin verheiratet. Unglücklich, aber daran kann ich nichts ändern. Ich habe zwei Kinder. Tolle Kinder.«

Sie wartet.

»Es spielt aber keine Rolle«, sagt er.

Sie weiß nicht, was er meint.

»Sandra…« Er läßt ihren Arm los. »Gott. Sehen Sie sich an. Sie sind ein absolut süßer Fratz, wissen Sie das?«

»Ich geh besser zurück«, sagt sie und liest die Zeit verkehrt herum von seiner Armbanduhr ab.

»Wie wär's mit einem Ausflug«, sagt er fröhlich.

»Jetzt?«

»Sonntag. Sonntagnachmittag.«

Also dahinter ist er her. Hinter einem Seitensprung. Ein Schätzchen, das ihn glücklich und zufrieden macht.

»Na, kommen Sie«, sagt er. »Dann können Sie in meinem neuen Auto fahren.«

»Gut, okay«, sagt sie, zum Teil, weil ihre Pause zu Ende ist, zum Teil, wenn er auch nur im entferntesten so ist wie ihr Vater, stört es seine Frau und seine Kinder mitnichten.

Das Isoliermaterial und die fünf-mal-zehn erstklassigen Kiefernhölzer mit Astlöchern sind seit über einem Jahr unten gestapelt. Während einer total verrückten Woche hat ihr Vater sie eines Tages gekauft. Am nächsten Tag wollte er sie zurückschicken, aber es ging nicht, weil ein Umtausch ausgeschlossen war. Da wurde er so wütend, daß er den Staubsauger durch die Wand zwischen Eßzimmer und Eingangsflur schmiß, wodurch ein stiefelförmiges Loch entstand, das immer noch da ist. In derselben Woche verpaßte er Lou ein Veilchen, fuhr mit dem Auto gegen eine Straßenlaterne, und als er eines Abends meinte, er habe jemanden draußen herumschleichen hören, holte er sein Weltkrieg-Zwei-Gewehr aus dem Bunker und schoß sich aus Versehen in den Fuß. Jetzt ist er lahm.

Norma weiß, warum er seitdem immer ausflippt und so schreckliche Laune hat. Lou hat es ihr erzählt. Da ihnen nicht klar ist, daß ihre Mutter und Sandy es auch wissen, haben sie beschlossen, es für sich zu behalten.

»Das würden sie nicht aushalten«, sagte Lou.

»Nein«, pflichtete Norma ihr bei. Sie wußte nicht so recht, ob sie es aushalten konnte. Sie ging in die Werkstatt ihres Vaters und machte einen Schemel für ihre wunderschöne, vorzeitig weißhaarige kleine Mutter.

Jetzt, ein Jahr später, ist die Tatsache, daß ihr Vater herumalbert, ein weiteres Geheimnis. Norma hatte gehofft, er habe aufgehört, aber vor ein paar Wochen kam er mit drei Paar Entenkopfhausschuhen nach Hause.

Um es ihm zu zeigen und seine gute Laune auszunutzen, beginnt sie, den Keller auszubauen. Das ganze Jahr hätte sie für ihr Leben gern das Holz in die Hände gekriegt, und eines Samstags geht sie nach unten und sägt ein Stück Kiefernholz halb durch. Sie fühlt sich, als trotze sie dem Tod, wenn auch nicht tapfer. Schon eher, als habe sie die Beherrschung verloren.

Aber auch nicht leichtsinnig. Sie will die Sache richtig machen. Sie fragt den Mann, dem der Heimwerkerladen gehört, wegen des Verlegens der Stromleitungen und der Isolierung um Rat und kauft ein Buch mit dem Titel »Wir bauen einen Hobbyraum«. Was sie nicht herausfinden kann, reimt sie sich zusammen. Man braucht dazu nur gesunden Menschenverstand, und gesunder Menschenverstand ist ihre große Tugend, das einzige an ihr, das die Leute lobenswert finden. In drei Nachmittagen installiert sie Neonbeleuchtung und zwei neue Stromanschlüsse. Dann fängt sie an, die Wände zu verkleiden.

Schließlich bemerkt ihr Vater, was da vor sich geht. Eines Abends kommt er früh nach Hause, rechtzeitig zum Abendessen (die Mieze – Lous Name für seine sämtlichen Frauen – hat wahrscheinlich keine Zeit), und geht nach der Musterung in den Keller, um sich ein Bier zu holen. »Was zum Kuckuck…«, sagt er unten an der Treppe. Vor einem Monat, vor der Mieze, hätte er gesagt: Was, zum Teufel… Er ruft Norma nach unten. »Wer hat das alles gemacht?« fragt er.

»Ich«, sagt sie trotzig. Sie weiß, er wird sie nicht schlagen.

»Du? Ganz allein?«

Sie nickt.

»Aber, woher, zum Kuckuck, wußtest du, wie?« Er sieht sie offen an.

Sie antwortet nicht, sie sagt es ihm nicht.

Er geht zur Wand und hält sich an einem senkrechten Stützbalken fest. Die Rückennaht an seiner Anzugjacke ist aufgerissen, bemerkt sie. Und seine Hosen – auf den Aufschlägen ist immer noch der Schlamm von letzter Woche, als es geregnet hat. Sie seufzt. Der Beweis, daß sie und ihre Schwestern ein lausiger Ersatz für eine Ehefrau sind, macht sie immer wehrlos. »Ich habe mir ein Buch darüber gekauft«, gesteht sie.

»Toll«, sagt er. »Einfach toll.« Lächelnd wendet er sich von der Wand ab.

Das Abendessen fällt ihr ein. »Oh, ich hab das Gas auf groß«, ruft sie und rennt hoch in die Küche.

Er folgt ihr langsam. Wegen seines angeschossenen Fußes muß er beim Treppengehen hüpfen. Er ruft, daß er sprachlos ist. »Die Anschlüsse funktionieren?« ruft er.

»Ja, klar.«

In der Küche stellt er sich am Herd hinter sie und läßt eine Hand auf ihre Schulter fallen. »Wie wär's, wenn wir zusammen daran arbeiten? Diesen Sonntag?«

»Klar«, sagt sie, starr unter seiner Hand, erstarrt vor Liebe.

Als sie am Sonntag um sechs Uhr hört, wie ihre Mutter den Fernseher einschaltet, steht sie auf, wischt Staub und wäscht zwei Ladungen Wäsche, damit sie den ganzen Tag hat, um mit ihrem Vater zusammen zu arbeiten. Um halb acht macht sie den Kaffee, damit ihn der Duft aufweckt.

Unter der Dusche pfeift er »For Me and My Gal«. Norma bereitet ihm sein Müsli und gießt ihm Orangensaft ein. In Geberlaune nimmt sie ihren Teller mit dem Marmeladentoast, um im Fernsehzimmer zu essen und ihrer Mutter Gesellschaft zu leisten. In der Glotze sagt ein bärtiger Prediger, daß jedermanns Seele in einem ständigen und immerwährenden Zustand der Qual ist. Selbst wenn man glaubt, man ist glücklich, sagt der Prediger, selbst bei einem glucksenden, unschuldigen Baby windet sich die Seele in charakterbildendem Schmerz. »Das ist gut«, erklärt er. »Das ist eine der ewigen Wahrheiten des Lebens.«

»Früher seid ihr Mädchen immer Hand in Hand zur Sonntagsschule losgehopst«, sagt ihre Mutter wehmütig. »In diesem Hopsertanz aus dem Zauberer von Oos. Ich habe immer gehofft, ihr würdet wie die Schwestern McGuire.«

Als Norma hört, daß sich ihr Vater anzieht, geht sie wieder in die Küche und schenkt ihm Kaffee ein.

Er trägt den marineblauen Anzug.

»Ich muß gleich los«, sagt er und guckt an ihr vorbei zur Uhr an der Wand. »Ich muß ins Büro.«

»Heute?«

»Wer rastet, der rostet.« Er ist schon vorn im Flur. Pfeift »Easter Parade«.

Es ist immer noch früh. Viertel nach acht. Norma ißt sein Müsli, wäscht ab, leert den Papierkorb und füllt ihrer Mutter den Becher auf. Sie putzt den Küchenfußboden. Jetzt ist es zwanzig nach neun.

Sie steht am Fenster, betrachtet die kleine Trauerweide, die keine Blätter mehr hat. Die herunterhängenden nackten Zweige erinnern sie an die dünnen erschreckt abgespreizten Arme vietnamesischer Kriegskinder, und davon kriegt sie Hunger. Sie ißt eine Scheibe Brot. Zwei Scheiben, drei. Bevor sie sich besinnt, hat sie fast den ganzen Laib verschlungen. Sie geht nach unten.

Wenn sie die Neonlampen weiß flackern sieht – alle funktionieren –, ist es wie ein Licht, das in ihr selbst angeht. Sie steht da und überlegt noch einmal, wie sie jetzt weiter vorgeht.

»Er wär dir auf die Nerven gegangen«, sagt eine Stimme in ihr. »Er hätte alles an sich gerissen und dich rumkommandiert. So ist es bestimmt am besten.«

Sie hält den Atem an. Sie hat noch nie gehört, daß Jimmy mit ihr spricht, wenn sie nicht vor seinem Bild steht. Nachdem sie einige Minuten gewartet hat, ob er noch mehr zu sagen hat, geht sie in die Werkstatt ihres Vaters und nimmt das Foto aus dem Ordner.

Jimmys Gesicht scheint sich vor Anstrengung zu verzerren, weil es eine dringende Nachricht mitteilen möchte.

»Was?« fragt sie laut.

Von oben hört sie den Fernseher, die Heizung angehen. Sie hört, wie ihr Verstand diese Ereignisse registriert, und auf einmal ist ihr bewußt, wenn sie die Stimme ihres Bruders hört, hört sie ihr eigenes Denken.

Sie betrachtet das Foto, das nur drei Monate, bevor er gen Himmel fuhr, aufgenommen worden ist. Sie küßt es und legt es weg. Sie ist von dem angespannten Gefühl erfüllt, einer ewigen Wahrheit begegnet zu sein. Als sie in den anderen Raum zurückgeht, merkt sie, daß ihre Beine schwerer und muskulöser sind. Und ihre Hand, die den Hammer ergreift, ist mächtig und trägt schwere Verantwortung.

Mittags geht sie in die Küche, um Lunch zu machen. Lou ist gestern abend spät vom Babysitten zurückgekommen und gerade erst aufgestanden. Sie ist noch im Schlafanzug, hängt über einer Tasse schwarzem Kaffee am Tisch und raucht eine von ihres Vaters Zigaretten. Ihr langes Haar ist verfilzt und fettig und ihre Haut fahl. Wenn sie sie mit anderen Augen betrachtet, ahnt Norma, daß Lou auf dem Weg ist, eine Pennerin zu werden. »Das Rauchen solltest du aufgeben«, sagt sie.

»Oh, Schnauze«, sagt Lou ungläubig. Sie nimmt einen tiefen Zug. »Giovanni Masturbati ist wohl zum Bumsen abgedüst«, sagt sie.

Giovanni Masturbati ist einer von Lous Namen für ihren Vater. Der ist aus einem schlüpfrigen Lied. Lou kennt eine Unmenge schlüpfriger Lieder, und neuerdings singt sie sie, als seien sie alle über ihren Vater und die Mieze. Sie ist zu dem Schluß gekommen, eine der besten Sachen, die ihnen je passieren konnte, ist die Tatsache, daß ihr Vater Affären hat.

Norma schmiert Margarine auf das Brot, das sie ein paar Stunden zuvor nicht weggeputzt hat. »Hat Mom schon was gegessen?« fragt sie.

»Ich hab ihr eine Dose Bohnen gegeben«, sagt Lou. »Sie ist auf Vergangenheitstrip, wie putzig wir immer zur Kirche gegangen sind.«

»In Erinnerungen schwelgen ist ein Zeichen von Alter«, sagt Norma traurig, weil sie ahnt, daß ihre Mutter vor ihrer Zeit sterben wird.

Sandy kommt in die Küche, schenkt sich eine Tasse Kaffee ein und setzt sich Lou gegenüber hin.

»Du hast zuviel Make-up drauf«, sagt Lou.

»Wirklich?« fragt Sandy rasch und faßt sich ins Gesicht.

Norma sieht von der Arbeitsplatte herüber. »Guck dich doch mal an«, sagt sie.

»Meinst du, daß ich zuviel drauf habe?« fragt Sandy sie. »Sag mir die Wahrheit.«

Die Wahrheit, denkt Norma ehrfurchtsvoll. Sie schaut Sandy

von oben bis unten an. Das Haar von einem blauen Band zurückgehalten. Enger gelber Pullunder, den Sandy selbst gestrickt hat und in dem ihre Brüste künstlich hoch und rund erscheinen. Kurzer, hüftbetonter blau-gelb-gestreifter Rock. Gelbe Strumpfhosen. Blaue hochhackige Schuhe. Alles blau und gelb, damit es zu ihren Augen und dem Haar paßt. Und blauer Lidschatten.

»Und falsche Wimpern?« fragt Norma.

»Sehen sie falsch aus?« fragt Sandy nervös.

»Ja«, sagt Norma. »Ja, ich meine, ja. Ich meine, du solltest sie nicht tragen.«

»Wieso diese plötzliche Meinungsumfrage?« sagt Lou. Dann schaut sie hoch, aufmerksam geworden. »Ist das in unserer Auffahrt?«

Sandy steht auf, sieht aus dem Fenster. »Oh, nein, Dad kommt nach Hause.« Sie hebt eine Hand, als ob er schon von draußen sehen könnte, daß sie Make-up trägt.

»Es ist ihm bestimmt egal«, sagt Norma zu ihr.

»Ich kann kein Risiko eingehen«, sagt Sandy. Sie rennt in den Eingangsflur, kommt mit dem Mantel in der Hand zurück und rast zur Hintertür hinaus.

»Verdammte Scheiße, was will er denn zu Hause?« murmelt Lou und steht auf, um den Aschenbecher auszuleeren, und wedelt mit der Hand den Zigarettenrauch weg.

Norma geht ans Fenster. »Irgendwas ist passiert«, sagt sie.

»Wenn er und die Mieze schon Schluß gemacht haben, schneide ich mir die Pulsadern auf.«

»Ich glaube, er hat einen Herzanfall oder so was«, sagt Norma.

»Was?« Im Nu ist Lou neben Norma. Er ist noch im Auto, die Stirn hat er aufs Steuerrad gelegt. »Scheiße«, flüstert Lou. Sie beobachten ihn ein paar Minuten, und er bewegt sich nicht. »Er ist tot«, flüstert Lou.

Dann richtet er sich auf.

»Dem Himmel sei Dank«, flüstert Norma.

»Was heckt er jetzt wieder aus?« sagt Lou wütend.

Die Autotür geht auf, und er steigt aus und bleibt stehen, um das

Haus in Augenschein zu nehmen. Sein Blick streift über sie im Fenster hinweg. Sein Schlips ist locker, sein Mund steht offen.

»Gottverdammich!« sagt Lou und stampft mit dem nackten Fuß auf. »Sie haben sich getrennt. Gottverdammte Scheiße!« Und dann rennt sie los, holt Mantel und Schuhe und rennt zur Hintertür, zieht den Mantel über den Schlafanzug.

»*So* willst du rausgehen?« sagt Norma.

»Hier bleib ich jedenfalls keine Minute länger.«

Die eine Tür knallt zu, die andere geht auf. Norma stellt ihren Teller ins Waschbecken und geht auf Zehenspitzen in den Keller. Sie hört die Kleiderbügel im Garderobenschrank klappern, hört, wie er in die Küche geht, den Kühlschrank öffnet, dann die Besteckschublade, und sogar – so still und angespannt ist sie –, wie die Kohlensäure entweicht, als der Bierverschluß aufklickt.

Er zieht geräuschvoll einen Stuhl zurück. Sie hat Angst, wieder anzufangen zu hämmern, weil er herunterstürmen und sich entscheiden könnte, doch wütend zu werden, weil sie begonnen hat, den Keller fertig zu machen. Zerstören, was sie schon gemacht hat. Alles ist möglich – wahrscheinlich –, wenn er und die Mieze sich getrennt haben.

Aber nach einer Minute kommt die Sonne heraus und scheint durch das Fenster vor ihr, trifft sie voll im Gesicht, und sie versteht sofort, dies ist ein Zeichen des Gnadenquells, von Jimmy. Ein Zeichen, weiterzumachen: Fürchte dich nicht.

Sie hängt sich den Werkzeugbeutel um, zieht den Hammer heraus und schlägt einen Nagel ein und hört ihn aufstehen, aber er nimmt sich nur noch ein Bier aus dem Kühlschrank.

Ein paar Minuten später holt er sich ein drittes. Will er sich volllaufen lassen? Schon einmal, nach der Trennung von seiner ersten Mieze, hat er sich eine Woche oder so vollaufen lassen, dazwischen Wutanfälle gehabt. Das sinnlose Besaufen war genauso schlimm wie die Wutanfälle, denn sternhagelvoll war er wie ein Schwachsinniger, weinte, nuschelte die Worte, stolperte über seine eigenen Füße wie ein betrunkener Clown. Sogar ihre Mutter fühlte sich bemüßigt, zu sagen, er kenne seine Grenzen nicht.

Noch ein Bier. Vier. Norma zählt genau mit, ihre Angst wird mit jedem Bier größer. Sie kennt seine Grenze: ein Sixpack. Und dennoch verwandelt sie sich in einen Turm der Stärke, während sie sich ausmalt, wie er da oben schwächer wird. Das Gefühl ist intensiver als am Morgen. Sie ist sicher, daß sie größer und ihr Hemd an ihren Oberarmen auf einmal enger ist. Sie spannt sie an. Ihr Bizeps erscheint ihr enorm. Hart wie Fels. Sie rennt in die Waschküche, wo über dem Ausguß an der Wand ein Spiegel hängt – ein Relikt aus den Zeiten, als ihre Mutter noch die Wäsche gemacht hat –, und betrachtet ihr Gesicht. Sie nimmt die Brille ab, geht näher heran, um ihre Augen zu sehen.

»Oh, Gott«, sagt sie, denn ihre Augen leuchten nicht riesengroß und herrlich, wie sie sich Jimmys immer vorgestellt hat. Sie hat die Augen ihres Vaters. Hat sie die schon immer gehabt, oder ist das erst gerade passiert? Sie setzt sich die Brille wieder auf und geht in den anderen Raum, quält sich damit, was angesichts der Tatsache, daß sie die Augen ihres Vaters hat, aus ihr werden soll. Oben holt er das letzte Bier aus dem Kühlschrank. Sie weiß, wie viele oben sind. Wenn er noch mehr haben will, muß er sie aus dem alten Kühlschrank hier unten holen.

Ein paar Minuten verstreichen, dann *peng* – knallt die leere Bierflasche auf den Tisch. Die Suche im Kühlschrank nach einer neuen. Der Abstieg wie ein Donnergrollen, weil er hinkt und betrunken ist. Da ihre neue Stärke sowohl seelisch als auch körperlich ist, bleibt sie ruhig.

Er blinzelt mit den Augen, die neuen Lampen tun ihm weh. Als er was sehen kann, sagt er: »He«, und stemmt die Hände in die Hüften. »Alles paletti«, sagt er. »Wie steht's?«

Er ist noch nicht ganz voll. Aber seine Augen sind ihre Augen, zur Hölle gefahren. Sie brechen ihr das Herz. »Na ja«, sagt sie. »Ich hab das meiste Holz für die Wand abgemessen, es muß nur noch zersägt werden, und dann kann es dran.«

»Alles paletti.« Er zieht Jacke und Schlips aus. »Gib mir die Säge.«

Das tut sie, froh. Sie legt ein Stück Holz auf den Tisch.

»Halt fest«, befiehlt er, und sie packt das Holz dicht neben der Linie, die sie gezogen hat. Bei dem Risiko für ihre Finger, bei der Demonstration ihrer Furchtlosigkeit und ihrer Selbstsicherheit gerät sie regelrecht in Begeisterung. Aber trotz all der Biere folgt er der Linie. Er sägt ruhig und (bis auf ein: »Das nächste«) ohne zu sprechen, ein Stück Holz nach dem anderen zurecht. Das ganze Holz, das sie abgemessen hat.

Er schlägt eine Pause vor. Er holt sich ein Bier aus dem Kühlschrank und Zigaretten und Feuerzeug aus der Jackentasche, und sie setzen sich auf Teile des Isoliermaterials einander gegenüber. Jetzt, wo er raucht, macht sich der Alkohol bemerkbar. Sein Gesicht zerfällt. Er starrt vor sich hin. Unvermittelt fängt er an zu erzählen, wie er und ihre Mutter sich kennengelernt haben, eine Geschichte, die Norma schon kennt. Es war im Krieg. Er war Soldat, ihre Mutter Tänzerin bei den Light Fantastics. Ihre aristokratischen Knöchel und wie leicht sie Spagat machte, hauten ihn um. Er verschaffte sich durch ein paar Scheine Zugang hinter die Bühne und gab ihr seinen Nierenstein, den er überall als Glücksbringer mit sich herumtrug. Bei ihrem ersten Rendezvous verlobten sie sich, der Stein diente als Ring, bis er sich den echten leisten konnte.

»Sie hat sich den Mund fusselig geredet«, sagt er. »Die ganze Zeit. Man konnte sie nicht zum Schweigen bringen. Sie trank nie. Hat das Zeug nie angerührt.«

Norma stellt sie sich vor. Ein junges, blondes, nüchternes Plappermaul, macht beim Gehen mit den Stepschuhen, die sie immer noch hat, klackende Geräusche und trägt den Hut mit der Feder von dem Zeitungsfoto.

»Man könnte meinen, sie hätte damals angefangen«, sagt ihr Vater.

»Was angefangen?«

Er hebt sein Bier. Zu trinken, meint er. »Beide Brüder sind innerhalb einer Woche gestorben.«

»Im Kampf«, sagt Norma, um ihm das Stichwort zu geben, mehr zu erzählen. Sie weiß über ihre Onkel nur, daß sie älter als ihre Mutter waren und daß einer Jim hieß, so wie ihr Vater, und der andere Archie. Als der zweite, Jim, starb, ging der Vater ihrer Mutter, der James Archibald hieß und im Ersten Weltkrieg einen Orden bekommen hatte, in den Stall, erschoß eine Sau und ließ nicht zu, daß sie jemand zu Fleisch weiterverarbeitete. Diese Geschichte hat Norma von ihrem Vater schon gehört. Ihre Mutter spricht nicht darüber, wie ihre Brüder gestorben sind.

»Ich glaub, ich mach Feierabend«, sagt ihr Vater und richtet sich mühsam auf. Er geht zum Kühlschrank und holt so viele Biere, wie er tragen kann, und nimmt sie mit nach oben.

Was bedeutet, daß er noch vor dem Abendessen den Geist aufgibt, wahrscheinlich bis zum nächsten Morgen. Was bedeutet, er kriegt keinen Wutanfall, wenigstens heute abend nicht mehr.

Sandy ist eine halbe Stunde zu früh. In einer Ecke parkt ein schwarzes Auto, aber es ist nicht Regs. Reg fährt einen roten Mustang. Als sie am Freitagabend in den Laden kam, lag neben der Kasse ein Briefumschlag mit dem Aufdruck »Vertraulich« und ihrem Namen. Die Nachricht darin war auf Briefpapier mit dem Kopf Sherman »Sher-fit« Shoes. »Kleines«, stand darauf. »Betr.: Sonntag. 13.00 Uhr. Glenn Mills High-Parkplatz. Roter Mustang. Bis dann! Reg.«

Am Freitagmorgen wachte sie auf und dachte, sie könne sich auf keinen Fall mit einem Mann verabreden, der nur acht Jahre jünger als ihr Vater war, aber nach der Nachricht überlegte sie es sich anders, weil er sich sogar die Mühe gemacht hatte, sie zu ... tippen und sein gutes Geschäftspapier zu benutzen. Die »Kleine« hat sie auch berührt. Sie weiß, was passieren wird. In ihrem Körper weiß sie es. Ein Schauder durchläuft sie. Auf der Arbeit sind ihr die Knie weich geworden, als eine der Verkäuferinnen sagte, man solle nie Wasser über kopulierende Hunde schütten, weil das Ding des Hundes in der Hündin einen Haken macht und die Hündin aufgerissen wird, wenn der Hund zurückzieht, bevor sein Ding schlaff wird.

Ein rotes Auto röhrt auf den Parkplatz und beschleunigt. Eine Sekunde lang, bevor die Bremsen quietschen, ist sie sicher, daß er sie überfährt.

Reg beugt sich über den Sitz und öffnet die Beifahrertür. Musik plärrt heraus. Frank Sinatra singt »That's Life«. Als sie einsteigt, dreht er es ein bißchen leiser. Er trägt schwarze Autohandschuhe aus Leder, neu aussehende Jeans und eine schwarze Lederjacke. »A puppet, a poet, a pauper, a pirate, a pawn and a king«, singt er sie an. Seine Augen gehen im Zickzack über ihr Gesicht, wie Kreuzstich. Sie fragt, wo sie hinfahren.

»Auf jeden Fall von hier weg«, sagt er und dreht das Radio wieder lauter.

Sandy haßt Frank Sinatra, weil ihr Vater alle Platten von ihm hat und sie ihn mit dem geheimen Leben ihres Vaters in Verbindung bringt – mit Ladies, die Tramps sind, Zigarettenrauch, Alkohol und Gelächter. Sie wünschte, Reg würde einen anderen Sender einstellen oder wenigstens die Lautstärke runterdrehen. Sie »Kleine« nennen, damit sie sich freut, daß sie gekommen ist. Er fährt schnell und artikuliert die Worte überdeutlich in ihre Richtung: »I just-uh pick myself up and get-uh back in the race.«

Sie schlägt die Arme übereinander und sieht aus ihrem Fenster, und er macht das Radio ganz aus. Seine rechte Hand fällt auf ihren Oberschenkel. »Baby, Baby, Baby«, sagt er tröstend und drückt sie.

Von seiner Hand hoch durchläuft es sie wie elektrischer Strom. Er drückt sie immer wieder und sagt, sie sieht zum Anbeißen aus, ihm läuft das Wasser im Mund zusammen, er hat Lust auf sie. Sie legt ihren Kopf auf das weiche Leder an seiner Schulter, und die unter ihnen dahinfliegende Straße ist ihr ganzes bisheriges Leben.

Als sie aus dem Verkehr sind, vergeudet er keine Zeit mehr. »Zieh deinen Mantel aus«, sagt er im selben geschäftsmännischen Ton, in dem er ihr auch gesagt hat, sie solle ihn in dem Doughnutcafé treffen.

Sie gehorcht.

»Zieh den Pullunder hoch«, sagt er und dreht die Autoheizung auf. »Langsam. Hübsch langsam«, sagt er fast im Befehlston.

Sie zieht ihren Pullunder ein paar Zentimeter hoch. Unter ihren Brüsten hält sie inne. Sie hat Lust, da innezuhalten, als ob es aus Schüchternheit sei. Aber obwohl sie noch nie jemandem ihre

Brüste gezeigt hat, seit sie entwickelt ist, nicht mal ihre Schwestern durften sie sehen, ist sie nicht schüchtern.

Sie hat einen rosa BH an, mit Gänseblümchen aus Spitzen verziert. Als sie sich den Pullunder bis zu den Schultern hochzieht, beobachtet sie, wie seine Augen von ihr zur Straße zu ihr rasen. Sie weiß, daß er Lust auf ihre weiße Haut hat und auf ihre Jugend.

Jetzt sind sie auf dem Land. Er fährt auf einen schmalen Weg mit flammend roten Gerberasträuchern und stellt den Motor ab, läßt aber die Heizung an. Über den Schaltknüppel hinweg küßt er sie.

Ein paar Minuten lang schmusen sie, sanft, ihre Körper berühren sich nicht. Er hält immer noch das Steuer fest, und sie fragt sich allmählich, ob noch was anderes passiert. Da klemmt er seine Hand zwischen ihre Beine. Ihr Herz scheint ihren ganzen Körper zu schütteln. Sie glaubt, seine Hand muß doch spüren, wie sie zittert. Er reibt hin und her und dann, er behält die Handschuhe an, geht er mit gebogenen Fingern unter ihren Slip und streichelt sie leicht mit seinen Knöcheln. Das gefällt ihr. Sie schiebt sich näher an ihn und legt die Arme um seinen Hals. Sie stöhnt. Und fühlt gleichzeitig einen scharfen Schmerz, der sie veranlaßt, sich von seinem Mund zurückzuziehen, und den sie für pure Gemeinheit hält, bis er seine Hand zurückzieht, Zeige- und Mittelfinger ansieht, sie ihr zeigt. Da sieht sie, daß sie naß beschmiert sind. Ihr Blut.

»Jetzt ist die Himmelspforte offen«, sagt er.

Er sagt ihr, sie solle BH und Unterhose ausziehen und sich rittlings auf ihn setzen, mit dem Gesicht zu ihm, der Fahrersitz ist so weit heruntergelassen wie möglich. Er hält seinen Penis so, daß er gerade nach oben zeigt. Für den Fall, daß sie den Mut verliert, schaut sie nicht nach unten.

»Setz dich drauf, Baby«, stöhnt er.

Sie erhebt sich und kommt mit einer langsamen Bewegung nach unten. Er führt sich selbst hinein. Sie stellt sich ihre Vagina, wie er gesagt hat, als Himmelstür vor und seinen Penis als Rammbock. Die ganzen kleinen Knochen in ihr scheinen zu zersplittern. Vor Schmerz treten ihr die Tränen in die Augen. Seine Augen, seine alten Augen, sind fest zusammengepreßt, als ob es ihm auch weh täte.

Als sie ganz unten ist, hält er sie um die Taille und bewegt sie langsam wieder hoch, dann wieder herunter. Ihre Innereien machen Platz. Seine Augen gehen auf und heften sich auf ihre Brüste. Sie bemerkt, daß die Muttermale auf seiner kahlen Stelle ein *J* bilden. Vor Erleichterung, daß es eigentlich nicht mehr weh tut, küßt sie das *J*. Er küßt ihre Brüste. Er bewegt sie wieder hoch und runter. Wieder, schneller und tiefer. Der Schmerz ist schneidend, und sie schreit auf. Er sagt: »Ah, Baby, ah, Baby, ah, Baby«, wackelt an ihren Brüsten und wirft den Kopf zurück, die Augen geschlossen. Sein Penis hinterläßt eine heiße Pfütze in ihr.

Er keucht, als sei er um sein Leben gelaufen. Das Blut tropft aus ihr heraus über seine neuen Jeans, aber das ist ihm egal. An seinem Haaransatz reihen sich Schweißperlen. Ein wenig ergriffen von all diesen körperlichen Eruptionen, berührt sie sie. Sie kuschelt sich an seine Brust, und er streichelt ihren Rücken. Er nennt sie sein Mäuschen, sein kleines Baby.

Mit kurzen Unterbrechungen ist ihr Vater zwei Wochen lang betrunken. Morgens und nach der Arbeit, in seinen nüchternen Momenten, erwarten die Mädchen immer einen Wutanfall, der aber nie kommt. Er spricht kaum mit ihnen. Er steht an Fenstern, starrt hinaus.

Als es den Anschein hat, als sei die Sauferei zu Ende, sagt Lou: »Ich gebe dieser liebeskranken Bumsnummer noch vierundzwanzig Stunden.«

Aber es vergehen Tage, Wochen, und er bleibt deprimiert und jenseits von Gut und Böse. Eines Abends sagt Lou am Tisch »Scheiße«, und nichts passiert.

Ganz offensichtlich sucht er wirklich keinen Streit.

Ihn interessiert einzig und allein, den Keller fertig zu machen. Nach dem Abendessen sieht er Norma an, als ob zwar alles hoffnungslos sei, aber was soll's, und fragt, ob sie ein paar Stunden runterreißen will. Ihr Aufgabenreglement hat er offenbar vergessen.

Er hat große Pläne. Einen gemauerten Kamin und ein Schlafzimmer für ihn. Ein luxuriöses Badezimmer. Eine Hausbar. Bevor sie also mit der Wärmeisolierung weitermachen können, müssen sie an die Klempnerarbeiten gehen. Während sie arbeiten, kommentiert er, was sie machen und warum. Er hat nicht gern, wenn sie ihn mit Fragen unterbricht. Er ist wirklich nur dann ein kleines bißchen kurz angebunden mit ihr, wenn sie ihn etwas fragt.

Ansonsten ist er ausgeglichen und kommandiert sie überhaupt nicht herum. Er läßt sie löten. Sie glaubt, er vertraut ihr und will sie um sich herum haben, weil Jimmys Geist aus ihr strahlt und ihn, ohne daß er es weiß, trifft. Sie merkt, daß er besonders empfänglich dafür ist, wenn er ein paar Bier getrunken hat.

In Wahrheit ist er kein hundertprozentiger Abstinenzler geworden. Manchmal, ungefähr einmal in der Woche, hört er auf zu arbeiten, holt ein Bier aus dem Kühlschrank, setzt sich auf den Boden und trinkt es und noch drei oder vier, während sie, wenn sie kann, einfach weiterarbeitet. Er betrachtet sie, runzelt die Stirn, als ob er bemerkt hätte, daß sie irgendwie anders ist, es aber noch nicht richtig benennen kann. Und dann steht er mit einemmal auf und macht wieder mit. Sie glaubt, es ist ihre Stärke, die er bemerkt hat und nicht benennen kann, und es ist Jimmys Geist, der ihn zwingt, aufzuhören zu trinken und weiterzuarbeiten.

Nachdem er eines Abends eine Weile getrunken hat, schüttet er das ganze Bier aus dem Kühlschrank in den Waschzuber. Dann streichelt er ihr Haar und sagt, es ist so glänzend, so gesund, sie soll es doch wachsen lassen.

Die nächsten paar Wochen fühlt sie sich, als habe eine weitere Glücksphase in ihrem Leben begonnen. Fast die ganze Zeit, sogar in der Schule, ist sie in Hochstimmung. Außer daß sie sich in ihrer magischen Stärke und in ihrem eigenen Strahlen sonnt, muß sie immer daran denken, daß ihr Vater ihr übers Haar gestreichelt hat. So etwas hat er noch nie gemacht. Wenn sie abends im Bett liegt, denkt sie darüber nach.

Eines Abends muß sie Lou einfach erzählen, daß er ihr übers Haar gestreichelt hat. Lou liest im Bett, und als Norma den schmalen Kopf ihrer Schwester ansieht und das lange dunkle Haar wie einen Schleier herunterfallen sieht, wünscht sie sich, daß ihr Vater seine Hand auch auf Lous Kopf legen würde, daß die ganze Familie diese Segnung erfahren würde.

»Bring mich nicht zum Kotzen«, ist Lous Reaktion.

Norma seufzt. Was hat sie erwartet? Und dennoch konzentriert sie ihr ganzes Sein darauf, einen Fluß der Güte aus ihren Augen strömen zu lassen. Warum erreicht er Lou nicht? Sie fragt Lou, ob sie jemals über ihren Bruder nachdenkt.

Schweigen. »Nein.« Lou liest weiter.

»Ich habe ein Bild von ihm gefunden.«

Lou zieht die Augen zu einem Schlitz zusammen. »Wo?«

»Unten. Unter Dads Werkbank.«

»Wie sah er aus?«

»Ein Baby. Wie ich als Baby.«

Lou sagt nichts und guckt finster in ihr Buch, aber Norma weiß genau, daß sie nicht liest. Und obwohl Norma es eigentlich besser weiß, sieht sie Lou mit einer Sehnsucht an, die sie für das Drängen des Himmels hält. Sie erzählt Lou alles. Daß sie hört, wie Jimmys Stimme aus dem Bild kommt. Daß sie ihn um Rat fragt. Daß sie sich an einem Tag gefühlt hat, als sei sie Jimmy geworden… als ob Jimmy in sie gefahren wäre. »Meine Gedanken und Gefühle«, sagt sie, »fühlen sich die Hälfte der Zeit an wie seine. Sogar mein Körper fühlt sich wie seiner an.«

Endlich sagt Lou etwas. »*Dein* Körper ist ein Jungenkörper«, sagt sie kurz und bündig.

»Ich meine seine Stärke.«

Lou klappt das Buch zu. »Weißt du, was du mir da erzählst?«

Norma wartet.

»Du erzählst mir, du bist schizophren.«

»Nein! Nein. Ich bin nicht zwei verschiedene Personen. Ich bin eine Person in zwei Personen. Wie die Heilige Dreieinigkeit Gott in dreifacher Gestalt ist.«

»Da kann ich nur hoffen, Dad hat die Knete für einen Psychoklempner. Das ist alles, was ich hoffe.«

»Ich bin nicht schizophren!« sagt Norma und schreit fast. Automatisch horcht sie nach ihrem Vater, hat eine Sekunde lang vergessen, daß er dieser Tage nicht brüllt. Dann sagt sie: »Das geschieht doch Leuten die ganze Zeit mit Jesus. Jesus kommt in ihre Herzen. Sein Licht ist in ihnen, geleitet sie. Und Jimmy ist in mein Herz gekommen.«

»Warum glaubst du, er war ein großer Heiliger? Himmelherrgott, er war doch gerade erst geboren, als er gestorben ist. Er war ein Baby. Er hat geschissen, er hat gegessen, er hat geschlafen.«

Norma fällt zur Seite, sieht die Wand an. »Ach, vergiß es«, sagt sie.

»Vergiß du es«, sagt Lou und macht das Licht zwischen ihren Betten aus. »Verdammt, noch eine Verrückte in diesem Haus hat mir gerade noch gefehlt.«

Wenn Lou babysittet, ermahnt sie die Kinder, ihr nicht zu sehr auf die Pelle zu rücken. Dann schließt sie sich in einem Zimmer ein und macht Hausaufgaben und raucht Zigaretten; die der Eltern, wenn eine Schachtel herumliegt. Wenn sie die Hausaufgaben fertig hat, liest sie Pornohefte und -bücher. In den meisten Wohnungen, in die sie regelmäßig geht, sind zumindest Playboyhefte irgendwo versteckt. Wenn in der Wohnung Bücherregale sind, liegt unter Umständen etwas leicht Anstößiges auf dem obersten Regal oder hinter den Buchreihen, außer Sichtweite. Die Hardcore-Taschenbücher sind unter Sesselpolstern und Werkbänken. Man muß wissen, wo man suchen muß.

In der Hauptsache ist sie neugierig, worauf diese Säulen der Gesellschaft scharf sind. Um die Lieblingsstellen zu entdecken, achtet sie darauf, wo die Bücher aufspringen. Sie merkt sich ganze Passagen, um sie Sherry zu zitieren. Sherry überrascht nichts mehr.

»Den Typ kenn ich«, sagt sie.

Sherry hat mit so vielen Männern geschlafen, die Tampons rutschen ihr aus der Vagina raus, sagt sie.

Lou dagegen ist immer noch Jungfrau, weil sich Jungen nicht für sie interessieren. In deren Augen ist sie immer noch ein Kind, trotz eines gefütterten BHs, der sie mit hohen, spitzen Brüsten ausstattet und sie immer überrascht und fesselt, wenn sie ihr Spiegelbild sieht.

Sie babysittet einen sechs Monate alten Jungen, der sich immer mit dem Gesicht an ihre Brust schmeißt und versucht, an ihrem eingedellten BH zu saugen. »Vorspiel«, witzelt sie mit Sherry.

Zur Sache geht es, wenn sie den Penis des Babys mit einer vom Arzt verschriebenen Creme einreiben muß, die nach Kirschhustenbonbons riecht.

An dem Nachmittag, als Lou ihn zum ersten Mal babysittet, wirft die Mutter, die schon zu spät zu einem Eisschießwettbewerb ist, eine karierte schottische Baskenmütze trägt und in großen Eisschießstiefeln herumstampft, das Baby auf den Wickeltisch, richtet die Stehlampe auf ihn, macht seine Windel auf, und da im Scheinwerferlicht ist der erste menschliche Penis, den Lou je mit eigenen Augen gesehen hat.

»Gut, dann stell ihn dir zehnmal so groß vor, aber die Eier ungefähr genauso groß wie jetzt«, sagt Sherry später.

Die Entzündung des Babys kommt davon, daß sich der Urin in der Vorhaut fängt. »Ich hätte ihm wohl die Vorhaut entfernen lassen sollen«, gesteht die Mutter mit erschöpfter Stimme.

Sie läßt Lou die Creme draufschmieren. Von der Spitze aus anfangen. Einreiben, bis man die Creme nicht mehr sieht, dann noch eine Lage. Der Kleine strampelt dabei, als ob er jemandem was antun wollte.

Im November macht die Mutter bei einer Serie Eisschießturnieren mit und bestellt Lou für zwei Nachmittage von vier bis sechs und sonntags von zwölf bis fünf. Es ist leichtverdientes Geld. Das Kind schreit fast nie und wenn, dann nur ein paar Minuten und aus einsichtigen Gründen, zum Beispiel, wenn ihm die Flasche herunterfällt. Manchmal gluckert oder lächelt er sie an, und sie möchte ihn aufnehmen und mit ihm schmusen, aber immer, wenn sie das tut, stürzt er sich sofort auf eine ihrer Brüste. Nach ein paarmal Babysitten findet sie das nicht mehr lustig. »Fetter Vielfraß«, sagt sie ungeduldig und denkt an Norma. Wenn sie ihn von ihren Brüsten weg hält, windet er sich und rudert mit den Armen und wird feuerrot im Gesicht. Also nimmt sie ihn überhaupt nicht mehr auf, wenn sie nicht muß. Sie setzt ihn in sein Badewännchen ans eine

Ende des Eßzimmertischs und macht ihre Hausaufgaben am anderen.

Das normale Leben in den Wohnungen anderer Leute findet sie beruhigend. Es ist dem Arbeiten förderlich. Aus Stolz und Widerborstigkeit arbeitet sie insgeheim hart für die Schule. Niemand erwartet von ihr, daß sie so klug ist – die Lehrer nicht, die sie wegen Schwänzens und frecher Antworten nachsitzen lassen, die anderen Schüler nicht, die sie für eine Verliererin halten, weil sie mit einer Nutte rumhängt, nicht mal die Nutte selbst, die glaubt, sie liest nur Pornozeug.

An schönen Tagen nimmt Lou das Baby mit hinüber zu Sherry. Außerhalb der Wohnung kommt er ihr fast monsterhaft fett und glotzäugig vor. Sie veranstaltet Rennen mit dem Kinderwagen und läßt ihn schnell vor sich herfahren. Neben Sherrys Wohnung ist ein Spielplatz, und sie und Sherry nehmen ihn dahin mit, und Lou stößt die Schaukel so hoch, daß sie auf einer Ebene mit den Querstangen ist. Sherry kreischt. Oben in ihrem Schlafzimmer läßt ihn Sherry sanft auf ihren Knien hopsen und spielt Backe-backe-Kuchen mit ihm. Bei Sherry windet er sich nicht. Er scheint sie zu mögen.

»Ach, ich will eins«, quengelt sie.

»Du mußt es mir nur sagen«, sagt Lou und hält Sherrys Diaphragma über den Papierkorb.

Als Sherry das Baby eines Tages in den Arm nimmt und er mit dem Mund vorn an ihrer Bluse herumsucht, sagt sie, sie hat von einer Frau gehört, die ein Baby adoptiert hat und es stillen konnte, weil das Saugen ihre Milchhormone aktiviert hat.

»Bedien dich«, sagt Lou.

Also macht Sherry ihre Bluse und ihren schwarzen BH auf und stopft ihm eine riesige braune Brustwarze in den Mund. Er saugt geräuschvoll. Aber so oft sie auch nachsehen, es kommt keine Milch. Sie probiert es mit der anderen Brustwarze, aber bei der funktioniert es auch nicht.

»Wahrscheinlich bringt einem das ganze Begrapschen die Hormone durcheinander«, seufzt Sherry. Sie will, daß Lou es probiert.

»Auf keinen Fall.« Der Gedanke ekelt Lou an. Sie schnappt Sherry das Baby weg und wirft ihn aufs Bett.

»Du hast ihm den Hals gebrochen«, schreit Sherry, weil er still ist.

»Dem geht's prächtig«, sagt Lou und beugt sich über ihn. Er starrt sie unverwandt an. »Wenn Blicke töten könnten«, sagt sie. Sie hält seinem Blick stand. Sie fragt sich, ob er sich hier dran erinnern wird, wenn er der einsneunzig große, hundertfünfzig Kilo schwere Bursche ist, der er sicher wird, seinem Appetit nach zu urteilen. Er wird nicht wissen, warum, aber er wird dünne, schwarzhaarige Mädchen hassen. Sie fragt sich, ob ihr Bruder Jimmy so wie er war. Ob alle Babies so sind (er ist das einzige, das sie babysittet). »Warum sollst du sie lieben«, sagt sie, »wenn sie dich nicht zurücklieben?«

»Sie lieben dich«, protestiert Sherry. »Sie lieben jeden, der sie versorgt.«

»Das ist keine Liebe, das ist der Überlebensinstinkt.«

»Na, das ist doch so liebenswert an ihnen. Wie hilflos sie sind.«

»Das ist nicht liebenswert«, sagt Lou.

Um aus sich ein Gefäß zu machen, das Jimmys würdiger ist, fängt Norma eine Diät an und nimmt in einem Monat fünfzehn Pfund ab. Da ist auch ihr Haar lang genug, um es mit einem Gummiband zurückzubinden. So mag sie es am liebsten – aus dem Gesicht gebürstet, von vorn sieht es kurz aus.

Ihre Freundinnen machen sie an. Das große Mädchen sagt, daß ihre Beine jetzt zu dünn für ihren Körper sind, daß ihr Körper besser proportioniert war, als sie schwerer war. Das Mädchen mit der Akne sagt: »Wenn ich so einen spitzen Haaransatz hätte, würde ich ihn garantiert nicht auch noch zur Schau stellen.« Und: »Du denkst nur noch an dich selbst.«

Während es stimmt, daß Norma viel darüber nachdenkt, wer sie ist, stimmt es nicht, daß sie sich selbst vor andere stellt. In ihrem Kopf ertönen immer Jimmys Gebote, freundlich zu sein. Früher hat sie sich nie großartig Sorgen darüber gemacht, ob sie ihre Freundinnen verletzt, tut es aber jetzt. Trotzdem entwischt sie ihnen manchmal und geht allein durch die Korridore, um schöne Mädchen anzusehen. In aller Bescheidenheit fühlt sie sich dazu berechtigt. Sie meint, daß Gott ihr, die nicht schön ist, aber von Schönheit berührt, zumindest das Vergnügen gewähren sollte, sie zu erschauen.

Es kommt ihr aber nie in den Sinn, sich selbst zu verändern, um schöne Mädchen anzuziehen. Ihr Abnehmen ist ganz für ihren Bruder, um seinen Geist zu beherbergen, und ihr längeres Haar ist für ihren Vater. Die Tatsache, daß sie für den Rest der Welt auch attraktiver wird, ist so zufällig, daß es ihr nicht auffällt. Es sagt ihr auch niemand.

Obwohl ihr Vater ihr Haar nie wieder erwähnt, merkt sie, daß er sehr zufrieden ist, wie sie ihm wie eine OP-Schwester die Werkzeuge in die Hand wirft und weil sie eine gute Zuhörerin ist. Wenn sie arbeiten, erzählt er ihr Geschichten, wie er wegen seiner großen Ohren als Junge den Spitznamen Jumbo bekam und Großmutter Field sie ihm vorsorglich mindestens einmal am Tag ordentlich langzog. Er sagt, daß er genau wie Sandy immer gern sein Ohr auf einem leeren Eßteller ausgeruht hat. Wenn sie arbeiten, ist er voll solcher Überraschungen.

Außerhalb des Hobbyraumes mit der restlichen Familie zusammen, ist er allerdings immer noch deprimiert und still. Er vergißt, einen Weihnachtsbaum zu kaufen, und am 24. Dezember kommt Lou schließlich mit einer krummen, jämmerlichen kleinen Fichte an, die sie bei irgend jemandem aus dem Rasen gegraben hat.

»Wenn wir Glück haben«, sagt sie, »vergißt er auch, Geschenke für uns zu kaufen.«

Das vergißt er aber nicht. Er hat für sie alle unmodische grünblau-karierte Parkas und für Lou und Sandy unmodisch gemusterte Kniestrümpfe dazu.

Normas zweites Geschenk ist ein roter Angorapullover.

»Huh, der ist nicht schlecht«, sagt Sandy mit Staunen und Neid in der Stimme.

»Probier ihn mal an«, schlägt ihr Vater vor und breitet die Arme über dem Sofarücken aus.

Er ist zu klein. Das hat Norma gewußt, kaum daß sie ihn gesehen hat, aber sie geht trotzdem in ihr Schlafzimmer und zieht ihn an. Sie kann sich im Spiegel selbst kaum anschauen. Groß, eklig. Schreiend rot. Sie reißt sich den Pullover vom Leib.

Warum rot? Sie trägt nie leuchtende Farben. Und sie trägt nie was Enges, das muß er doch gemerkt haben. Sie steht da und zieht den Pullover auseinander und drückt ihn zusammen wie ein Akkordeon. Sie möchte weinen, wenn sie daran denkt, daß er ihn extra für sie gekauft hat. Warum hat er ihr keinen Hammer gekauft?

»Wie sieht er aus?« ruft er.

»Toll.«

»Dann komm raus. Laß sehen.«

»Gut, in einer Minute«. Sie zieht den Pullover wieder an und geht durch den Flur mit demselben Gefühl wie in der Schule – daß ihre Brüste gräßlich und abstoßend sind, aber der Schutzschild ihrer Seele.

»Ach, du grüne Scheiße«, sagt Lou.

Norma sieht ihren Vater an. »Er ist wirklich schön«, murmelt sie.

»Hm«, sagt er. »Zu passen scheint er ja.«

Seine Augen mustern sie von oben bis unten. Er tut ihr leid. Sie glaubt, daß ihre Verlegenheit nichts ist verglichen mit seiner.

Aber er möchte, daß sie den Pullover trägt. Am zweiten Weihnachtstag fragt er, wo er ist.

»In meinem Schrank«, antwortet sie verwundert. Sie begreift nicht, daß er sie fragt, warum sie den Pullover nicht angezogen hat. In Wirklichkeit ist er in Sandys Schrank. Sie hat ihn Sandy geschenkt.

»Wofür hebst du ihn auf?« fragt er. »Geh, zieh ihn an.«

»Jetzt?«

»Klar. Warum nicht?«

»Arbeiten wir heute nicht am Hobbyraum?«

»Ein bißchen Sägemehl hat noch nichts geschadet.«

Sie bildet sich ein, daß er den Gedanken nicht ertragen kann, das ganze Geld vergeudet zu haben (Sandy meint, der Pullover hat mindestens zwanzig Dollar gekostet), daß er sich der Tatsache nicht stellen kann, einen teuren Fehler gemacht zu haben. Wenn er bereit ist, sie in dem Pullover zu akzeptieren, weiß Norma, sollte sie es auch. Aber als sie ihn anhat, ist sie unfähig, das Schlafzimmer zu verlassen. Schließlich zieht sie eine Strickjacke darüber und läßt die Knöpfe am Hals offen, damit man den Rollkragen des Pullovers sieht. Er sagt nichts.

An dem Tag und während der restlichen Weihnachtsferientage machen sie das Badezimmer fertig. Damit er zufrieden ist, trägt sie den Pullover unter ihrem Arbeitshemd oder unter der Strickjacke. Am letzten Tag (ein heikler Tag, weil es der letzte ist, denn wenn sie eine Arbeit beendet haben, sagt er meistens: »Das muß gefeiert werden«, und dann gießt er sich ein Sixpack hinter die Binde) hat er Bronchitis und dreht die Heizung ganz auf, so daß sie beide schwitzen. Als sie sich die Stirn mit den Hemdzipfeln abwischt, besteht er darauf, daß sie es auszieht.

»Diese ganzen Schichten brauchst du doch nicht«, sagt er.

Sie fühlt sich von etwas befreit. Er sagt ihr, daß es ihm ganz egal ist, wie sie aussieht. Ach, so akzeptiert zu werden, wie man ist! Aber sie kann sich selbst nicht so akzeptieren, wie sie ist, nicht in dem Pullover. Sie zieht die Schultern ein und verkreuzt die Arme vor der Brust.

Wenn die letzte Kachel auf dem Boden ist, fängt er garantiert an zu trinken. Sie bleibt wie der Engel auf seiner Schulter bei ihm, beschäftigt sich damit, sich an den kleinen Waschtisch neben dem Kühlschrank zu setzen und die ganzen Schrauben aus der Schrauben-und-Nägel-Kiste zu nehmen und zu sortieren. Er beobachtet sie und trinkt schweigend.

Mitten in Bier fünf geht er zu ihr hinüber. Beugt sich nach vorn, langt vor ihr her, seine Hand stößt gegen ihre Brüste.

Sie erstarrt. Ihre Augen treffen sich, und sie hat das definitive, unheimliche Gefühl, daß er sie mit Absicht berührt hat.

»Verzeihung«, grummelt er. Er hat nach dem Hammer gelangt, der auf ihrer anderen Seite neben der Kiste liegt. Er nimmt den Hammer und sein Bier, zieht das schlechte Bein hinter sich her, geht zur Außenwand hinüber. Unter vielen Mühen zerrt er einen krummen Nagel aus einem der Balken.

»Jesus heißt uns, unser Licht rein und hell scheinen zu lassen«, denkt Norma hektisch, als eine Art Reinigungsgebet. Die Scham überwältigt sie. Ihre schmutzigen Gedanken. Auf der anderen Seite des Raums, mit dem Rücken zu ihr, läßt ihr Vater die Hand über den Balken gleiten, sein Arm bewegt sich aus einem staubigen, flachen Keil Sonnenlicht heraus und wieder hinein.

Was ist Gottes Vorstellung von »rein und hell«? überlegt sie. Wie beschmutzt darf man bei ihm sein?

Dienstags abends um halb sieben und sonntags nachmittags um eins holt Reg Sandy an der Bushaltestelle ab. Zum Glück schenkt ihr Vater ihrem Kommen und Gehen keine Aufmerksamkeit.

Wenn sie zusammen geschlafen haben, legt sich Reg keuchend zurück und sagt: »Ich bin ein gebrochener Mann.« Dann raucht er eine Zigarette und redet über die Schuhbranche oder über die Hölle, die er durchlebt hat, als er mit seiner ersten Frau, »der Lesbe«, verheiratet war.

Seine zweite Frau, die, die er jetzt hat, ist eine tolle Mutter und schmeißt großartige Parties, aber er ist ziemlich sicher, daß sie auch eine Lesbe wird, weil sie nicht mehr mit ihm schläft.

»Wahrscheinlich ist sie froh, daß du eine Freundin hast«, überlegt Sandy laut.

»Bist du von Sinnen?« sagt er.

Sie fahren immer zu der alten Motelanlage an der zweispurigen Landstraße, die in die Stadt führt. Damit sie keine sichtbare Spur hinterlassen, wechseln sie jedesmal das Motel, und ungefähr eine Nebenstraße entfernt von dem, für das sich Reg entschieden hat, steigt Sandy aus dem Auto, damit er vorfahren und allein buchen kann. Normalerweise ist der Mustang das einzige Auto auf dem Parkplatz. Wie halten diese Läden sich über Wasser? fragt sie sich. Reg versucht immer, das Zimmer mit der höchsten Nummer zu kriegen, aber manchmal, wer weiß, warum, gelingt ihm das nicht, und er muß sie von der – einen Spaltbreit geöffneten – Tür aus fast anschreien, wenn sie vorbeigeht. Er macht sich nicht nur Sorgen wegen seiner Frau. Sondern auch, weil auf Sandy der Staatsanwalt noch die Finger hat, und falls nötig, will er in der Lage sein zu behaupten, daß sie ihn verführt hat.

Im Zimmer dann gibt es ein paar einsame Momente, während derer er in der Jacke hin- und herläuft und sagt, er hat das Gefühl, der Empfangsmensch hat ihn vom Geschäft her wiedererkannt oder seine Frau weiß, daß was faul ist. Dann wandert Sandy ins Badezimmer und macht das Licht an, das auch ein Ventilator ist. Die Vollkommenheit ihres Gesichts im Spiegel tröstet sie. Es verleiht ihr die Fassung, wie eine Dame auf der Bettkante zu sitzen, bis er aufhört hin- und herzulaufen und sich neben sie setzt.

Sie tut alles, was er will. Sie versucht, es vorauszusehen. Außer ihn glücklich zu machen, hat sie keine eigenen Wünsche, ist aber gut darin, seine zu erraten. Bei ihrem dritten Treffen liegt er, nachdem sie zusammen geschlafen haben, auf dem Rücken, und sie küßt die Linie schwarzen Haares auf seinem Bauch bis hinunter zu seinem Penis, küßt die Spitze seines Penis und weiß einfach, daß er unbedingt möchte, daß sie das ganze Ding in den Mund nimmt.

»Oh, ja, Baby«, sagt er, als sie das tut.

Er legt ihr die Hände auf die Ohren und bewegt ihren Kopf hinauf und hinunter. Sie glaubt, sie hätten was erfunden. Seine Ejakulation ist wie der Wasserstrahl beim Zahnarzt, nur wärmer, und es schmeckt nach Salz und Bleichsoda.

»Du kannst es runterschlucken«, keucht er.

Hat sie schon.

An dem Tag, als er mit ihr Schluß macht, errät sie in der Minute, als sie ins Auto klettert, daß er es tun wird. Irgend etwas sagt es ihr, sie könnte nicht sagen, was. Sie lehnt sich gegen die Beifahrertür, empfindet nichts, wartet. Selbst als sie zu der Motelanlage fahren und wie üblich oben am Seitenstreifen anhalten, weiß sie, daß sie jetzt nicht raushüpfen soll.

Schweigend beobachten sie beide den Verkehr. Es scheint, als sei eine Viertelstunde vergangen, bis er was sagt.

»Meine Frau weiß es.«

»Ach.«

»Sie ist durchgeknallt. Absolut durchgeknallt. Weinte, schrie...«

Sandy betrachtet ihre weißen Hände mit den Augen seiner Frau, von der sie sich vorstellt, daß sie Altersflecken und Spülhände hat. Eine Frau, fast so alt wie ihre Mutter. Durchgeknallt. Als ihr Vater ihnen befohlen hat, ihre Mutter auf das Bett runterzudrücken, weinte ihre Mutter und schrie. Im Flur hat Norma sie festgehalten, stark wie ein Mann.

»Aber wie hat sie es rausgefunden?« fragt Sandy.

»Ich hab's ihr erzählt.« Er seufzt. »Sie wußte, daß was im Busche war. Ich habe ihr gesagt, ich müßte dich noch einmal sehen. Um Schluß zu machen. Herr im Himmel –« er schüttelt den Kopf, lacht bitter. »Sie wollte mitkommen.« Er fährt sich mit den Fingern über den Kopf, als ob er noch Haare hätte. Sandy findet, er sieht richtig alt aus. Sie kann sich nicht mehr vorstellen, daß sie ihn geküßt hat, von allem andern ganz zu schweigen. Sie schließt die Augen.

»Ach, Baby«, sagt er. »Ach, mein süßes Püppchen, es tut mir leid.« Seine Hand fällt auf ihren Oberschenkel. »Ich wollte es dir nach unserem Boogie-Woogie sagen.« Sie macht die Augen auf. Er lächelt sie blöde an. »Gott, weißt du, du könntest mich immer noch rumkriegen. Hier auf der Stelle. In dieser Minute. Ein letztes Mal.« Er streichelt ihre Beine und kommt mit dem Mund an ihr Ohr. »Du mußt es nur sagen«, flüstert er. »Ich bin ein schwacher Mann.«

Ein Bus kommt die Straße entlang. Wenn sie rennt, kann sie den Bus noch kriegen. Sie nimmt ihre Handtasche, öffnet die Tür und steigt aus.

»Ich fahre dich«, ruft er, seine Stimme verfliegt.

Am Dienstagabend guckt sie zufällig genau um halb sieben auf die Küchenuhr – die Zeit, zu der sie ihn immer getroffen hat –, und ihr Herz fängt an zu hämmern, und dann scheint es stillzustehen. Sie legt die Hand darauf und kann keinen Schlag fühlen. Es erinnert sie daran, wie sie versucht hat, den Herzschlag des Nikolausmannes zu fühlen, und ihr kommt der Gedanke, daß er vielleicht doch nicht tot war. Dieser Tag, der ist wie ein Traum. Nichts hat sich je wieder so schön angefühlt wie damals, als sie die Füße in seinem Schoß hatte und er sie mit einem Grashalm gestreichelt hat.

Als sie am nächsten Morgen im Unterrock da steht und den Inhalt ihres Schranks begutachtet, denkt sie, was macht es, was ich anziehe. Seit sie sich mit Reg getroffen hat, hat sie sich nicht mehr mit Jungen aus der Schule verabredet. Deren weiche Hände und rosa Lippen ekeln sie an. Sie sind einfach nur große Sechsjährige, unbedarft, Riesenklappe. Wenn einer mit einem Mädchen ins Bett geht, erfährt es die ganze Schule. »Ach, Reg«, seufzt sie und zieht ein x-beliebiges Kleid vom Kleiderbügel. Aber sie weint nicht.

Sie braucht ungefähr eine Woche, bis sie kapiert, daß sie immer dann erleichtert ist, daß sie sich nicht mehr mit Reg trifft, wenn sie an etwas Spezifisches von ihm denkt, nicht an sein Lachen und ihr Zusammenschlafen, sondern zum Beispiel an seine kahle Stelle oder die Büschel schwarzer Haare auf seinem Rücken oder wie er Frank-Sinatra-Lieder gesungen hat. In ihrem Leben ist ein Loch, aber das Loch kann von einem anderen netten, gutgekleideten Herrn gefüllt werden. Wie zum Beispiel Bob, dem Engländer, der einen Mercedes fährt und sie vor ein paar Wochen an einer Bushaltestelle mitgenommen und den ganzen Weg zur Arbeit gefahren hat.

»Ich hab einen festen Freund«, hat sie ihm erzählt.

»Hier ist meine Karte«, hat er gesagt.

Die Karte ist hellblau mit silbernen Buchstaben: Robert Featherstone, Direktor, Featherstone and Ridley Corp. Zwei Wochen, nachdem sie und Reg sich getrennt haben, ruft sie ihn aus einer Telefonzelle an, und sie verabreden sich für den nächsten Abend.

Er nimmt sie mit in sein Büro im siebzehnten Stock eines neuen Bankgebäudes in der Innenstadt. »Sagen wir einfach, ich spiele echtes Monopoly«, sagt er auf ihre Frage, was er macht. Auf einem weißen Flokati, der den ganzen Boden bedeckt, schlafen sie in Klamotten zusammen, er noch in der Jacke; er zieht ihr bloß die Unterhose runter und geht in sie rein. Bevor sie sein Büro verlassen, schreibt er ihre Anfangsbuchstaben neben sieben Uhr am Donnerstag in seinen Terminkalender.

Weil sie donnerstags arbeitet, muß sie sich telefonisch krank melden, das hat sie noch nie gemacht. »Das ist die verdammte Asiatische Grippe«, sagt Mrs. Dart mitfühlend. Sie empfiehlt Grog.

Bob holt Sandy an derselben Bushaltestelle ab, an der sie immer auf Reg gewartet hat. Sobald sie im Auto ist, gleitet er mit der Hand in ihre Unterhose und verhakt einen Finger zwischen ihren Beinen.

»Ich muß noch schnell im Büro vorbei«, sagt er mit seiner Rex-Harrison-Stimme.

Sein Finger bleibt da verhakt. Sie kann sich nicht anders hinsetzen oder eine Unterhaltung anfangen. »Ich habe einen kleinen Fisch gefangen«, sagt er an einer roten Ampel. Den ganzen Weg in die Innenstadt läßt er den Finger da stecken. Selbst als sie anhalten, läßt er nicht sofort los, und ein paar Schrecksekunden lang denkt sie, daß er pervers ist, daß er jetzt versucht, sie an der Unterhose aus dem Auto und über die Straße zu zerren.

Aber das tut er natürlich nicht. Als er sie freigibt, kommt sie sich blöde vor, weil sie etwas so Verrücktes über den Direktor einer Firma gedacht hat.

Sie geht vor ihm in sein Büro, hinüber zu seinem Schreibtisch. Er macht die Tür zu und schließt ab, und als nächstes wird ihr bewußt, daß er ihr den Rock hochhebt und sich hinten in sie reinpreßt. Er hat schon eine Erektion.

Sie schlafen im Stehen zusammen. Er umfaßt sie in der Taille, und sie stützt sich mit den Unterarmen auf die grüne lederne Schreibtischauflage. Rechts in ihrem Blickfeld liegt ein handgeschriebener Luftpostbrief. »Lieber Bobbo«, liest sie, bevor er den Rest mit der Hand bedeckt.

»Nimm das hier«, sagt er, als sie nach einem Blatt Geschäftspapier langt, um den Samen aufzufangen, der aus ihr raustropft. Er wirft ein sauberes weißes Leinentaschentuch auf den Schreibtisch.

»Wirklich?« fragt sie und denkt an seine Frau am Waschtag.

»Ich hab auch noch was zu tun«, sagt er.

»Schon gut. Ich warte draußen am Empfang.« Sie hält das Taschentuch zwischen ihre Beine, dreht sich um und sieht ihn an.

Er legt die Hände unterm Kinn wie zum Gebet aneinander. »Nein«, sagt er langsam. »Nein. Weißt du, es dauert mindestens eine Stunde.«

»Oh.« Weil er gesagt hat, er müsse nur »mal im Büro vorbei«, hat sie angenommen, daß sie noch woanders hingehen, in ein Motel, daß dies hier nicht zählt.

»Sei ein braves Mädchen und geh runter«, sagt er. »Ich bestelle dir ein Taxi.« Er zieht ein paar Geldscheine aus der Brieftasche, gibt sie ihr und nimmt ihr gleichzeitig das Taschentuch ab.

Es sind Zwanziger. »Das ist viel zuviel«, sagt sie.

»Behalt das Wechselgeld«, sagt er. Er sieht nicht in seinem Terminkalender nach, ob er einen Abend für sie frei hat.

Ihr Vater gibt den Keller auf. Wenn er überhaupt nach Hause kommt, geht er gleich nach dem Abendessen wieder weg. Eine neue Mieze hat er aber nicht. Dafür gibt es keine Anzeichen.

Selbst ihre Mutter ist zu der Auffassung gekommen, daß ernsthaft was mit ihm los ist und ihre Kraftreserven gefordert sind. Seit dem Atombunker hat sie alle Mahlzeiten vor dem Fernseher eingenommen, aber an dem Morgen, nachdem ihr Vater aufgehört hat, an dem Hobbyraum zu arbeiten, nimmt sie es auf sich, am Frühstückstisch zu erscheinen. Sie hat sich das lange weiße Haar gekämmt und mit Haarklemmen hinter die Ohren zurückgesteckt, und um ihren Morgenmantel trägt sie einen breiten grünen Ledergürtel, so daß sie fast angezogen aussieht.

Während der gesamten Mahlzeit plaudert sie daher wie eine besorgte Ehefrau, in einer halben Stunde sagt sie mehr als sonst in einem Monat. Es funktioniert nicht, und selbst Lou sieht, daß es nicht seine Schuld ist. »Solange Harold sich nicht in den Vordergrund schiebt«, sagt ihre Mutter irgendwann und gießt Milch in Kaffee, den ihr Vater mittlerweile schwarz trinkt; sie redet von einem Mann, der, stellt sich heraus, Arnold, nicht Harold heißt, und von da, wo ihr Vater arbeitet, vor fünf Jahren weggegangen ist. Also sagt ihre Mutter dann lachend: »Wie die Zeit verfliegt!«, und dann guckt sie aus dem Fenster und fragt, wessen Auto das in der

Einfahrt ist. »Aber deins ist doch nicht weiß, Jim«, protestiert sie. Er steht auf, um zu gehen. Sie auf die Reihe zu kriegen, könnte den ganzen Tag dauern.

Als er weg ist, sagt Lou, der das klägliche Bemühen ihrer Mutter einen Stich versetzt, trotzdem: »Was für ein Arschloch.«

Ihre Mutter zieht sich langsam die Haarnadeln aus dem Haar. »Er hat den Blues«, sagt sie.

»Na, und?«

»Er hat den Blues«, sagt ihre Mutter noch einmal, ihr Blick schweift ab.

Im Hobbyraum arbeitet Norma allein an der Holzverkleidung weiter. Aber sie macht sich über ihren Vater Sorgen. Was könnte ich tun? überlegt sie, bis ihre innere Stimme antwortet.

»Geh in die Kirche«, sagt die Stimme.

Seit zehn Jahren ist sie nicht mehr in der Kirche gewesen. Sie entschließt sich, in die katholische Kirche zu gehen und nicht in die, der ihre Familie angehört – die presbyterianische –, weil sie den Eindruck hat, daß Gott den Katholiken mehr Aufmerksamkeit schenkt. Auf Knien vor den Kerzenreihen fleht sie das an der Wand hängende riesige Gemälde des Christuskindes an, das in Marias Armen schwebt.

»Steh meinem Vater bei«, betet sie. »Wenn er den argwöhnischen Blick in meinen Augen gesehen hat, als er gegen mich gestoßen ist, bitte, bitte, sag ihm, daß er ihn eigentlich nicht gesehen hat.«

Wochen vergehen. Manchmal, wenn sie in der Kirche betet, spürt sie, wie ihr Herz rast. Sie spürt, daß das der Geist des kleinen Bruders in ihr ist, den der Anblick des Jesuskindes an der Wand erfreut. Zu Hause achtet sie darauf, daß ihr Haar sauber und gebürstet ist, und kehrt zu ihrem Arbeitsreglement zurück. Einmal trägt sie sogar den roten Pullover ohne was drüber.

Als ihr Vater eines Abends gegen neun nach unten kommt, um sich ein Bier zu holen, glaubt sie, daß ihre Gebete erhört worden sind. Soweit sie weiß, ist er nicht mehr im Keller gewesen, seit er aufgehört hat, mit ihr zusammen zu arbeiten. Er scheint müde zu sein, aber innerlich aufgewühlt. Er macht das Bier auf und kommt zu ihr herüber, wo sie sägt.

»Ich hab gedacht, ich mach die Holzverkleidung fertig«, sagt sie schüchtern. Ihr fällt auf, daß er zum Friseur muß. Seine Bürstenhaare liegen schräg wie totes Wintergras. Wenn er so heruntergekommen aussieht, liebt sie ihn so sehr, daß sie kaum atmen kann.

»Hast du abgenommen?« fragt er und sieht sie stirnrunzelnd an.

»Ein bißchen«, sagt sie, für den Fall, daß er deshalb die Stirn runzelt. Tatsächlich hat sie zweiundzwanzig Pfund abgenommen.

Er legt den Kopf zur Seite und blinzelt sie an. »Wie alt bist du? Neunzehn?«

»Achtzehn.«

»Wie würde es dir gefallen, wenn ich dir das Autofahren beibringe?«

Sie starrt ihn an. »Wirklich?«

»Warum nicht?« Er nimmt einen Schluck Bier. »Zeit, daß du es lernst.«

»Aber–« Sie stößt den Atem aus. Wo ist sein Gedächtnis? Er hat gesagt, er ließe niemals eine von ihnen sein Auto fahren, Mädchen sollten nicht Auto fahren. »Na, ja«, sagt sie. »Klar.«

Seine Lippen verziehen sich zu einem Lächeln.

»Ich hab die Schnauze bis obenhin voll«, sagt Lou zu dem Baby. Das Baby tritt ihr die Tube aus der Hand. »Ohne daß ich unbedingt dir die Schuld gebe«, seufzt Lou und entscheidet sich, ihn heute nicht einzucremen. Die Creme wirkt sowieso nicht; sein Penis ist so rot wie beim ersten Mal, als sie gebabysittet hat. Er tut ihr ein bißchen leid – ein wunder Stummel zwischen seinen Beinen, eine Mutter, die keine Zeit hat, ihm etwas Besseres verschreiben zu lassen. Keine Zeit, einen netten Babysitter für ihn zu finden.

Sie steckt ihm die Windel wieder fest und legt ihn in seine Badewanne am einen Ende des Eßtischs. Dann setzt sie sich ans andere und macht ihre Hausaufgaben. Aber sie kann sich nicht konzentrieren, dazu hat sie die Schnauze zu voll. Heute morgen, als sie noch geschlafen hat, ist ihr Vater mit Norma zu einer Fahrstunde rausgefahren. Lou konnte es nicht glauben. Sie sagte, sie wolle auch fahren lernen, aber ihr Vater sagte: »Nur Norma.« Ganz egal, welches Argument Lou vorbrachte, selbst das einzigartige, daß sie zum Lebensmitteleinkaufen fahren mußte, er gab nicht nach.

»Was, wenn ich mit jemand anderem lerne?« fragte sie zuletzt. »Kann ich dann wenigstens das Auto borgen?«

Er schüttelte den Kopf.

»Das ist ungerecht!« schrie sie und schrie immer weiter und streckte die Arme aus, um ihm den Weg in den Keller zu versperren. Die Ader an seiner Schläfe fing an zu pulsieren, aber anstatt sich zurückzuhalten, schrie Lou noch lauter.

Als er ihr eine Ohrfeige verpaßte, warfen sie sich einen Blick des Wiedererkennens zu: seit jeher prallen sie immer dann aufeinander, wenn sie beide kurz vorm Durchknallen sind. Dann schob er sich an ihr vorbei. Sie ging durch den Flur in ihr und Normas Schlafzimmer.

Norma saß an der Frisierkommode, bürstete sich die Haare. Sie hatte die Brille nicht auf, und Lou störte es, wie erwachsen und attraktiv Norma aussah. Wie eine Fremde, mit ihrem zurückgekämmten dunklen Haar und dem runden Gesicht. Eine osteuropäische Frau. Exotisch und als ob sie einiges hinter sich hätte.

Norma sprach Lous Spiegelbild an und sagte entschuldigend: »Ich bin die älteste.«

»So?« sagte Lou. »Ich bin alt genug, um zu fahren.«

»Du weißt, was er von autofahrenden Frauen hält«, sagte Norma und nahm ihr Haar zu einem Pferdeschwanz zusammen und zog es durch ein Gummiband. »Es fällt ihm schon schwer genug, mich fahren zu lassen.«

»Und warum tut er es dann?«

»Weiß ich nicht. Vielleicht wegen der ganzen Arbeit, die ich im Keller gemacht habe.«

»Quatsch.« Lou wußte, daß Norma das auch nicht glaubte. Wann hatte ihr Vater je Belohnungen ausgeteilt? »Gequirlte Scheiße«, sagte Lou.

Norma warf ihr einen langen, leidenden Blick zu.

Das Baby weint. Irgendwie hat er es geschafft, sich die Decke um den Hals zu drehen.

»Wenn du einfach still liegenbleiben würdest«, sagt Lou und hebt ihm den Kopf hoch, um die Decke abzuwickeln, »würde dir nichts passieren.« Er glotzt sie an und kneift dann die Augen zusammen, als ob er nicht ertragen kann, was er sieht.

Sie landen schließlich am Seitenstreifen, wo sie parken. Der Motor bleibt an, damit die Heizung weiterläuft, er trinkt Bier, sie sehen beide durch Stacheldrahtzäune auf verschneite Felder, die von nackten, schwarzen Bäumen umsäumt sind. In dieser Zeit ist der Himmel immer bedeckt, Norma bildet sich ein, daß der Himmel Mitgefühl mit ihm hat. Alle möglichen Ideen kommen ihr in den Kopf, als sie und ihr Vater da sitzen. Sie denkt, wer sagt denn, ob nicht alles, was man sieht, eine Botschaft Gottes ist? Sie gesteht ihrem Vater die Botschaft des ganzen Himmels zu, weil sie so sehr für ihn gebetet hat und weil sie glaubt, daß die großen Dinge für Männer reserviert bleiben, die so unglücklich und so glücklich wie er sein können.

Sie ist ziemlich sicher, daß er ihr das Fahren beibringt, ohne daß er es will, daß Gott ihm den Plan in den Kopf gesetzt hat, um sie wieder zusammenzubringen und jedwedes Mißverständnis auszuräumen.

Aber ihr Vater wehrt sich gegen das Arrangement. Ganz offensichtlich würde er hier lieber mit seiner letzten Mieze herumkurven. Er starrt zum Beifahrerfenster hinaus und holt tief Luft. Außer, daß er Norma sagt, wohin sie fahren soll, gibt er ihr keine Anweisungen. Er achtet eigentlich gar nicht auf sie, es sei denn, sie nimmt eine Kurve zu schnell oder tritt zu heftig auf die Bremse, und dann sagt er, zwar ein bißchen verärgert, aber so, als sei es nicht wichtig: »Ruhig« oder »Langsamer«, oder er beugt sich vor und steuert ein paar Sekunden selbst.

Erst bei diesen Ausfahrten begreift sie, wie deprimiert er ist. Zuviel zu trinken ist nicht annähernd ein so deutliches Zeichen wie sich um sein Auto keine Sorgen zu machen oder – das ist womöglich noch deutlicher –, keine Angst zu haben, gesetzwidrig zu handeln.

»Nein, wir bleiben auf den Nebenstraßen«, sagt er, wenn sie davon spricht, sich den provisorischen Führerschein für Lernende zu besorgen.

Ein weiteres Zeichen: er redet nicht. Als sie am Keller gearbeitet haben, hat er die ganze Zeit geredet, bis er anfing zu trinken. Im Auto ist er aber genauso wie oben im Haus. Norma begreift sein Schweigen als Herausforderung und versucht Gespräche anzuleiern, doch er schließt die Augen und sagt: »Pscht!«, als ob sie irgendwelche komplizierten oder wertvollen Gedanken unterbrochen hätte. Er läßt sie weit hinaus aufs Land fahren und auf einer Schotterstraße parken, während er sich durch mindestens ein Sixpack trinkt.

In der Cafeteria in der Schule hört Sandy, wie ein Mädchen sagt, daß Lous Freundin Sherry eine Nymphomanin ist, weil sie mit Typen schläft, die sie nicht kennt.

»Das ist aber nicht nymphomanisch«, sagt ein anderes Mädchen. »Eine Nymphomanin ist eine, die nie einen Höhepunkt hat.«

Beide Definitionen passen auf Sandy. An Ort und Stelle bricht sie fast in Tränen aus. Sie rennt aufs Klo und schwört sich, jeden Mann zu ignorieren, der mit ihr flirtet.

Endlich fühlt sie sich sauber. Nicht blitzsauber, aber auch nicht mehr schwarz. Aber sie ist wirklich einsam. Sie konnte nicht mit Sicherheit behaupten, daß Reg in sie verliebt war, und sie weiß, daß Bob es nicht war, aber als sie sie so sehr begehrten, daß sie nicht abwarten konnten, bis sie ihr die Kleider herunterreißen konnten, da hat sie sich ganz bestimmt geliebt gefühlt.

Um zu vermeiden, daß sie Reg trifft, hat sie angefangen, ihre Kaffeepausen in einer schmierigen Bude auf der anderen Straßenseite des Stoffgeschäfts zu verbringen. Da gibt es einen Mann, der anscheinend immer zur gleichen Zeit wie sie ins Restaurant kommt, und immer, wenn sie von ihren Modezeitschriften aufsieht, lächelt er sie an. Er hat graue Schläfen, trägt teure Anzüge und lacht und scherzt mit den Kellnerinnen.

Eines Tages kommt er an ihren Tisch geschlendert.

»Ich versuche zu lesen«, sagt sie. Trotzdem setzt er sich ihr gegenüber. Sie sieht in sein zerfurchtes, freundliches Gesicht und kriegt eine Wolke männlichen Aftershaves mit.

Er heißt Rob. Die Kreuzung von »Reg« und »Bob« entgeht ihr nicht. An dem Abend nach der Arbeit gehen sie in das Nap-a-While-Motel, das sie wegen seiner vibrierenden Betten empfiehlt. Er stopft ihr Pfefferminzbonbons in die Vagina und angelt sie mit der Zunge wieder heraus. Er kitzelt sie und erzählt ihr Witze. Er findet alles lustig, sogar den Geschlechtsverkehr. »Mir geht's saugut«, lacht er, als er in sie eindringt.

Ihr auch.

Da er Vertreter für eine Aluminiumfirma ist, kann er sie so gut wie immer treffen, wenn er will. Das ist zwei oder drei Mal in der Woche. Aus den Städten, die er während des Tages besucht, bringt er ihr Postkarten mit schmutzigen Witzen mit. Sandy ist geschmeichelt, weil sie wie eine erwachsene Frau behandelt wird.

Im März fahren er und seine Frau zehn Tage nach Florida, und Sandy vermißt ihn wie verrückt. An dem Abend, als er wiederkommt, schlafen sie dreimal zusammen. Nachher im Auto fragt er sie, was sie von einem Dreier hält.

Es klingt vertraut. Sie glaubt, es hat mit Sex zu tun, ist sich aber nicht sicher. »Ich weiß nicht«, sagt sie.

»Ich habe einen Zwillingsbruder«, sagt er. »Der würde dich gern kennenlernen.«

Sie nimmt an, er habe das Thema gewechselt. »Seid ihr eineiig?« fragt sie.

Er lacht. »Magst du das lieber?«

Als er sie zu ihrem nächsten Treffen abholt, sind zwei von ihm im Auto. Der auf dem Beifahrersitz steigt aus. »Hallo, ich bin Ron«, sagt er mit Robs Stimme und wirft einen Arm um sie. Er zeigt auf ein rotes erdnußförmiges Muttermal auf seinem Kinn. »Der einzige Unterschied«, sagt er.

Aber ihr fällt noch etwas auf – Ron trägt keinen Ehering.

Sie sitzt zwischen ihnen auf den Vordersitzen. Sie fühlt sich wie ein Spiegel. »Du wirst sogar genauso grau«, sagt sie und sieht hin und her. Schallendes Gelächter auf beiden Seiten.

Sie fahren zum Nap-a-While. Rob holt aus dem Kofferraum einen Kasten Bier und eine Flasche Sherry mit einem weißen Band darum, »für die Dame«, und im Motelzimmer läßt er ihr keine Wahl, als das Glas anzunehmen, das er ihr einschenkt. Rob weiß, daß sie noch nie Sherry oder Wein oder etwa Bier getrunken hat. Es ist sehr anständig von ihm, denkt sie, sie nicht zu verraten. Er sitzt auf der Bettkante neben ihr, und Ron steht ihnen gegenüber, lehnt sich an den Tisch. Die beiden Brüder erzählen Witze, geben einander die Stichworte und lachen dasselbe sagenhafte Lachen, den Kopf zurückgeworfen. Sie lacht über den Wahnsinn, mit zwei Robs zusammen zu sein.

Ist sie die einzige, die Sherry trinkt? Die Flasche ist halb leer, sie kann sich aber nicht entsinnen, daß sie ihr Glas gefüllt hat. Der Sherry schmeckt wie Lous Freundin, die ihren Namen daher hat. Er schmeckt bei weitem besser als ihrer Erinnerung nach der Whisky.

Dabei fällt ihr was ein. »Erzähl Ron den Witz –« Sie kichert. »Erzähl ihm den Witz von der betrunkenen Dame, die glaubt, der nackte Mann ist ein Zigarettenautomat.«

»He, Gratis-Handcreme«, sagt Ron.

»Du kennst ihn ja schon!« ruft sie. Es ist *ihr* Witz, einer, den Reg ihr erzählt hat, und sie hat ihn Rob erst vor ein paar Tagen erzählt.

»Er kennt sie leider schon alle«, sagt Rob und legt einen Arm um sie.

Sie lacht in seine Schulter. »Gratis-Handcreme«, sagt sie. Sie kann nicht aufhören zu lachen.

Rob zieht sie aufs Bett und fängt an, sie überall im Gesicht zu küssen.

»Rob«, lacht sie. Sie versucht, sich hinzusetzen.

»Schon gut«, sagt er. Er drückt sie mit den Schultern nach unten. Sie hört auf zu lachen. »Jetzt machen wir mal so richtig einen los«, sagt er und öffnet den obersten Knopf ihrer Bluse.

Er macht alle Knöpfe auf. Sie bleibt vollkommen still liegen, an seine lächelnden Augen gekettet. Dann beginnt er ihre Brüste zu reiben, und sie wird nüchtern und rollt von ihm weg. Er faßt sie am Arm. »Dein Bruder guckt zu«, flüstert sie.

Sein Bruder lacht. »He, macht nur weiter«, sagt er. »Laßt euch durch mich nicht stören.«

»Komm, Baby«, sagt Rob bittend. Baby – das ist neu von ihm. Sie sinkt aufs Bett und läßt sich von ihm auf den Mund küssen und vergißt beinahe, daß sie nicht allein sind, bis seine Hand zwischen ihre Beine gleitet.

»Ich kann nicht«, sagt sie und wendet das Gesicht ab.

»Tu mir das nicht an«, sagt er. Er klingt so fremd und unfreundlich, daß ihr ein alarmierender Gedanke kommt.

»Bist du Ron?« flüstert sie.

»Was, wenn ich es wäre?«

Sie rutscht von ihm weg.

»He, he, immer mit der Ruhe. Du kennst doch deinen Onkel Rob, oder etwa nicht?« Mit dem Handrücken streichelt er ihr über die Wange. Sie spürt den Ehering.

Er küßt sie wieder. Und weil der ganze Sinn und Zweck ihres Zusammenseins ist, ihn glücklich zu machen, gibt sie auf. »Können wir das Licht nicht ausmachen?« fragt sie.

Ron macht sofort die Deckenbeleuchtung aus. Etwas Licht kommt aber immer noch vom Parkplatz. Sie sieht das Weiße in Robs Augen. Sie sieht seine Umrisse wie die eines x-beliebigen Mannes. Er fängt an, sie auszuziehen.

Unter der Bettdecke schafft sie es, sich wegen Ron keine Sorgen mehr zu machen. Endlich einmal ist Rob still. Weder Gelächter noch Albernheiten. Im Dunkeln könnte es ja sein, daß Ron nicht begreift, was sie und Rob vorhaben.

Vage wird ihr bewußt, daß sich auf jeder Seite von ihr etwas Massiges bewegt. Ihr wird bewußt, daß sich Haut gegen ihre Haut preßt, von hinten und vorn, vier Hände sind auf ihr.

Aber es bedarf eines Geräuschs – des Stöhnens eines Mannes und dann des anderen, als ob ein Echo durch sie hindurchliefe –, damit sie kapiert.

»Oh, Gott«, sagt sie.

Sie versuchen, sie festzuhalten. Sie boxt auf sie ein, befreit sich und rennt ins Badezimmer.

»He, komm doch. Was ist los? Verdammte Scheiße. Sandy!«

Am Türgriff wird gerüttelt. Einer – woher soll sie wissen, welcher? – sagt ihr, sie soll aufmachen. »Ich will mit dir reden«, sagt er. Sie antwortet nicht. »Baby?« Das muß Rob sein. »Was ist los? War das denn nicht wunderschön? Komm. Es ist doch völlig in Ordnung, wenn es für alle schön ist.«

»Hau ab!« schreit sie. Sie reißt meterweise Klopapier ab und weint hinein.

Nach einer Weile hört sie auf zu weinen und betrachtet sich im Spiegel über dem Waschbecken. Nymphomanisch, fällt ihr bleischwer ein. Im Zimmer ist es still. Sie seift einen Waschlappen ein und reibt an den Mascarastreifen, die ihr übers Gesicht laufen, und wünscht, sie hätte ihre Handtasche mit der Gesichtscreme im Makeupbeutel mitgenommen. Sie kämmt sich das Haar mit den Fingern, wickelt sich ein Handtuch um und macht die Tür in der Absicht auf, sich schweigend anzuziehen und ein Taxi nach Hause zu nehmen.

Sie sitzen Seite an Seite auf dem Bett und trinken Bier. Wieder ist sie verwundert, wie ähnlich sie sich sind. Die Schultern gleich gebeugt, die gleichen Bierbäuche. Die gleichen blauen Slips. Der ihr am nächsten ist, steht auf und geht auf sie zu.

»Ich komme nicht raus«, sagt sie unsicher, tritt zurück, guckt auf seine linke Hand und sieht den Ehering.

»Gut, dann komm ich rein«, sagt er. Er schließt die Tür, setzt sich auf die Toilette und zieht sie auf seinen Schoß.

»Es ist einfach so ekelig«, murmelt sie.

»Wer sagt das?«

»Ist es.«

»Für dich war es wunderschön.«

Sie macht sich von ihm los. »Nein, war es nicht.«

»He, ich war doch dabei«, lacht er und hält sie eng an sich. »Hör zu, das ist in Ordnung. Da gibt's nichts zu schämen. Alle machen es. Filmstars bringen das seit Jahren. Frank Sinatra. Dean Martin und Jill St. John? Die drei treiben es die ganze Zeit zusammen.«

»Woher weißt du das?«

»Das wissen alle. Das steht in der Zeitung.«

Sie wickelt sich das graue Haar hinter seinen Ohren um den Finger. Sie meint, sie ist albern und im Begriff, ihn zu verlieren.

»Ron findet dich umwerfend«, sagt er.

Sie sieht ihm in die Augen. »Wirklich?«

»Hat gesagt, du bist die tollste Type, die er je getroffen hat.«

»Wirklich?«

»Ja. Klar.«

Sie läßt sich gegen ihn fallen. »Ist noch Sherry da?« fragt sie.

In der Nacht macht sie immer wieder das Licht an, klettert aus dem Bett und starrt sich im Ankleidespiegel an. Die nächsten beiden Tage hat sie jedesmal, wenn sie daran denkt, was sie getan hat und wieder tun möchte, das Gefühl, sie wird ohnmächtig. Sie guckt »Nymphomanie« in Lous Lexikon nach. »Exzessive sexuelle Begierde bei einer Frau«, steht da. Sie guckt »Dreier« nach. Findet nichts, das über »Dreiergespann« hinausgeht.

Mittwoch abend kommt Rob allein. »Wo ist Ron?« fragt sie.

»Bin ich dir nicht genug?« lacht Rob.

Es stellt sich heraus, er ist ihr tatsächlich nicht genug. Als sie im Bett sind, empfindet sie einen Verlust, der überwältigender ist als die Scham darüber, daß sie diesen Verlust empfindet, und sie flüstert: »Ich fand deinen Bruder nett.«

Am Sonntag ist er da, sein Bruder, auf dem Beifahrersitz. Er hat wieder Sherry mit. Sie stellt fest, daß sie den Sherry braucht, wenn sie mit den beiden Brüdern außerhalb des Bettes konfrontiert ist. Wenn sie allerdings im Bett zwischen ihnen liegt, ist sie hingerissen. Der eine ejakuliert in ihre Vagina, der andere in ihre Halsbeuge. Dann machen sie die Flasche Sherry leer und schlafen ein. Sie träumt, daß ihr Vater den Samen in ihrem Haar riecht, begreift, daß sie eine Nymphomanin ist, und sie in eine Schlangengrube schmeißt.

Schweißgebadet wacht sie auf. Und fällt prompt in einen leichten Schlaf, in dem sie denkt, sie ist zu Hause und liegt im Bett zwischen ihren Schwestern wie damals, als sie klein waren. Ein himmlischer Friede senkt sich über sie. Dann wacht sie wieder auf, kapiert, wo sie in Wirklichkeit ist, und bricht in Tränen aus.

Der Mann zu ihrer Linken wacht auf und sagt: »Ach, du liebes bißchen.«

Der Mann zu ihrer Rechten sagt: »Was ist los?«

Sie versucht, ihnen einiges zu erzählen, daß sie doch keine Nymphomanin ist, aber sie verstehen nicht, worüber sie redet, also gibt sie auf. Vor Erleichterung und weil es nie wieder so wird wie früher, und nach ein paar Minuten, weil sie so vieles als Verlust empfindet – Rapunzel, Jimmy, den Nikolausmann, das Haar ihrer Mutter, bevor es weiß wurde –, weint sie sich die Seele aus dem Leibe.

Oben an der Straße hat Lou den Kinderwagen losgelassen. Das macht sie immer; es ist nur ein Hügelchen. Aber diesmal rast der Kinderwagen zu weit vor ihr her. Ein Auto kommt.

»Halt!« schreit sie. Sie läuft, so schnell sie kann. Sie wedelt mit den Armen. Sie kann nicht glauben, daß der Fahrer sie oder den Kinderwagen nicht sieht. Der Wagen wird immer schneller, steuert auf die Kreuzung zu. Blindlings und pfeilgerade schießt er drauflos.

Lou weiß, daß das Auto und der Wagen die Kreuzungsmitte zum genau gleichen Zeitpunkt erreichen werden. Sie schreit gellend. Das Auto bremst kreischend. Es trifft den Wagen, wirbelt ihn durch die Luft. Das Baby fliegt hinaus und landet am Bordstein.

Lou fällt neben ihm nieder. Er liegt auf dem Rücken, weint. Sein Gesicht ist so rot wie Blut, blutet aber nicht. Sie zieht ihm Kapuze und Wollmütze ab.

Der Fahrer kommt angerannt. »Ist ihm was passiert?« sagt er. Er kniet sich hin. »Herrgott, ich habe Sie nicht mal gesehen.«

Sie? Meint er, Lou habe den Wagen noch festgehalten? Sie sieht ihn an. Ein Typ im Alter ihres Vaters. »Passen Sie doch auf, wo Sie fahren«, sagt sie wütend.

»Ich weiß«, sagt er. »Es tut mir leid. Oh, Gott.«

Am Hinterkopf des Babys ist eine rote Beule. »Großer Gott«, sagt er, steht dann auf und geht schnell weg.

»Ist ja gut, Maus, ist ja gut«, sagt Lou zu dem Baby. Sie berührt die Beule. Er weint lauter. Sie hebt ihn sanft hoch und legt ihn sich auf die Beine, damit sie ihm die Jacke ausziehen kann.

Der Mann kommt wieder. »Wickeln Sie ihn da rein«, sagt er und hält ihr einen Trenchcoat hin. »Ich fahre ihn ins Krankenhaus.«

»Er hat nichts«, sagt sie. Aber sie schnappt sich den Mantel und faltet ihn, damit sie das Baby drauflegen kann. Jetzt kann sie ihm die Hosen ausziehen.

»Die Beule sieht bös aus«, sagt der Mann.

»Sie ist aber nicht weich«, sagt Lou. Aus irgendeinem Grunde meint sie, daß »weich« innere Blutungen bedeutet.

Jetzt stehen noch mehr Leute um sie herum. Ein paar Kinder und eine Frau, die rotkarierte Topflappenhandschuhe trägt. »Sie sind aus dem Nichts aufgetaucht«, sagt der Mann zu der Frau.

»Soll ich einen Krankenwagen holen?« fragt die Frau.

»Nein!« faucht Lou. In ruhigerem Ton fügt sie hinzu: »Es ist nur eine Beule.«

»Warum ziehen sie ihn ganz aus?« fragt die Frau.

Weil sie eine andere Wunde sucht. Die tödliche. Sie zieht ihm Strümpfe und Windel aus und merkt, daß sie zu weit gegangen ist. »Ich muß ihn in diesem Mantel einwickeln«, sagt sie entschieden, als ob es selbstverständlich sei, daß er dazu ausgezogen sein muß. Obwohl sie darauf achtet, daß sie seinen Hinterkopf nicht berührt, wehrt er sich und fängt in langen, zittrigen Quietschern an zu weinen. Ein abartiges Geräusch. Lou hat das Gefühl, sie muß lachen. Sie preßt ihn an die Brust, dahin, wo das Lachen herausbrechen würde, und steht auf und befiehlt einem der Kinder, seine Klamotten aufzuheben.

Der Mann hat den Kinderwagen wieder richtig hingestellt. Ein Rad ist verbogen. »Den kann ich in den Kofferraum tun und Sie beide ins Krankenhaus fahren«, sagt der Mann und klingt ein bißchen zögernd, klingt, als ob er jetzt befürchte, daß sie ja sagt. Sie aber denkt viel weiter als er. In der Sekunde, als er das Wort *Kran-*

kenhaus ausspricht, sieht sie einen schicken Arzt, vom Typ Dr. Kildare, die Polizei holen.

»Sie sollten ihn besser untersuchen lassen, für alle Fälle«, sagt die Frau.

»Mach ich«, lügt Lou. »Mein Vater kann ihn fahren.« Der kleine Junge, dem sie gesagt hat, er soll die Klamotten aufheben, gibt sie ihr und sieht extrem betroffen aus. »Ich habe mal einen Ochsenfrosch zum Angeln gefangen«, vertraut er ihr an. »Und als ich den Haken reingemacht habe, hat er ganz genauso geschrien.«

Bevor sie wieder zu Hause sind, hört das Kind auf zu schreien. Innen, im Eingangsflur, macht Lou den Trenchcoat auf, um ihn noch einmal nach Verletzungen zu untersuchen. Außer der Beule ist nichts da. Das kommt ihr wie ein Wunder vor. Die Beule ist riesig und purpurfarben, aber jetzt kann sie sie berühren, ohne daß er losquäkt. Sie holt seine Flasche und bewegt sie vor seinem Gesicht hin und her. Seine Augen folgen ihr wie Radar, und da das das einzige Zeichen von Intelligenz ist, das sie je an ihm bemerkt hat, kommt sie zu dem Schluß, daß er keinen Gehirnschaden erlitten hat.

Sie wird die Geschichte auftischen, daß sie ihn spazierengefahren hat und auf einem Stück Eis ausgerutscht ist und den Wagen mitgerissen hat, als sie gefallen ist. Sie wird sagen, daß man sie von vornherein nicht hätte bitten dürfen, ihn bei so trügerischem Wetter spazierenzufahren. Sie wird um eine Erhöhung ihres Stundenlohns bitten. Sie wird sich ein bißchen Gaze ums Handgelenk binden.

Er weint, als sie ihn verläßt, um ihm seine Milch warmzumachen, hört aber schlagartig auf, als sie ihm die Flasche in die Hand gibt. Als sie ihn wieder eingepackt hat, überlegt sie, wo sie den Trenchcoat für ein paar Kröten losschlagen kann. Sie trägt das Baby ins Wohnzimmer, setzt sich auf die Couch und fängt an zu weinen.

Bis er die Flasche leergetrunken hat, weint sie und sagt ihm, daß es ihr leid tut. Sie will, daß es ihr leid tut. Sie will ihn lieben. Sie will ihn lieben, und sie will, daß er das weiß. Er ist doch bloß ein kleines Kind, sagt sie zu sich selbst. Aber das einzige, was sie empfindet, ist, wie schwer er ihr im Arm liegt.

Auf dem Hinweg hält Norma dreimal an, um die beschlagene Windschutzscheibe und ihre Brille abzuwischen. Als sie schließlich begriffen hat, daß die Heizung einen Schwall kalten Dampfs ausbläst, versucht sie, sie auszumachen. Ihr Vater läßt sie nicht. Er wird nie zugeben, daß mit seinem Auto was nicht stimmt.

Sie hat nur eine dünne Frühjahrsjacke an. Die hat er ihr auf dem Weg aus der Tür zugeworfen. Er hat sie angetrieben, als ob sie zu spät zu einem wichtigen Termin kämen. Als ob dieser Parkplatz auf einer Dreckstraße mitten im Niemandsland sonst besetzt wäre.

Sie ist diese Fahrten müde. Hat sie satt, und das ist die Wahrheit. Ihm Gesellschaft zu leisten, reine Gedanken zu denken, für ihn zu beten und zu beten… nichts davon nützt ihm. Im Gegenteil, er scheint deprimierter zu sein als je zuvor. Was das Fahrenlernen betrifft, weiß sie genau, daß sie schon vor einem Monat die Prüfung mit Leichtigkeit hätte bestehen können, aber er läßt sie das Auto nicht mit zu einem Prüfungszentrum nehmen. Das ist doch total bescheuert. Was kann man schon von einem psychotischen Alkoholiker erwarten, fragt Lou.

Norma wirft ihm einen Blick zu. Er starrt mit diesem schläfrigen Ausdruck, den er immer gegen Ende des Sechserpacks kriegt, auf ihren Arm. Aber sie glaubt, er hat mehr als die sechs getrunken, sie glaubt, er hat schon zu Hause, bevor sie abgefahren sind, getrunken. Sie lehnt sich ans Steuer und putzt die Windschutzscheibe. Vom Horizont her steigen schwarze Wolken auf, als ob dort eine Reihe Feuer brennten. Es ist ihr unangenehm, wie sein Blick auf sie fällt, wenn er getrunken hat. Aber wenigstens heißt das, daß sie bald hier wegfahren können.

»Es sieht so aus, als ob ein Schneesturm aufzieht«, sagt sie, damit er sagen kann: »Laß uns fahren.«

»Frierst du?« fragt er plötzlich.

»Ja, ich *er*friere.«

Mit erhobenem Finger bedeutet er ihr zu warten und macht die Tür auf. Er schlittert auf dem Eis, haut auf die Motorhaube, weil er sich festhalten muß, schafft es zum Kofferraum und braucht lange, um die Ersatzschlüssel in seinen Taschen zu finden. Sie weiß, er holt die Decke, und es nützt nichts, wenn sie sagt, sie braucht sie nicht. Sie will ihm gerade die Schlüssel, die im Zündschloß stecken, geben, als sie hört, wie sein Schlüsselbund auf die Erde fällt; nach ein paar Sekunden hört sie es noch einmal. Am einfachsten wäre, wenn sie selbst den Kofferraum öffnete, aber sie kann sich nicht vorstellen, daß sie ihm das Heft so aus der Hand nimmt. Sie denkt an etwas anderes, das Lou gesagt hat. Neulich abends. Sie waren in der Küche, und ihre Mutter rief aus dem Fernsehzimmer nach einem bißchen mehr »Kaffee«, und als Lou die Whiskyflasche aus dem Schrank holte, sagte sie: »Wenn man bedenkt, wie wir aufgewachsen sind, ist es ein Wunder, daß eine von uns normal ist.« Es stand außer Frage, daß sie sich selbst damit meinte.

Ihr Vater macht die Beifahrertür auf. Sein Gesicht triumphiert. »Die wärmt dich auf«, sagt er heiser und steigt wieder ein.

Sie holt Luft.

»Pscht«, sagt er.

Er wirft ihr die Decke über die Beine und streicht sie glatt.

Sie versteift sich. Und hat sofort Angst, daß sie ihn beleidigt. Aber er streichelt weiter, sehr langsam, konzentriert und erfolglos. Seine Gedanken scheinen weit weg zu sein. Sie guckt aus ihrem Fenster.

Als seine Hände unter die Decke gleiten, fährt er mit den streichelnden Bewegungen fort, als ob ihm nicht klar sei, wohin er sich verirrt hat. Er atmet flatternd. Sie atmet überhaupt nicht.

Er streichelt ihr Bein. Ihr Bein hoch, bis zum Bauch.

Unter den Pullover.

Sie stößt die Luft aus.

Seine Hand ist aus Eis.

Sein Kopf fällt auf ihre Brüste.

»Hör auf«, flüstert sie.

Seine Hand wandert überallhin.

»Bitte«, flüstert sie. »Dad.«

Er hebt das Gesicht, überrascht, als ob er aufwachte. Sie riecht seine Bierfahne. Sie schiebt ihn heftig weg, und er knallt gegen die Tür.

Sie öffnet ihre Tür, steigt aus. Die Decke ist um ihr linkes Bein gewickelt und schleift hinter ihr her, als sie rennt. Sie kann sie nicht lostreten. Sie muß sie mit beiden Händen losreißen.

Am Ende der Straße hört sie auf zu rennen und sieht zurück. Die Decke auf halbem Wege zwischen ihr und dem Auto hat die Gestalt eines Tieres. Das überfahren worden ist. Das Auto hängt halb im Graben. Es gibt die Decke und das Auto und die Felder.

Das Herz schlägt ihr in den Ohren, läutet hohl wie Glocken. Wo ihr Vater sie berührt hat, steht sie in Flammen. Sie glaubt, sie muß sich Jacke und Pullover herunterreißen und ihre brennende Haut auf die gefrorene Erde legen. Sie schlägt die Hände vors Gesicht und verliert sich minutenlang in einer dunklen Tiefe von Ekel und Nichtbegreifen.

»Jimmy«, sagt sie in ihre Hände.

Was macht ihr Vater? Er weint. Vor ihrem inneren Auge sieht sie ihn weinen, bereuen. Sie empfindet einen stechenden Schmerz und spürt, wie er in diesem Wind erlischt wie ein Streichholz. Dann spürt sie die Kälte. Sie geht zum Auto zurück und sieht die schemenhafte Gestalt ihres Vaters durch die beschlagene Scheibe. Er scheint zu rauchen.

Nachdem sie die Tür geöffnet hat, bleibt sie eine Minute stehen. Seine Hand zieht den Aschenbecher heraus und drückt die Zigarette aus. Als sie dann einsteigt, hat er sich abgewandt, den Kopf auf den Arm gelegt. Sie glaubt nicht, daß er schläft.

Sie macht die Heizung aus und fährt, ohne die Windschutzscheibe zu wischen, los. Rät, wo die Straße ist.

Tanz zur Musik

1968

Am nächsten Morgen blickt Norma darauf zurück, wer sie gewesen ist, und zuckt angesichts der Gebete und flehentlichen Bitten an ihren toten Bruder regelrecht zusammen. Kein Wunder, daß Lou sich über sie lustig macht.

Sie fühlt sich von der Person gerettet, die sie früher gewesen ist, einer Person, die schon lange in den Kulissen wartet. Als sie vom Land nach Hause gefahren ist, hat sie sich im Rückspiegel betrachtet und Stärke gesehen. Weder göttliche noch physische Stärke. Sondern ihren alten gesunden Menschenverstand. Und noch etwas – Zähigkeit. Zwei Dinge wußte sie da genau. Zum einen, daß sie nicht ihre Mutter war; sie würde nicht kapitulieren und Lou und Sandy die Oberhand gewinnen lassen. Zum anderen, daß er sich an ihrer neuen Stärke die Hände verbrennen würde.

Sie verbannt ihn aus ihrem Blickfeld. Er ist ein Schatten mit einem Hinkefuß. Lou sagt ihm ins Gesicht, daß er sein Humpeln aufbauscht, damit man ihn bemitleidet.

»Vielleicht verliere ich das Bein«, sagt er würdevoll.

An Norma prallt diese Ausrede ab. Weil sie nicht an ihn denkt, denkt sie auch nicht daran, ihm zu vergeben.

Sie kriegt ihren Führerschein, schneidet sich die Haare ab und gibt Sandy den roten Sweater noch einmal. Sie hört mit der Diät auf und nimmt in zwei Monaten fünfundzwanzig Pfund zu.

Ihre Freundinnen loben sie, weil sie nicht mehr versucht, jemand zu sein, der sie nicht ist. Aber sie sind beunruhigt wegen ihrer Unabhängigkeit und bezeichnen sie als gefährlich. Als Norma schlanker war, haben sie es Arroganz genannt.

»Wir müssen zusammenhalten«, ermahnen sie sie. »Was haben

wir dir gesagt?« sagen sie, wenn sie allein durch die Flure geht und hinter ihr hergemuht wird.

»Es ist mir egal«, sagt Norma wahrheitsgemäß. Ihre früheren Ängste sind alle weg. Sie zieht sich mit den anderen Mädchen aus ihrer Klasse zum Sportunterricht aus und kümmert sich nicht darum, ob sie gaffen. Sie schreibt ihre Prüfungsarbeiten so ruhig, als wäre sie allein in einem Raum. Sie bewirbt sich um einen Sommerjob in dem Heimwerkerladen und kriegt ihn, und der Inhaber lobt sie, weil sie so viel weiß und die Ruhe in Person ist. Sonntags macht sie das Haus sauber. Abends geht sie zu der Schlucht und wartet unter der alten Eisenbahnbrücke auf darüberfahrende Züge.

Der Keller ist erst halb fertig, aber sie arbeitet nicht mehr daran. Außer zum Wäschewaschen geht sie nicht mehr hinunter.

Auch ihr Vater geht nicht mehr in den Keller. Er hat aufgehört zu trinken, deshalb macht er keine Ausflüge mehr zum Kühlschrank. Wegen seines schlimmen Fußes würde er die Treppen sowieso nicht mehr schaffen.

Im Juli geht er ins Krankenhaus, um sich das Bein amputieren zu lassen, wie er verkündet, aber natürlich nur, um sich den Fuß wieder so zusammensetzen zu lassen, wie er vor Jahren, als er ihn angeschossen hat, hätte zusammengesetzt werden müssen.

Die Operation geht schief, und als er das erfährt, kehrt seine Wut zurück. Noch im Krankenhaus strengt er einen Prozeß gegen den Laden und die Ärzte an, die dieses Ding ja versaut haben. Er schreibt Briefe an die Tageszeitungen und verlangt nach einer staatlichen Untersuchung. »Machen Sie eine Lobotomie bei ihm«, rät Lou seinem Arzt. Was die Ärzte machen: sie geben ihm einen hohen Scheck, um die Angelegenheit außergerichtlich beizulegen. Mit einem Teil des Geldes kauft er sich bei seinem Arbeitgeber ein neues Auto. Ein weißes Oldsmobile. »Ein Nuttenköder«, sagt Lou, obwohl es ihn nicht nach einer Mieze zu gelüsten scheint. Er ist wieder sein altes Ich – Scheißlaune, er ist das Gesetz. Aber er prügelt weder Lou noch Norma, selbst wenn er noch so ausflippt. Prügeln macht ihm anscheinend keinen Spaß mehr.

Lou glaubt nicht, daß er sich auf Dauer zurückhalten wird. Sollte er aber tunlichst, sich selbst zuliebe. Als er sie an dem Tag von Normas erster Fahrstunde zum letzten Mal ins Gesicht geschlagen hat, hat sie sich geschworen, daß sie ihn umbringt, wenn er noch einmal Hand an sie legt. Als er im Krankenhaus war, ist sie in den Atombunker gegangen, hat sein Weltkrieg-Zwei-Gewehr von der Wand genommen und es dahin gerichtet, wo sein Kopf wäre, wenn er auf der Koje schliefe. Sie konnte sich zwar nicht vorstellen, daß sie abdrücken würde, aber sie empfand es schon als Schritt nach vorn, daß sie zumindest den Mut gehabt hatte, zu zielen.

Jetzt, wo er aus dem Krankenhaus ist und sie jedesmal, wenn sie ihm unter die Augen kommt, anschnauzt, denkt sie daran, wie sie mit seinem Gewehr gezielt hat, und verliert die Beherrschung nicht. Manchmal ignoriert sie ihn, und dann geht er wirklich die Wände hoch. Sie wandert auf dem schmalen Grat zwischen ständiger Provokation und Showdown.

Mit ihren Schwestern, das ist eine andere Geschichte. Eines Tages, zum Teil, weil sie ihr Verhalten von allem Anfang an erklären will, zum Teil, weil sie will, daß sie drei wieder miteinander reden, sagt sie: »Dieses Haus ist wie ein gefährliches Land, von einem Despoten regiert und auf ein historisches Unheil gegründet.«

Das Unheil ist ihre Mutter, falls Norma und Sandy sich dazu bequemen wollen, zu fragen. Wollen sie nicht. Ach, Lou weiß, warum. Die ganzen Gemeinheiten, die sie ausgeteilt hat, besonders an Norma. Aber jetzt ist sie nicht mehr so schlimm. Sie beherrscht sich. Sie denkt immer wieder, daß niemand sie liebt und bedauert, daß ihr das offenbar wichtig ist, denn sonst würde sie ja überhaupt nicht darüber nachdenken. Sie hilft Norma beim Abwasch, aber Norma fällt nicht gerade aus Dankbarkeit vor ihr auf die Knie. Norma hat anscheinend gar nicht gemerkt, daß Lou vor einem Jahr zum letzten Mal ein Geschirrtuch in die Hand genommen hat. Lou fand es immer so leicht, in Norma zu lesen und ihr etwas anzuvertrauen wie einem Tagebuch. Jetzt sind Norma und auch Sandy wie zugeschlagene Bücher. Oder fremdsprachige Bücher. Unübersetzbar.

Ihr Vater findet ihre Isoliertheit voneinander offenbar bedrohlich. Beim Abendessen versucht er sogar, einen Streit zwischen ihnen anzuzetteln. »Lou, wenn dir das, was Sandy sagt, nicht paßt, sag es. Sprich dich nur aus.« Wenn er besser gelaunt ist, fängt er an, Liedchen zu trällern und schlägt Unternehmen en famille vor, wie zum Beispiel Flaschen für die Kirche zu sammeln. »Wo ist euer ganzer Pep?« blafft er. Lou grinst ihren Schwestern zu, die sie aber nicht ansehen. Selbst wenn es darum geht, die Hoffnungen ihres Vaters zu zerschlagen, gibt es keinen Zusammenhalt. Zu guter Letzt verliert Lou die Lust. »Scheiß drauf«, sagt sie zu sich selbst mit weniger Überzeugungskraft, als ihr lieb ist. Allmählich wünscht sie sich einen Freund. Jemanden, in den sie wie verrückt verliebt ist.

Sandy vermißt Rob nicht. Seinen Zwillingsbruder auch nicht. Oder überhaupt ältere Männer. Sie hat Angst, daß sie nach ein paar Wochen süchtig ist. Sie hat zwar manchmal ein unbestimmtes schmerzhaftes Verlangen, aber es verlangt sie nicht nach der alten Medizin. Die Gründe, warum die nicht das Gelbe vom Ei war, sind ihr jetzt allzu klar: das ganze Lügen und die Heimlichtuerei; der Hochseilakt; das sarkastische »Auf zu einem schäbigen Motel?« ihres Vaters wegen ihrer kurzen Röcke, er hat ja keinen blassen Schimmer, daß sie sich wirklich gerade in ein schäbiges Motel aufmacht; der Argwohn ihrer Freundinnen, warum sie nicht mehr zu Rendezvous geht. Eine ihrer Freundinnen sagt: »Ich glaube, ich sollte es dir erzählen. Es geht das Gerücht, daß du lesbisch geworden bist.« Entsetzt ruft Sandy einen Typen an, mit dem sie ein paarmal aus gewesen ist, ein gigantischer Männermann, und fragt, ob er mit ihr zum Bowling geht.

Nachdem sie sich von Rob getrennt hat, verabredet sie sich regelmäßig mit diesem Typen. Er heißt Dave. Er ist zwei Jahre älter als sie und doppelt so groß. Ein Footballspieler, der in der neunten oder zehnten Klasse sitzengeblieben ist.

Alles, was man irgendwo anschließt, kann er reparieren. In dem Elektroladen seines Vaters, wo er nach der Schule arbeitet, ist er die Reparaturabteilung. Genau wie Sandy ist er das Glanzlicht in einem

Geschäft, und als sie das von ihm erfährt, läßt sie ihn unter ihren BH.

»Danke«, sagt er.

Sie macht ihn glauben, daß noch nie ein Typ ihre nackten Brüste berührt hat. Sie will, daß er die Botschaft, »sie ist nicht lesbisch, aber sie ist auch keine Nutte«, in die Gegend posaunt. Aber wenn seine riesigen Hände mit zarter Ehrfurcht ihre Brust umfassen, wird ihr klar, das wird er verkünden, selbst wenn sie mit ihm schläft.

Als er ein paar Tage später fragt, ob er sie bitte »da unten« anfassen darf, sagt sie trotzdem nein.

»Gut«, sagt er. Höflich, nicht beleidigt. Sie weiß, daß sie ihn nicht für immer und ewig hinhalten kann, aber ihr gefällt dieses neue Gefühl, geliebt zu werden, ohne mit jemandem zu schlafen.

Dave besteht darauf, Sandy zu Hause abzuholen. Er sagt, es ist nicht seine Art, unten an der Straße zu halten oder sich in einem Restaurant zu treffen (ihr nächster Vorschlag). »Ich weiß über das Alkoholproblem deiner Mutter Bescheid«, sagt er höflich.

Mag sein. Aber über ihren Vater weiß er nicht Bescheid. Mehrere Monate lang, wenn sie und Dave sich abends treffen wollen, wartet sie im Flur und rennt, sobald sein Auto in der Einfahrt hält, nach draußen. Als Dave dann eines Abends eine halbe Stunde zu früh aufkreuzt und sie noch im Schlafzimmer ist und sich anzieht, macht ihr Vater die Tür auf, bevor sie noch irgend etwas unternehmen kann.

»Was ist?« fragt er drohend.

»Guten Abend, Sir«, sagt Dave. »Ich wollte Sandy abholen.«

»Aha!« schreit ihr Vater.

Schweigen. Sandy malt sich die sprachlose Überraschung ihres Vaters aus. Ihr ganzes Leben lang hat sie Freunde, Mädchen und Jungen, davon abgehalten, sie zu besuchen. Mit sicherem Instinkt. Sie öffnet die Schlafzimmertür und will gerade rufen: »Ich treffe dich im Auto!«, als ihr Vater schreit: »Kommen Sie herein!«

»Danke schön«, sagt Dave. »Ich bin leider zu früh. Tut mir leid.«

»Ich hab Ihren Namen nicht mitgekriegt«, sagt ihr Vater, immer noch schreiend.

Dave schreit seinen Namen, brüllt ihn, und Sandy denkt: »Oh, Gott«, aber ihr Vater schreit bloß: »Auf der Arbeit haben wir auch einen Dave.« Sandy macht die Tür zu und fängt an, sich die Lockenwickler aus dem Haar zu ziehen.

Als sie durch den Flur gerannt kommt, wirkt ihr Vater erleichtert und immer noch überrascht: »Alles klar?« schreit er.

Sie setzt sich auf die Bank, um sich die Schuhe anzuziehen. Ihr gegenüber ist das Loch in der Wand, durch das ihr Vater vor Jahren einfach den Staubsauger geschmissen hat. Was wird sie Dave sagen, wo es herkommt? Ihr Vater schneidet den Rasen mit der Schere, aber das Loch hat er bisher nicht zugemacht.

»Okay«, sagt sie und steht auf. »Tschüß.«

Ihr Vater schlägt Dave auf die Schulter. »Viel Spaß bei der Orgie!« sagt er. Dave lacht.

»Haltet euch von der Drogenmafia fern!« scherzt ihr Vater.

Darüber lacht Sandy. Sie kann nicht glauben, wie nett ihr Vater ist. Vielleicht, weil Dave auch einen Bürstenhaarschnitt hat. Sie sieht ihren Vater an. Sie denkt, so muß er gewesen sein – witzig, freundlich –, als ihre Mutter ihn kennengelernt hat, während des Krieges.

Lou träumt, sie steht an einem Abgrund, und jemand hat ihr gesagt, daß es die Weißen Klippen von Dover sind. Sie ist zusammen mit einem Jungen, der einen englischen Akzent hat und an jedem Finger einen Ring. Es ist halb ein Schlaf-, halb ein Wachtraum. An den Ringen merkt sie, daß sie abdriftet. Sie nimmt an, der Junge ist Tom, und sie hat ihn mit Ringo Starr anstatt John Lennon verwechselt.

Tom ist der neue Junge in der Schule. Tom Fenton. Thomas. T.F. Tom und Lou. T.F. und L.F. Lou schreibt es in Variationen überall hin, auf ihre sämtlichen Schulhefte, auf die Sohlen ihrer Turnschuhe, in Spiegelschrift auf ihren Radiergummi, um damit zu stempeln. Mit einer Nadel auf ihr Handgelenk: T.F. in kleinen Blutstropfen, und eines Nachts, in einem Anfall von Leidenschaft, mit einer Rasierklinge auf ihren Bauch zwei Linien: ein *T.* Von all den Mädchen, die meinen, sie lieben ihn, hält sie sich für die einzige, die hinter sein John-Lennon-Gesicht, die Drahtbrille und den britischen Akzent blickt. Was sie sieht, was sie erregt, ist der kalte Blick in seinen Augen. Den Blick hat sie auch, glaubt sie.

Er ist in ihrer Englischklasse. Er nennt Robert Frost, den ihr Lehrer verehrt, einen drittklassigen Dichter. Er sagt, daß das Gedicht »Ich bin vertraut gewesen mit der Nacht« nicht von der Unmenschlichkeit des Menschen gegenüber dem Menschen handelt, sondern von der Leere in den Menschen selbst. Mit langen Schritten geht er mißmutig über die Flure und liest dabei normalerweise ein Buch aus der Bibliothek.

»Ich wette um zehn Dollar, er ist homo«, ist Sherrys Reaktion, als Lou ihr erzählt, daß er sich noch mit keinem Mädchen verabredet hat. Sherry ist von der Schule abgegangen, hat ihr Alter falsch angegeben und einen Job als Cocktailkellnerin im Neunzehnten Loch, dem Restaurant des Golfclubs, bekommen. Sherry sagt, Engländer sind entweder voll und ganz Homos oder halb und halb. »Hör auf mich«, sagt sie.

Zum ersten Mal will Lou die schmutzige Wahrheit nicht hören. »Tom nicht«, sagt sie. Sie meint, daß Homosexuelle extravagant und glücklich sind. Außerdem rar.

Sherry bildet mit Daumen und Zeigefinger einen Kreis und fährt mit dem Zeigefinger hinein und hinaus. »Da gibt's nur einen Weg, um das sicher in Erfahrung zu bringen«, sagt sie.

»Laß mir Zeit«, sagt Lou.

Sie versucht, ihn dadurch zu beeindrucken, daß sie seine Interessen imitiert. Alle Ratschläge (sie läßt sich sogar dazu herab, Sandys Modezeitschriften zu konsultieren, und findet nachahmenswert, wie sich Jean Peters Louis Jourdan in *Drei Münzen im Brunnen* kascht) scheinen darauf hinauszulaufen, seine Interessen zu imitieren.

Aus der Bibliothek holt sie sich die Bücher, die sie ihn herumtragen sieht: »Siddharta«, »Der ewige Quell« von Ayn Rand und Wallace Stevens' »Gesammelte Gedichte«. Sie liest sie im Gehen. Sie kauft sich eine Brille mit Drahtgestell. Nachdem sie ihn auf dem

Nachhauseweg eine Zigarette hat rauchen sehen, raucht sie ganz offen auf den Schulfluren.

Sie klammert sich an zwei Strohhalme. Der eine ist, daß er von keiner ihrer Rivalinnen Notiz zu nehmen scheint. Der andere, daß keine ihrer Rivalinnen so klug und waghalsig ist wie sie. Sie wird alles tun, um ihn zu gewinnen. Alles.

Stella für Stern, wie jeder weiß, der *Endstation Sehnsucht* gesehen hat (und Norma hat ihn dreimal gesehen).

Haben Stellas Eltern sie nach dem Mädchen in dem Film genannt, und ist sie von Geburt an so umwerfend schön? fragt sich Norma und hat Tagträume. Stella ist ihr Traummädchen. Wahrscheinlich ist sie auch das Traummädchen für die Hälfte der Jungen, aber noch nie hat einer versucht, sich mit ihr zu verabreden. Stella ist größer als einsachtzig, hat weißblondes, taillenlanges Haar und ein niedliches Babygesicht. Verständlich, daß ihre Eltern ihr Glück nicht ein zweites Mal herausgefordert haben. (Stella ist Einzelkind.) Sie vergöttern sie. Sie fahren in den Ferien mit ihr in die Karibik. Alles, was man aus der Distanz über Stella in Erfahrung bringen kann, hat Norma in Erfahrung gebracht.

Am ersten Tag nach den Thanksgivingferien gelingt es Norma in der Cafeteria, in die Warteschlange hinter Stella zu schlüpfen. Für Norma ist das der Himmel, sie meint, daß sie mehr nicht möchte, ihr das aber zusteht. Sie hat zwar Tagträume, doch keine Hoffnungen.

Stella ist eine Woche in Jamaica gewesen und hat einen schlimmen Sonnenbrand. Ihre lange Hand, die nach einem Karton Milch greift, ist voller Blasen, und als Norma das sieht, schnappt sie nach Luft, woraufhin Stella sich umdreht und sie ansieht.

Norma spürt, wie sie rot wird. Sie ist seit Monaten nicht mehr rot geworden; sie dachte, die Zeiten wären vorbei. »Du solltest Zinksalbe auf deine Hand tun«, murmelt sie.

»Wie bitte?« sagt Stella. Sie wirft das Haar zurück.

»Zinksalbe.«

Stella wartet.

»Davon geht das Brennen weg, und es schält sich auch nicht so doll«, sagt Norma. Mittlerweile ist es ihr peinlich, sie zuckt mit den Schultern. »Ist nur ein Vorschlag.«

Aber Stella ist äußerst interessiert. Sie neigt den Kopf und fragt, ob man Zinksalbe auf Rezept kaufen kann. Sie fragt, wie teuer sie ist. Dann sagt sie: »Ui, vielen Dank«, und bedenkt Norma mit einem so süßen, hinreißenden Lächeln, daß Norma spürt, wie sich die alte Traurigkeit wieder in ihr regt in Verbindung mit dem Wunsch, einem Höheren zu dienen, und sie bietet Stella an, ihr einen Tiegel Zinksalbe von zu Hause mitzubringen.

»Oh, nein«, sagt Stella. »Ich meine, trotzdem vielen Dank, aber ich will ja deine nicht aufbrauchen.« Ihre schlanke, verbrannte Hand tätschelt Normas. »Ich weiß was«, sagt sie. »Warum gehen wir nicht zusammen nach Hause und auf dem Weg im Drugstore vorbei.«

Sie werden beste Freundinnen. Etwas Erstaunlicheres ist Norma noch nie passiert. Nach der Schule wartet dieses tolle Mädchen an ihrem Spind und sieht ängstlich um sich, als ob Norma ohne sie nach Hause gehen könnte. Als ob!

Stellas Charakter, ihre Farben und ihre Schönheit erinnern Norma an Sandy. »Ich hab dich so lieb«, sagte Sandy immer. »Ich finde dich so toll«, sagt Stella, wenn Norma ein Mathematikproblem austüftelt, wenn sie im Sportunterricht den Diskus weiter als alle anderen wirft. Stella fühlt die Muskeln an Normas Arm und quietscht vor Bewunderung. Wenn sie ihr atemberaubendes Haar schüttelt, weil es sich immer verheddert und im Weg ist, sagt sie, daß Normas Haar praktisch ist und sie wünschte, ihre Mutter würde ihr erlauben, daß sie sich die Haare genauso schneiden läßt.

»Bloß nicht!« sagt Norma.

Wenn sie und Stella zusammen gehen, hält Stella sie manchmal an der Hand.

Zu Beginn des Hauptfilms, auf dem Vordersitz des Autos von Daves Vater (der Rücksitz ist voll Kisten mit Waring-Mixern), gehen Sandy und Dave bis zum Letzten.

Sandy preßt die Vagina zusammen (Daves ist nicht so groß, wie sie nach seiner Körpergröße erwartet hat) und gibt Schmerzenstöne von sich. »Verzeihung«, sagt er. »Verzeihung, Verzeihung.« Sie sieht den Film an. Er ist über ein Monsterbaby, das Milchmännern auflauert.

In den paar Augenblicken, in denen das Baby geboren wird und durch einen Luftschacht entfleucht, ist Dave in ihr drin und gekommen. Als das Auto in das Licht von der Leinwand getaucht wird (das Baby tritt hinaus in den Tag), macht er die Augen auf. Er blickt sie mit einer solchen Dankbarkeit an, daß sie versucht ist, an Ort und Stelle alles zu beichten.

Aber sie tut es nicht. Sie merkt, wie sie auf den Sitz tropft, und langt nach dem Stoß Papierservietten. Sie sind nicht unvorbereitet hierhergekommen. Der große Abend ist so geplant worden, daß er auf den Jubiläumstag fällt, an dem sie drei Monate miteinander gehen. Außerdem auf den ersten Tag ihrer Periode, aber das weiß Dave natürlich nicht.

»So ist das Leben«, war Daves Kommentar zu all ihren Geheimnissen, einschließlich der Niagarafälle. Sie wettet, sie könnte ihm erzählen, sie liefe herum und erschösse Leute, und er würde seinen Arm mit dem 45-cm-Bizeps um sie schlingen und sagen, das sei das Leben. Aber sie sieht nicht so recht, daß er ihre Affären mit kahl werdenden, verheirateten Männern, deren Namen mit *R* anfangen, Leben nennen würde. Sein Geheimnis ist, daß er einmal beim Blutspenden ohnmächtig geworden ist, und das befürchtet sie auch, daß er zusammenkracht wie ein umstürzender Baum. Und sowieso, fragt sie sich, warum soll sie ihn eher verletzen, als sie muß?

Er geht davon aus, daß sie heiraten. Er hat alles so organisiert, daß sie nach ihrem Schulabschluß in der Wohnung über dem Elektroladen wohnen, er arbeitet in der Reparaturabteilung und sie als Kassiererin, bis sie schwanger wird. Davon geht er aus, obwohl er weiß, daß sie, wenn sie mit der Schule fertig ist, ihr gespartes Geld dazu benutzen will, zum College zu gehen und Modedesign zu studieren. Obwohl er einige der Zeichnungen gesehen hat, die sie mit ihrer Bewerbung einreichen will. Entweder glaubt er, daß das College sie nicht nimmt oder daß sie nicht geht, wenn es wirklich ansteht. Oder vielleicht begreift er wirklich nicht, was es bedeutet, wenn sie angenommen wird. »Wir sparen Geld, wenn du dir deine Kleider alle selber nähst«, ist alles, was er sagt, wenn sie ihm ihre Zeichnungen zeigt. Da entscheidet sie sich, ihm keinen klaren Wein einzuschenken. Sie wird ihm das Herz noch früh genug brechen. Ob sie angenommen wird oder nicht, sie kann niemanden heiraten, den sie nicht liebt. Aber bis dahin kann sie einen Mann, der sie so liebt, daß er den Rest seines Lebens mit ihr verbringen will (das hat keiner der verheirateten Männer gewollt), zumindest bis zum Letzten gehen lassen.

»Schau dir das ganze Blut an«, sagt er und hält die Servietten ans Licht. Er klingt sowohl besorgt als auch stolz.

Sandy schaut sich den Film an. Gerade gibt es eine langsame Nahaufnahme, den ersten Blick auf das Baby. Aus der Entfernung wirkt das Baby niedlich. Bei näherem Hinsehen erkennt man, daß es gestörte Augen hat. Die Kamera fährt genau in seinen heulenden Mund, an seinen Mandeln vorbei und durch einen schwarz-roten Tunnel – den Weg, den die verschluckten Milchmänner nehmen.

Dave wendet seine Aufmerksamkeit wieder der Leinwand zu. »Der Geburtskanal«, sagt er fachmännisch.

Sandy bricht in Gelächter aus.

»Was?« sagt er. Sie schüttelt den Kopf, unfähig zu sprechen. »Was denn?« lacht er, »was ist daran so witzig?«

Sie kann es ihm nicht sagen. Sie lacht zu sehr und außerdem weiß sie nicht, was *so* witzig ist. Sie zeigt auf die Leinwand, wo er in ein paar Minuten seinen Irrtum bemerken wird.

Der stellvertretende Direktor erwischt Lou beim Rauchen im Flur und droht ihr mit Schulverweis. Später am selben Tag sagt Tom im Englischunterricht, daß Charlotte Corday eine Heilige war, deshalb bring Lou am nächsten Tag ein Brotmesser mit und läßt durchblicken, daß sie beachsichtigt, es für den stellvertretenden Direktor zu benutzen, wenn er ihr noch einmal droht. Sie empfindet ein schreckliches Hochgefühl, schwingt sich zu einer Mutprobe auf und raucht genau vor der geschlossenen Amtszimmertür des stellvertretenden Direktors eine Zigarette. Sie sieht nicht, wie Tom sich von hinten an sie heranschleicht. Als seine Hand um sie herumgreift und ihr die Zigarette aus dem Mund schnappt, glaubt sie, es ist der stellvertretende Direktor. »Das lohnt sich nicht«, sagt Tom.

Sie ist sprachlos.

Er nimmt einen Zug von ihrer Zigarette. »Wenn du jemanden umnieten willst«, sagt er, »geh nach Washington. Mach ein Attentat auf Nixon.« Er läßt die Zigarette auf den Boden fallen und zertritt sie mit dem hohen Absatz seines braunen Wildlederstiefels. »Dann kommst du auch in den Himmel.«

»Keine Chance«, sagt sie, und meint das mit dem Himmel. Ihr Lachen ist schrill, klingt wahnsinnig. »Ist ja auch egal«, sagt sie, stinkwütend über das Lachen, »ich brauche vorher noch ein paar Zielübungen«, und zieht das Messer aus der Tasche und stößt es in das Holz neben der Tür des stellvertretenden Direktors. Sie starrt es ehrfürchtig an.

Tom faßt sie am Arm. »Los, komm«, sagt er leise. Er zieht sie durch den Flur, rennt mit ihr zum Seitenausgang. Er hält sie immer noch am Arm, obwohl sie sich gar nicht wehrt, und führt sie über den Parkplatz zu einem zerbeulten Volkswagen in der Ecke. Er macht die Beifahrertür auf. »Steig ein«, sagt er, geht dann herum, öffnet die Fahrertür, wirft seine Bücher auf den Rücksitz und steigt auch ein.

»Ist das deiner?« fragt sie überrascht.

»Nein.« Er macht ein wütendes Gesicht und drückt den Zigarettenanzünder rein.

»Wem gehört er?«

»Weiß ich nicht. Er war nicht abgeschlossen.«

»Ha!« sagt sie zufrieden. Sie streift sich die Schuhe ab und legt die Füße auf das Armaturenbrett. Ihr Rock rutscht an ihren bloßen Oberschenkeln hoch. Sie ist erleichtert. Mehr darüber, daß sie sich gestern abend die Beine rasiert hat, als daß sie den stellvertretenden Direktor nicht erstechen mußte.

Tom zündet eine Zigarette an dem Anzünder an und dann eine

weitere Zigarette an der brennenden. Sie will, daß er ihr ihre zwischen die Lippen steckt, wird aber von der Art enttäuscht, wie er sie ihr gibt, nämlich ohne sie überhaupt anzusehen, als ob sie das immer täten.

Weil die Schlüssel in der Zündung stecken, schlägt sie vor, das Auto zu klauen, bei ihr zu Hause vorbeizufahren, das Gewehr ihres Vaters zu holen und nach Washington zu fahren. Er nennt sie eine merkwürdige Type. Sie hört Bewunderung aus seiner Stimme heraus. »Da müßtest du erst mal meine Mutter kennenlernen«, sagt sie, so exzentrisch ist sie bisher noch nicht gewesen.

Er macht den Motor an, aber nur wegen der Heizung, nicht, um irgendwohin zu fahren. Er kommt auf das Gespräch mit Nixon zurück. Nixon könnte den Vietnamkrieg morgen beenden, sagt er, aber er tut es nicht wegen seiner Mafiamentalität. Er nennt Nixon ein beschissenes Arschloch. Er zieht an seiner Zigarette, scheint eine Mordswut zu haben, und ihr schwindelt vor Liebe. Ihre ganze Wut ist persönlich, gegen ihren Vater gerichtet und die Ungerechtigkeiten, denen sie ständig ausgesetzt ist. Sie beschließt, von nun an wütend über Nixon und Vietnam zu sein. Über den Krieg. »Es hat noch nie einen guten Krieg gegeben«, sagt Tom. »Benjamin Franklin.«

Als er aus dem Fenster sieht, gönnt sie sich den Luxus, ihn aus nächster Nähe zu betrachten. Sie studiert sein rechtes Ohr, das spitz wie bei einem Elf ist, seine mit roten Haaren durchzogenen Koteletten, seine edle Nase. Alles, was sie sieht, entspricht ihren höchsten Anforderungen. Gleichzeitig zerbricht sie sich den Kopf nach allem, was sie über Krieg weiß, und erinnert sich an die ersten beiden Zeilen eines Gedichts, das sie letztes Jahr in Englisch durchgenommen haben – Wilfred Owens »Der Knabe und die Waffen«. Sie rezitiert:

»Möge der Knabe an der Schneide seines Bajonetts erproben
Wie kalt Stahl ist und dürstend nach Blut.«

Aber ihre Hauptaufmerksamkeit widmet sie der Frage, ob Tom sie anfassen wird, sie küssen wird. Sich mit ihr verabreden wird.

Als es zu der Stunde um drei Uhr fünfzehn klingelt und sie das

Auto verlassen müssen, sagt Tom wie nebenbei: »Warum kommst du heute abend nicht mal bei mir vorbei? Die alten Herrschaften sind nicht da. Wir haben die Bude ganz für uns.«

Sie rennt nach Hause. Unterwegs sieht sie einen einarmigen Mann, der einen lahmen Hund ausführt. Sie hat Mitleid mit dem Hund. Sie verdächtigt den Mann, ihn lahmgetreten zu haben. Weil dem Mann ein Arm fehlt, nimmt sie an, hat er eine verkorkste Persönlichkeit entwickelt. Tom, glaubt sie, ist vollkommen, und deshalb hat sie Vertrauen zu ihm, nicht, daß er nett ist, das nicht, aber viel mehr, viel besser: er ist intelligent, und in ihm stecken tausendmal mehr Möglichkeiten als in anderen.

Sie badet und rasiert sich die Beine noch einmal. Dann duscht sie und wäscht sich die Haare, und dann läßt sie die Wanne wieder vollaufen und badet noch einmal in Sandys Jasminbadeöl, das sie vorher nicht gesehen hat. Dann wäscht sie sich noch einmal die Haare mit Wasser, das kalt geworden ist.

Sie kann nicht unterscheiden, ob sie glücklich ist und Angst hat oder ob sie nur Angst hat. Äußerstes Glück und Angst haben sich bei ihr immer gleich angefühlt. Sie weiß, daß sie sich als mageren Ausgleich für ihre vollständige sexuelle Unerfahrenheit so fürchterlich sauber macht. Bis heute war es ein unbestimmter Makel, Jungfrau zu sein. Jetzt ist es das schlimmste Kreuz ihres Lebens. Sie hat soviel Pornos gelesen, und Sherry hat ihr soviel erzählt, und sie weiß noch nicht einmal, wie man küßt.

Was erwartet Tom von ihr? Sie gerät in Panik, daß sie ihn mit ihrer schnoddrigen Redeweise und dem Brotmesser irregeführt hat. Sie versucht, sich sein Gesicht vorzustellen, damit sie es auf Zeichen, was er vorhat, untersuchen kann, aber sie kriegt nur Lennons Gesicht auf ihrer *Revolver*-LP zusammen.

Aber sie liebt *ihn*. Tom. Zur Bestätigung sieht sie auf die Kruste des Kreuzes, das sie sich mit der Rasierklinge auf den Bauch geschnitten hat. Wenn er sich verhält, als ob er sie liebt, wird sie ihm erzählen, wofür das Kreuz steht.

Tom sieht sie kaum an und murmelt: »Da bist du«, und geht weg. Lou folgt ihm durch den Flur, durch die Küche und die Kellertreppe hinunter.

Das einzige, das so aussieht, als sei es aus England, ist ein Paar gekreuzter Schwerter, die sie an der Wand im Treppenschacht erspäht. Als sie sie berührt, stellt sich heraus, daß sie aus Plastik sind. Das hier könnte eine andere Version ihres eigenen Hauses sein, bis auf den Gestank, der oft in den Wohnungen anderer Leute ist, ein Verwesungsgeruch, den sie immer für den Geruch eines normalen Haushalts gehalten hat, den sie jetzt aber als Geruch von gekochtem Fleisch erkennt. Bei ihr zu Hause essen sie außer Hot Dogs nur Fleisch aus der Dose, das schon gekocht ist.

Unten an der Treppe bleibt Tom stehen, holt einen Schlüssel aus der Hosentasche und öffnet eine Tür. Das erinnert sie an Lance Nipper, wie er die Tür zu der Waschküche des Mietshauses öffnete, an den kleinen Nagel, der an ihren Eingeweiden riß, und es schaudert sie, und sie kann kaum glauben, daß ihrem kleinen, jungen Ich solche Gewalt angetan wurde. Unausgesprochenes Einverständis, meint sie, ist der Unterschied zwischen der Zeit damals und heute. Sie fragt Tom, warum die Tür abgeschlossen ist. »Privatsphäre«, antwortet er. Er entzündet ein Streichholz.

Als erstes sieht sie das Bett. Er geht herum und steckt Kerzen an. Auf dem Schreibtisch, dem Bücherregal und der Fensterbank stehen welche in Cola- und Bierflaschen. Kerzenlicht ist für sie Atombunkerlicht. Sie wird klaustrophobisch davon. Tom hockt sich vor das Bücherregal und fängt an, die Schallplatten auf dem untersten Regal durchzublättern. »Setz dich, warum setzt du dich nicht?« sagt er.

Es gibt nur das Bett. Sie zieht sich zuerst die Jacke aus, läßt sie mit gekonnter Lässigkeit auf den Boden fallen. Sie setzt sich an das Bettende, das am weitesten von ihm weg ist, und lehnt sich an die holzverkleidete Wand, ihre Beine in den hautengen Jeans (in letzter Minute hat sie Sandy gebeten, sie enger zu machen) kommen ihr unmenschlich lang und dünn vor. Ob sie ihn abturnen? Das ist doch alles scheißegal, denkt sie. So ist ihr schon zumute, seit sie angekommen ist, und sie fragt sich, ob das typisch jungfräulich ist oder nur typisch für sie oder ob sie wirklich einen vernünftigen Grund für ihren Wunsch hat, abzuhauen. Jetzt in diesem Augenblick könnte sie nicht sagen, daß sie ihn liebt.

Er legt eine Platte auf, erhebt sich und lehnt sich mit dem Gesicht zu ihr an das Bücherregal. Es ist eine Platte von Bob Dylan – sie erkennt die Stimme, nicht das Lied. »Er sollte sich mal die Nase putzen«, sagt sie.

»Hör doch zu«, knurrt Tom.

Ihr Herz macht einen Sprung. Die Kerzen flackern auf. Während dieses Liedes und weit in das nächste hinein bleibt Tom einfach da stehen, die Arme übereinandergeschlagen, und blickt mißmutig in den Raum zwischen ihnen. Schließlich spricht er und sagt: »Dylan ist einer der wenigen intelligenten Texteschreiber, die wir heutzutage haben«, zündet dann zwei Zigaretten an und gibt ihr eine, und sie fangen an, über Songwriter zu reden. Sie lobt Lennon und erwähnt die körperliche Ähnlichkeit. »Die seh ich nicht«, sagt Tom abwehrend. Er findet Lennon gut, obwohl – »ein naives Genie«.

Dann hält er eine Vorlesung über das Genie. Er geht auf und ab, durchquert das Zimmer in drei langen Schritten, schmeißt sich auf die andere Seite des Betts, steht auf, dreht die Platte um, geht hin und her. Wachsam und versöhnt und in einem leichten Anfall von Klaustrophobie schwitzend, wartet sie, daß er anfängt. Sie bemerkt auf der Kommode eine kleine Pfeife, wie eine für Seifenblasen, und geht hinüber und nimmt sie.

Zum ersten Mal, seit sie angekommen ist, sieht er sie richtig an. »Willst du ein bißchen Gras rauchen?« fragt er.

»Klar«, sagt sie, als ob sie schon mal geraucht hätte.

Tom schiebt das Fenster zwei, drei Zentimeter hoch. Der kalte Luftzug bläst die Kerzen auf der Fensterbank aus. Er setzt sich auf das Bett neben sie, und ihre Oberarme berühren sich. Sie sieht ihn an. Als er die Pfeife anzündet, sieht sie in dem grausamen Blick seiner zusammengekniffenen Augen alles, was sie sehen will. Jetzt könnte sie sagen, daß sie ihn liebt. Sie achtet darauf, daß sie das tut, was er tut. Den Rauch tief einziehen, dann halten. Sie hustet, und er klopft ihr auf den Rücken.

Ihm so nahe zu sein, ihre Lippen dahin zu legen, wo seine eben gewesen sind, mit ihm etwas Verbotenes zu tun, Liebe zu empfinden und nicht, was auch immer es ist – eine Blockierung, eine Ziegelsteinwand, Mißtrauen –, das vorher Liebe immer wie durch Hexerei in etwas anderes (normalerweise Wut) verwandelt hat, macht diesen Augenblick zum vollkommensten in ihrem bisherigen Leben. Vor lauter Liebe ist sie wie in Trance. Sie legt sich in die Kissen.

Er steht auf, um eine andere Bob-Dylan-LP aufzulegen. Wieder am Bücherregal, fängt er an, über Sigmund Freud zu reden, darüber, daß Frauen Handtaschen tragen, weil sie eine Gebärmutter haben. Die Kerzenflammen flackern heftig. Er redet in fremden Zungen. Ihre Lungen schrumpfen auf die Größe von Rosinen, und nicht mal der Schwall eisiger Luft, der vom Fenster zu ihrem Mund strömt, kann sie wieder aufblasen. »Du bist high«, denkt sie, um sich selbst Sicherheit zu verschaffen. Unzählige Minuten verstreichen. Sie versucht, ein Gewebe von Gedanken bis zum Ursprung zurückzuverfolgen, aber die Einsicht, daß er sie heute abend weder vögeln noch küssen wird, entgleitet ihr immer wieder. Sie kann sich nicht konzentrieren.

Als sie hören, daß die Haustür geöffnet wird, wirft er den Beutel mit dem Gras und die Pfeife hinter ein paar Bücher und macht das Fenster zu. Bläst die Kerzen aus, macht das blendende Deckenlicht an. Es ist wie das Ende eines Films.

»Komm, wir gehen«, sagt er.

Oben in der Küche sind zwei kleine, ängstlich aussehende Leute, haben noch die Hüte auf. »Mum, Dad – Lou Field«, murmelt Tom und geht einfach an ihnen vorbei.

Sie lächeln Lou nervös an, der Vater starrt auf ihre engen Jeans. Scheißen Sie sich nicht in die Hose, möchte Lou sagen, es ist nichts passiert. Im Eingangsflur zieht sie schweigend ihre Jacke über. Tom öffnet ihr die Tür.

»Tschüß«, sagt sie gleichmütig, und erwartet dasselbe von ihm.

Aber in einem verschwörerischen Ton sagt er: »Bis morgen in der Schule«, und sie spürt, wie seine Finger ganz leicht ihre Haarspitzen berühren.

Schlaf steht außer Frage. Sie macht ihre Taschenlampe an und fängt das Buch von Wallace Stevens an zu lesen, das sie vor ein paar Tagen aus der Bibliothek geliehen hat. Sie lernt drei Gedichte auswendig. Am nächsten Tag sitzt Tom beim Lunch mit ihr am Tisch, und sie essen zusammen. Ihre Rivalinnen sehen alle suizidgefährdet aus. Noch zehn Jahre später wird die Erinnerung an ihre Verstörtheit Lous Geister beleben. Sie leitet das Gespräch auf Wallace Stevens, besonders auf die drei Gedichte, die sie auswendig gelernt hat, »Vorherrschend Schwarz«, »Armselige Nackte bei der Ausfahrt in den Frühling« und »Mädchen im Nachtgewand«, und tut so, als rufe sie sich die Zeilen von vor Urzeiten in Erinnerung. Sie hat sie wegen ihrer sexy Titel und verhältnismäßigen Kürze ausgesucht, aber er grübelt darüber nach, was ihre Liebe zu den Themen bedeutet.

»Pfauen, Aphrodite und sinnliches Erwachen«, sagt er. »Was verbindet die drei? Was würde Freud sagen?«

Am Ende des Tages wird gemunkelt, daß sie zusammen gehen. Sie dementiert es nicht. Vielleicht hört er es und läßt sich davon beeinflussen, denn von jetzt an ißt er jeden Mittag mit ihr. An manchen Tagen wartet er an ihrem Spind auf sie, und sie gehen zusammen nach Hause. Sie rauchen in allen möglichen unverschlossenen Autos Gras und einmal in der Woche in seinem Kellerzimmer, wenn seine Eltern in einen englischen Pub in der Innenstadt gehen.

Sie tun aber nichts anderes als darüber reden, was sie gelesen haben. Um mit ihm Schritt zu halten, muß sie bis zwei oder drei Uhr nachts Bibliotheksbücher lesen. Die ganze Zeit ist sie müde. Nicht nur vom langen Aufbleiben, sondern davon, daß sie sich so verhält, wie er es ihrer Vorstellung nach will, nämlich todernst und wütend über alles, was so in der Welt passiert. Sie erzählt Sherry, daß sie zusammen schlafen, aber nach einem Monat hat er sie nicht mal auf die Lippen geküßt. Beim Aufwiedersehensagen küßt er sie manchmal flüchtig auf die Wange, und einmal, unter einem Schirm mit ihr, hat er den Arm um sie gelegt. Offensichtlich mag er sie (sie ist die einzige, mit der er rumhängt), aber sie weiß nicht, ob er in sie verliebt ist. Vielleicht läßt er es ganz einfach nur langsam angehen. Vielleicht gibt es englische Werberituale, die sie nicht kennt.

Vielleicht liegt es an ihr. Der Gedanke macht sie stocksauer, denn sie weiß, sie turnt Männer an. Wenn sie Sandys Miniröcke anhat, pfeifen die Arbeiter hinter ihr her. »Herrgottnochmal, was will er denn?« schreit sie in den Spiegel, den ganzen Ballast ihrer Angst wegen ihrer sexuellen Unerfahrenheit hat sie längst abgeworfen.

In ihren Tagträumen macht sie den ersten Schritt. Es gibt so viele Gelegenheiten, ihn zu küssen. Was sie aber mehr davon abhält als die Furcht, zurückgewiesen zu werden (die ganzen demütigenden Variationen hat sie sich ebenso ausgemalt wie die folgenden Racheakte), ist die Furcht, daß sie dann niemanden mehr zum Lieben hat.

»Ich bin im Himmel«, denkt Norma, wenn sie mit Stella zusammen ist. Manchmal glaubt sie, Stella ist ein Engel. Die Beweise sind deutlich, und obwohl Norma nicht mehr betet, glaubt sie immer noch an Gott und die Möglichkeit von Wundern.

Stella ist so hübsch, so perfekt. Ihr Engelshaar schimmert auf ihrem Rücken, ihre Haut ist milchig und makellos, ihre Zähne weiß und ebenmäßig. Sie riecht nach Babypuder. Und ein Engel *wäre* groß, räsoniert Norma. Die fleischgewordene Herrlichkeit wäre mehr als wahrscheinlich groß.

Stella sagt (sie hat nie Veranlassung gehabt, anders zu denken): »Innerlich sind die Menschen gut.« Ihre Eltern nennen sie Bunny. Jedesmal, wenn sie in das Zimmer kommt, in dem sie sich befinden, schreien sie auf; sie erheben sich und umarmen und küssen sie. Mittelgroße, braunhaarige Leutchen, die sich über die Tochter, die sie gemacht haben, nicht einkriegen können. Als Stella fünf Jahre alt war, ist ihr Lieblingsonkel gestorben. Ihre Eltern verbargen ihren Kummer und erzählten ihr, der Onkel sei zu einer Weltreise aufgebrochen. Sie organisierten sogar, daß aus fremden Ländern Postkarten zu ihnen nach Hause geschickt wurden. Das ging fünf Jahre lang, bis Stella eines Tages zufällig sagte, daß sie sich kaum an Onkel So-und-so erinnern könne, und erst dann sagten ihre Eltern ihr Bescheid.

Sie erzählen ihr, daß die Fische den Angelhaken nicht spüren. Sie geraten über ihre befriedigenden Durchschnittszeugnisse in Entzücken und behaupten, daß Mädchen mit besseren Zensuren unweiblich sind.

»Stimmt das nicht, Norma?« fragen sie.

»Ja, stimmt«, sagt Norma. Sie will genausowenig wie sie, daß dieses kostbare Mädchen von der Wahrheit besudelt wird.

Bevor Norma wußte, daß sie vorsichtig sein mußte, hatte sie erwähnt, daß ihr Vater sie immer schlug. Sie hielt das für unerheblich. Aber Stella war entsetzt und dann untröstlich. Sie brach sogar in Tränen aus, und damit sie aufhörte zu weinen, mußte Norma schwören, daß sie nur Spaß gemacht habe, daß ihr Vater keiner Fliege was zuleide tue. Sie hätte alles geschworen. Sie saßen auf Stellas Bett, und als Norma eine glückliche Kindheit ausspann, hielt sie Stella fest im Arm.

Zwanzigmal am Tag durchlebt Norma diesen Augenblick. Einmal ist ihr durch den Kopf gegangen, noch einen alten Kummer nachzuschieben, damit Stella schaudernd auf sie fällt. Statt dessen schaudert Norma angesichts eines solch gemeinen Gedankens.

Alles, was Stella gern tut – Modezeitschriften lesen, üben, wie man Make-up auflegt, ihr Haar in kleine Saftdosen drehen, darüber reden, was in der Schule so läuft – ist harmlos, mädchenhaft. Eine Heilige dürfte so was nicht, das räumt Norma ein, aber ein Engel, dem alles böse, irdische Wissen fremd ist, könnte dafür anfällig sein. Einerlei, Normas Definition des Himmels auf Erden ist, Stella zu beobachten, wenn sie sich mit diesen Dingen beschäftigt. Es ist, als beobachte man ein geliebtes Kind beim Spielen. Norma ist nur dann in Stellas Gesellschaft unglücklich, wenn sie das komische Gefühl kriegt, daß Stella Sandy ist, und dann muß sie daran denken, wie Sandy sich in die Sorte Mädchen verwandelt hat, die kurze Röcke und enge Pullover tragen und mit Jungen rumknutschen. Immer wenn Norma daran denkt, wird sie wieder ihr altes Selbst, übernimmt die Schuld für alles – Sandys Niedergang, alles. Das Gefühl hält nicht lange an. Ein paar Minuten oder so. Sie kommt drüber weg.

Tom rechnet aus, wenn sie in einer Viertelstunde zwei halbe Tabletten werfen, sind sie zu Neujahr auf dem Trip.

Es ist Viertel vor elf. Tom liegt auf dem Bett, Lou steht an der Kommode. Die Kerzen sind alle an, Jefferson Airplane auf dem Plattenspieler, Toms Eltern im englischen Pub.

»Eine *halbe?«* sagt Lou und drückt ihren Finger auf eine der LSD-Tabletten und nimmt sie auf. Sie ist wie eine quadratische Paillette, sogar noch dünner. Sie kann nicht glauben, daß eine halbe genug ist, weil sie mittlerweile schon eine Menge Gras rauchen muß, um high zu werden. »Du sprichst mit der Tochter einer Frau, deren Toleranz gegenüber Rauschmitteln unermeßlich ist«, sagt sie.

»Eine ganze Tablette pustet dir das Hirn geradewegs durchs Dach«, sagt Tom. Sie schnipst die Tablette vom Daumen zurück auf das Stück Folie zu der anderen. Sie sagt, sie ist dabei.

Sie versucht nicht, ihn zu beeindrucken. Sie hat beschlossen, daß heute abend ihr letzter Abend als Jungfrau ist, und sie verläßt sich darauf, daß der Acidtrip sie zwingt, ihre Klamotten auszuziehen. Wenn er nackt von ihr nicht angeturnt ist, kann sie wenigstens abstreiten, daß sie Absichten hatte. In der *Time* hat sie gelesen, daß Leute auf LSD von dem Wunsch übermannt werden, sich auszuziehen und aus dem Fenster zu springen. Als sie das Tom erzählt, sagt er: »Wir sind ja im Keller.« Sie würde gern glauben, daß er den heutigen Abend in Szene gesetzt hat, um sie nackt zu kriegen, aber sie bezweifelt es. Dann hätte er sie schon mal geküßt, das Terrain sondiert.

»Ich meine es ernst«, sagt sie. »Laß uns jeder eine ganze werfen.«

Im Spiegel schenkt Tom ihr ein hochmütiges Lächeln. »Du kannst mich ja um Mitternacht noch mal deswegen anhauen«, sagt er. »Wenn du dann noch mehr willst, steh ich dir nicht im Wege.«

Als fünfzehn Minuten um sind, schlucken sie das LSD mit Bier, legen sich aufs Bett und warten. Auf einen Ellenbogen aufgestützt, liest Tom aus seiner derzeitigen Passion, dem »Tibetanischen Totenbuch«: »Da dein Körper in Wirklichkeit aus Leere besteht, brauchst du keine Furcht zu haben. Auch die (Körper des) Todesgottes sind Emanationen der Strahlungen deines eigenen Geistes; sie bestehen nicht aus Stoff; Leere kann Leere nichts anhaben.«

Nach ungefähr zwanzig Minuten schließt er das Buch und nimmt die Brille ab. Sie trägt keine Brille mehr. Vor ein paar Wochen ist ihr die kaputtgegangen, die sie gekauft hat, und weil sie eh schon Angst hatte, er würde entdecken, daß die Gläser aus normalem Glas waren, hat sie sich nicht die Mühe gemacht, eine neue zu kaufen. Sie hat ihn noch nie ohne Brille gesehen. Seine Augen sind grün, mit langen Wimpern und undurchdringlich.

»Was passiert zuerst?« fragt sie.

»Kommt drauf an.« Er streckt sich neben ihr aus und legt die Arme hinter den Kopf. Sie schafft es gerade noch, nicht zu ihm rüberzurollen und sich an ihn zu legen. Gerade noch.

»Warum?« fragt er nach einer Minute. »Passiert was?«

»Nein, ich glaube nicht.«

»Du wirst es *wissen.«* Er hat ihr gesagt, daß das sein dritter Acidtrip ist.

Die Platte ist zu Ende, und er legt Jimi Hendrix auf. Durch die Musik kann sie ihr Herz schlagen hören. Es ist das trostloseste Geräusch, das sie sich vorstellen kann. Tränen steigen ihr in die Augen. Und dann beginnt sie langsam zu schweben, und gleichzeitig zerbirst in ihrem Kopf Licht, und sie fühlt sich wie in Ekstase. Das ganze »Tibetanische Totenbuch« ergießt sich in ihr Gehirn, obwohl sie es nicht gelesen hat. Aber sie *kennt* es, sie weiß alles. Sie weiß, daß alle Triebe, egal, was für einen verqueren oder blockierten Weg sie nehmen, letztlich das Ziel haben, durch die Scheiße in die Reinheit der Leere vorzustoßen, die man in den ersten Minuten auf dieser Welt erlebt hat. Sie freut sich, wie lächerlich klar das ist.

»Ich bin hier«, sagt Tom.

Sie ist fast unter der Zimmerdecke. Sie versucht, sie zu berühren. Ihr Arm ist so lang wie eine Straße, rotkariert. Aus ihren Fingern perlt Feuer.

»Oh«, sagt sie.

»Laß dich mit der Flut treiben«, sagt Tom, seine Stimme tausend Klaviere.

In der Nacht kommen seine Mutter und sein Vater offenbar zurück und gehen zu Bett. Tom zeigt auf ihre Überziehschuhe in der Flurgarderobe, als Lou geht.

»Scheiße«, flüstert Lou, erst jetzt erinnert sie sich, daß er Eltern *hat*.

»Ach, sie waren wahrscheinlich total blau«, sagt er. Dann sagt er, sie soll warten, und rennt wieder nach unten und kommt mit dem Koffer zurück, den sie mitgenommen hat, damit ihr Vater denkt, sie geht zu einer Pyjamaparty.

»Ach, ja«, sagt sie und nimmt den Koffer. Er küßt sie sanft auf die Lippen, und sie schwebt aus der Tür.

Es ist sehr kalt. Die Sonne ist gerade aufgegangen und der Himmel so flachgrau wie ein erloschener Fernsehschirm. Die Bungalows an der Straße ducken sich zusammen und funkeln und dampfen wie Wasserkessel.

Sie erinnert sich, daß sie und Tom sich viel geküßt haben. Auf einmal hatten sie beide ihre Kleider ausgezogen und küßten sich, aber sie hörten immer wieder auf, weil sie abgelenkt wurden. Sie hatten überhaupt keine Hemmungen. Manchmal war sein Penis steif, manchmal nicht. Sie erinnert sich, daß er aus großer Höhe auf sie herunterkam und daß sie zwischen ihre Beine zeigte und daß sie beide mit offenem Mund auf die sich ringelnden Schlangen, so sah ihr Schamhaar aus, glotzten.

Es war nicht bedrohlich. Nichts war bedrohlich. Die ganze Nacht lang redete er mit John Lennons Stimme. Irgendwann bat sie ihn, »A Day in the Life« zu singen, und er tat es. Irgendwann schmissen sie die andere Tablette.

Sie küßten sich, und er ließ seine Hand über ihren ganzen Körper gleiten, und sie waren beide nackt. Aber – das dämmert ihr erst jetzt – sie kann sich nicht daran erinnern, ob sie bis zum Letzten gegangen sind. Sie bleibt stehen und konzentriert sich darauf, wie sie sich dort unten anfühlt. Aber ihr ganzer Körper ist wie narkotisiert. Vielleicht ist sie wund, vielleicht nicht. Sie weiß es nicht.

Ihre Mutter ist als einzige auf. Sie guckt sich ein Testbild auf dem Fernseher an, und Lou läßt sich zu ihren Füßen auf den Boden fallen und bleibt auch davor hängen.

Ihre Mutter nimmt Lous Hand, etwas, das sie heutzutage immer tut, wenn Lou in ihre Nähe kommt. Die winzige, glatte Hand ihrer Mutter ist wie die Hand eines Kindes. Ihr weißes Haar wie das einer alten Dame. Sie hält Lous Hand so fest wie ein Kind oder eine alte Dame.

Lou hält sich die Hand ihrer Mutter vor die Augen und sieht sie sich genau an, hingerissen, in jede Pore und feine Linie verliebt. An den Händen ihrer Mutter würde man nie erkennen, daß sie auf einer Farm aufgewachsen ist. Wahrscheinlich haben die beiden älteren Brüder die ganze Arbeit auf dem Hof gemacht. Ihre Mutter hat einmal gesagt, daß sie immer glaubte, daß die Sonne nur für ihre Brüder auf- und unterging. Einer hieß Jim. Lou glaubt, ihre Mutter hat das Baby nach ihm genannt und es war Zufall, daß ihr Mann denselben Namen trug. Andererseits war sie vielleicht der Meinung, daß ein männliches Baby Jim heißen müsse, weil sie von Jims umgeben war (ihr Vater hieß auch so). Man kann mit ihrer Mutter nicht über Babies sprechen. Oder über Brüder, die im Krieg umgekommen sind. Sie tut so, als höre sie es nicht. Auch darüber, daß ihr Haar über Nacht weiß geworden ist, kann man mit ihrer Mutter nicht sprechen.

Lou guckt sich ihr Haar an. Sie ist wie ihr Haar, denkt Lou. Rein und weiß. Ein überraschendes Weiß, das Lou plötzlich in sich selbst gespiegelt sieht als das einzig Unverdorbene, das sie immer beherbergt hat, ganz egal, was sonst war. Das überraschende Weiß in Lou ist, daß sie auf alle wütend war, aber nie auf ihre Mutter. Wie konnte sie? Lou glaubt, daß dieses Weiß, diese Abwesenheit von Wut, sie in den Himmel bringt.

»Geht es dir gut?« fragt sie ihre Mutter, langt nach oben und berührt das weiße Haar, um die Reinheit in sich selbst zu berühren. Sie will, daß ihre Mutter glücklich ist.

»Oh, ja«, antwortet ihre Mutter, und die beiden sehen sich wieder das Testbild an.

Aber nach einer Minute sagt ihre Mutter: »Aber immer wieder einmal sehne ich mich danach, daß das Allerschrecklichste passiert.«

Das Testbild verwandelt sich in rasierklingenfeine Linien, Kerkergitter aus Rasierklingen. Lou läßt die Hand ihrer Mutter los.

»Eines Tages«, sagt ihre Mutter, »möchte ich am Rande von etwas Schrecklichem stehen.«

Lou steht auf. Warum erzählt ihre Mutter ihr das? Lou hat vergessen, daß sie ihre Mutter gefragt hat, ob es ihr gut geht. »Ich muß zur Toilette«, murmelt Lou und geht aus dem Zimmer.

Im Badezimmer erinnert sich Lou an die andere Reinheit, die sie verachtet. Sie zieht sich Jeans und Unterhose herunter und steckt zwei Finger in sich hinein. Es gibt kein Hindernis.

Den ganzen Neujahrstag träumt Lou in lebensechten Farben von Babies. Falls die Träume Angst vor Schwangerschaft bedeuten, so ist das aber das einzige Mal, daß ihr der Gedanke an Schwangerschaft durch den Kopf geht, bis ihre Periode ausbleibt.

Am nächsten Tag knutschen sie und Tom auf ihren Vorschlag hin in der Mittagspause in dem zerbeulten roten Volkswagen, in den er sie mitgeschleppt hat, als sie das Messer in die Tür des stellvertretenden Direktors gerammt hat. Von ihrem Atem werden die Fenster schnell beschlagen und undurchsichtig, aber Lou hätte ihre Bluse so oder so ausgezogen. Seine unerwartete Vorsicht (»Lieber nicht«, sagt er, als sie anfängt, die Knöpfe aufzumachen) macht sie nur noch leichtsinniger. Sie reißt den letzten Knopf auf, wirft den Kopf zurück und lacht, weil sie so unverantwortlich handelt.

Fast jeden Tag nach der Schule gehen sie in seinen Keller. Er erzählt seiner Mutter, sie arbeiten an einer Chemieprojektarbeit, sie soll sich keine Sorgen machen, wenn sie Rauch riecht. Sie zünden einen Joint an, und unweigerlich muß Lou die Dinge in Gang setzen, aber sobald sie das getan hat, übernimmt er. Er ejakuliert auf ihren Bauch. Einmal hat sie einen Orgasmus, und in dem Moment, als er sich zurückzieht, sieht sie den Beweis für seinen Orgasmus.

»Ich liebe dich«, sagt sie ihm.

»Weiß ich«, antwortet er, und sie glaubt, er meint, er muß nicht erwähnen, daß er sie auch liebt.

Sie ist so glücklich! Sie ist zu allen nett – sie *will* nett sein –, während sie mit Tom ganz ihr wahres Selbst ist. Endlich! Was für eine Erleichterung, nicht mehr versuchen zu müssen, Eindruck bei ihm zu schinden. Sie hört auf, jedes Buch, das er liest, zu lesen, und gesteht ihm, daß es nur ein Trick war. Alles, was ihr in den Kopf kommt, sagt sie. Er sieht manchmal erschreckt aus, aber nie abgeturnt. »Laß uns zu mir gehen«, sagt er. Danach trinken sie in der Küche Tee, den seine Mutter, eine triste, finstere, altmodisch aussehende Frau in Hauskittel und Schürze, serviert, als sei sie von jemandem in einem anderen Zimmer ermahnt worden, sich normal zu verhalten. Wenn sie sich an den Tisch setzen, kommt sie immer mit Sprüchen rüber, als ob sie voll durchblickte: »Ihr müßt vernünftig essen, ihr wollt doch was leisten.« »Das habt ihr verdient, meine ich.« Aber Tom sagt, sie ist so dumm wie Bohnenstroh. Wenn sie ihnen Tee eingeschenkt hat, läßt sie sie allein.

Lou würde Toms Mutter gern die Wahrheit sagen. Das letzte, was sie noch als schlecht empfindet. Ansonsten empfindet sie nämlich das genaue Gegenteil: sie fühlt sich heilig, weil die Liebe in alle Richtungen aus ihr strömt. Sie liebt sogar ihren Vater. Sie erinnert sich, wie er war, wenn er seine Miezen hatte, wie er damals in der gleichen Stimmung zu sein schien wie sie jetzt, und sie glaubt, daß er in alle dieser Frauen verliebt gewesen sein muß, weil er glücklich und nett war.

Natürlich erzählt Lou Toms Mutter die Wahrheit nicht. Sie erzählt es keiner Menschenseele, außer Sherry, die eh glaubt, daß sie und Tom es seit Monaten treiben.

»Wann lerne ich ihn kennen?« fragt Sherry.

Mit einem Fingernagel, den sie nicht mehr kaut, klopft sich Lou an die Zähne. Vor dem Acidtrip war die Tatsache, daß ihre beste Freundin die Schule abgebrochen hat, eines der Geheimnisse, die sie Tom nicht verriet. Jetzt würde sie ihn gern damit überraschen. »Wir besuchen dich auf der Arbeit«, sagt sie.

Am nächsten Tag gehen sie hin. In der Lobby stopfen sie sich die Taschen mit den Gratiszigaretten voll, die in silbernen Etuis für die Golfclubmitglieder bereitliegen. Nur mit dem Versprechen auf diese Zigaretten hat Lou Tom dazu gekriegt, sich in die Nähe dessen zu begeben, was er eine kapitalistische Kultstätte nennt. Tom steckt auch eine Handvoll Streichhölzer ein. Dann gehen sie durch einen mit einem grünen, langflorigen Teppich ausgelegten Flur mit Deckenlampen wie riesige Golfbälle.

»Das machen wir aber kurz hier«, murmelt Tom.

Jetzt, außerhalb der Saison, ist die Bar fast leer. Im Halbdunkel sticht Sherry heraus wie eine Entertainerin im Rampenlicht. »Geht in Ordnung«, ruft sie einem Mann zu, der verlangt hat, daß sie sich ausweisen. »Das sind meine Freunde!« ruft sie. Sie läuft schnell zu ihnen hinüber.

Lou sieht sie mit Toms Augen an und kann nicht glauben, daß diese Blondine mit den hochtoupierten Haaren in dem tiefausgeschnittenen weißen Kleid und den weißen hochhackigen Stiefelchen jemand ist, den sie auch nur von weitem kennt. Sie wird zur Verräterin. Als sie Sherry zu einem Tisch folgen, sieht sie sich nach Tom um. »Denk, du bist im Gruselkabinett«, flüstert sie.

Sherry geht wieder an die Bar und kommt mit drei Gläsern Cola auf einem Tablett zurück.

»Mit Schuß?« fragt Lou.

Sherry seufzt. »Es gibt so eine bescheuerte Vorschrift, daß ich keinen Alkohol ausschenken darf. Könnt ihr das glauben?«

Lou sieht zu dem Mann mit dem Bürstenhaarschnitt hinüber. »Ich dachte immer, mein Vater wäre der letzte Mohikaner«, sagt sie.

»Ich hoffe, das bedeutet nicht, daß dein Vater ein Ejakulator praecox ist«, sagt Sherry. »Denn das ist Gino.«

Tom lacht verlegen.

»Nein, ist er«, sagt Sherry ernsthaft. »Das ist echt beschissen für ihn. Wirklich traurig.«

»Sherry hat ein Herz aus Gold«, erklärt Lou, steht auf und beugt sich vor, damit Tom das Streichholz an ihre Zigarette halten kann. Aus irgendeinem Grunde befindet sie sich auf der anderen Seite des

Tisches, während er und Sherry nebeneinander auf einem feudalen Lederzweisitzer sind.

»Rede was«, sagt Sherry zu Tom. »Ich will deinen Akzent hören.«

»Meine Güte«, sagt Lou, weil Tom es haßt, wenn man seinen Akzent herausstreicht. Aber er lächelt Sherry an und sagt, er ist beliebter als Jesus.

»Ach, wißt ihr noch?« schreit Sherry. »Damit haben die Beatles so in die Scheiße gepackt, wißt ihr noch? Oh, Gott.« Sie dreht sich so, daß sie Tom ansehen kann, in dieser veränderten Haltung ist ihr Dekolleté noch tiefer. »Nicht zu glauben. Das ist ja, als hätte man John Lennon hier im Neunzehnten Loch. Ich meine –«, sie sieht Lou an, »für dich muß es doch sein, als gingst du mit John Lennon ins Bett.«

Lous Augen sind auf Tom, dessen Augen sind auf Sherrys Titten.

Sherry wechselt das Thema mit einer Aufzählung all derjenigen, die einigermaßen bekannt sind und mit denen sie geschlafen hat: der Typ, der den Chevrolet-Vertragsladen unten an der Straße hat; der Typ, der den Hubschrauberwetterbericht im Radio macht. Zum ersten Mal seit Monaten fühlt Lou Haß. Das Gefühl ist ihr zuwider, aber sie kann sich nicht dagegen wehren. Sie will Toms Blick begegnen, Sherry zur Witzfigur zwischen ihnen machen, aber er ist wie in Trance, herunterhängender Kiefer, Glotzaugen.

Schließlich hält Lou es nicht länger aus. Sie steht auf und geht schnurstracks zur Bar. Als ob der Laden ihr gehörte, geht sie hinter den Tresen zu den Flaschen und gießt Wermut in einen Bierkrug. Der Barkeeper steht mit dem Gesicht woandershin und redet mit jemandem. Lou nimmt zwei große Schlucke, macht den Krug noch einmal voll und trägt ihn dann zum Tisch. »Hier«, sagt sie, knallt den Krug vor Tom und reißt ihn und Sherry aus einem intensiven Gespräch.

»Was ist das?« fragt er.

»Alk«, sagt Lou. »Gratis und illegal.« Sie setzt sich auf die Lehne des Zweisitzers.

Tom nimmt einen kleinen Schluck, lächelt, hebt das Glas und läßt die Luft zwischen ihr und Sherry hochleben. Während des ganzen Nachhausewegs liegt ein mysteriöses Lächeln auf seinem Gesicht. Lou kann ihm weder das Geständnis abringen, daß Sherry billig, noch daß sie dumm ist.

»Ich dachte, du wärst ihre Freundin«, lächelt er und hebt mahnend den Finger.

»Bin ich auch!«

Er fragt nicht, ob sie mit zu ihm kommt.

Er taucht auch nicht in der Schule auf. Lou ruft ihn an. »Er ist in der Schule«, sagt seine Mutter. Als Lou am nächsten Tag wissen will, wo er gewesen ist, sagt er: »Du bist nicht meine Gefängniswärterin.« Auf dem Nachhauseweg reden sie nicht. Weil sie ahnt, was passieren wird, klammert sie sich an seinen Arm, den er so steif hält, daß ihr vor Erniedrigung und Verlustgefühl übel wird. Aber sie läßt nicht los. An der Ecke zu seinem Haus bleibt er stehen.

»Komm ich mit zu dir?« fragt sie. Sie muß fragen.

Er sieht sie offen an. »Bei manchen Dingen«, sagt er, »bist du absolut naiv.«

»Du beschissenes Arschloch«, schreit sie. Sie haut ihm eine runter und rennt weg, ihr Kopf dröhnt vor Wut. Sie will ihn erschießen.

Sie holt das Gewehr und führt im Bunker eine wahnsinnige Suche nach Kugeln durch. Nach achtundvierzig Stunden Angst, versetzt die Wahrheit sie geradezu in Hochstimmung. Bis auf die Rachegefühle, meint sie, ist sie vollkommen über ihn hinweg.

Die Kugeln sind nirgendwo zu finden. Ihr Wichser von Vater hatte wahrscheinlich immer nur eine einzige, und mit der hat er sich in den Fuß geschossen. Lou sitzt auf der Koje und besieht ihre dünnen, von der Kälte geröteten Oberschenkel und schluchzt auf. Nichts empfindet sie als kläglicher, als ihre Unfähigkeit zu töten.

Oben im Haus ruft sie Sherry an, die erst leugnet, mit Tom geschlafen zu haben, es dann gesteht und sich überschwenglich entschuldigt, dann sagt, es ist ihr total mies gegangen, dann sagt, sie würde es nicht noch einmal tun, nicht für Geld und gute Worte.

»Du bist meine Feindin«, sagt Lou kalt. Sie ruft Tom an, will ihm dasselbe sagen, aber die ersten Worte aus ihrem Mund sind: »Du bist kein beschissenes Arschloch.«

Er sagt, er ist es. Er sagt, es ist Schluß.

»Sherry macht mir nichts aus«, lügt sie.

»Sherry hat nichts damit zu tun.« Er atmet tief aus. »Hör zu, ich liebe dich einfach nicht.«

»Mußt du ja auch nicht.«

»Es tut mir sehr leid.«

»Jedes Wort dieses Gesprächs ist ein kleiner Tod«, sagt sie. »Genug kleine Tode machen das Sterben aus.«

»Du kannst nicht sterben«, sagt er.

Sie entdeckt einen Lichtstrahl. »Will ich auch nicht«, sagt sie, ihre Stimme bricht.

»Auch wenn dein Körper geschlagen und (in Stücke) zerhackt wird«, sagt er, und sie begreift, daß er aus dem »Tibetanischen Totenbuch« zitiert, »du wirst wieder ein Ganzes.«

»Du beschissenes Arschloch!« schreit sie und schmeißt den Hörer auf.

Seit das Auto und der Kinderwagen zusammengestoßen sind, hat Lou nicht mehr geweint, und seit Rapunzel durch den Keilriemen gegangen ist, hat sie nicht mehr vor anderen geweint. Rapunzel ist das einzige Mal, von dem Norma weiß. Sie sitzt an Lous Bettkante und streichelt Lous Haar, bis hinunter zur Taille. Lous Weinen klingt nicht so, als ob jemand weint. Wenn ihre Mutter überhaupt darauf achtet, wird sie denken, eine von ihnen sei in den Wehen oder so was. In der Mitte von Lous Rücken breitet Norma ihre Finger aus. Sie gehen beinahe über den ganzen Rücken, so dünn ist Lou. Aber Lou ist so hart wie ein Brett. Als Norma klein war, legte sie, um sich Sicherheit zu verschaffen, immer gern ihre Hand auf Lous harten, geraden Rücken. Sandy legte gern ihr Ohr auf einen leeren Eßteller.

»Dreckschwein!« schreit Lou. Das ist alles, was sie bisher gesagt hat. Dreckschwein, verdammtes Dreckschwein. Da ihr Vater nicht zu Hause ist, muß es Tom sein. Zu ihrer eigenen Verblüffung kapiert Norma erst jetzt, daß Lou wahrscheinlich mit Tom geschlafen hat, wenn sie so wütend ist.

»Ich hab dem Typen nie getraut«, sagt Norma aufgebracht, was stimmt, obwohl es sich einzig und allein auf den Umstand gründet, daß seine Brille getönt ist. Sie guckt auf den Wecker. Viertel vor sechs, und sie hat noch nicht mit dem Abendessen angefangen. »Dad ist gleich zu Hause«, warnt sie ohne große Hoffnungen.

Aber nach einer Minute hören die verzweifelten, keuchenden Schreie auf, und Lou rollt sich auf den Rücken. »Jetzt bin ich nichts«, sagt sie. »Ich habe niemanden.«

»Du hast mich«, sagt Norma. »Und Sandy.« Sie macht eine Pause. »Und Mom.« Lous Hand fällt auf Normas Oberschenkel, und Norma fühlt am Handgelenk nach dem Puls. In Wahrheit weiß sie, was Lou meint. Wer wäre sie, wenn Stella nicht mehr ihre Freundin sein wollte? Bei dem Gedanken allein wird ihr schwummerig!

»Lebe ich?« fragt Lou dumpf.

»Soweit ich sehen kann.« Mit Daumen und Zeigefinger umspannt Norma Lous winziges Handgelenk. Mißt wieder ab. Ihr ganzes Leben war sie verwundert, daß Lou ihre Schwester ist.

Nach dem Abendessen geht Norma zu Stella nach Hause. Für Februar ist es warm und windig, und Norma merkt auf einmal, daß sie vor Glück außer sich ist. Wie kann sie glücklich sein, wenn Lou ein gebrochenes Herz hat? Aber sie ist es. Der Wind schiebt sie vor sich her, und sie hat das Gefühl, sie sei – sie weiß ja, daß sie es nicht ist – leicht wie eine Feder, faszinierend, unberechenbar, und als sie den Schulhof überquert, muß sie die Arme ausbreiten und rennen.

»Rat mal, was«, begrüßt Stella sie an der Tür. »Meine Eltern sind nicht da.«

Stella scheint auch in einer merkwürdigen Hochstimmung zu sein. Ihr Haar ist zu großen, spektakulären Locken hochgesteckt, und sie trägt weißen Lippenstift und ein paar Tupfer Rouge. Sie will was Verrücktes anstellen. »Ich weiß was«, sagt sie. »Wir betrinken uns!«

Norma starrt sie an.

»Ach.« Stella sieht total enttäuscht aus. »Willst du nicht?«

Norma kann nicht sprechen. Sie hat gerade an etwas gedacht, an das sie seit Jahren nicht mehr gedacht hat: daß sie und Lou ihre Mutter mit einem Springseil gefesselt haben.

Bevor sie sich wieder gefangen hat, findet Stella ihre gute Laune wieder und zieht sie am Arm. »Gut, ich hab eine bessere Idee.«

Sie gehen ins Wohnzimmer, und Stella macht das Radio an. »Komm, wir tanzen!« schreit sie.

Weil die Musik ein alter Rock-and-Roll-Song ist, fangen sie an zu rocken. Norma, die es von ihrer Mutter gelernt hat, führt. Stella ist ganz schlaksig und unbeholfen. Sie lächelt kokett. Als das nächste Lied, »I'm a Believer«, anfängt, quietscht sie und rennt hin, um es lauter zu stellen. Dann rennt sie zurück und stellt sich vor Norma und schüttelt ihren langen Körper wie einen Mop.

»Komm!« schreit sie. »Ein Shimmy!«

Norma tanzt eine eher moderate Version. Diese wilde Stella überwältigt sie. Vielleicht ist sie schon betrunken. Die Haarnadeln fliegen ihr aus dem Haar, die Locken fallen wie Luftschlangen. Jedesmal, wenn wieder eine Haarnadel herausrutscht, lachen sie beide. Stella schreit vor Lachen.

Am Ende des Liedes lassen sie sich auf die Couch fallen. Dann springt Stella sofort wieder auf und schreit: »Cherish!« Sie zerrt an Normas Hand. »Das Lied liebe ich«, schreit sie.

Es ist ein langsamer Tanz. Norma versucht, sie in einem Viererschritt zu führen. Aber Stella kann es nicht und verliert die Geduld. »Laß uns einfach normal tanzen«, sagt sie und geht enger an Norma heran und läßt den Kopf auf deren Schulter sinken.

Sie bleiben mit den Füßen auf einer Stelle und schwingen hin und her. Normas Herz arbeitet wie ein Kolben, wie ein Herz für sie beide, wo ihre Brüste sich berühren. Als das Lied zu Ende ist, kommen die Nachrichten, und Stella dreht an dem Knopf und versucht, mehr Musik zum Tanzen zu finden, gibt dann auf und macht das Radio aus. Norma ist immer noch ganz hinüber. Sie läßt sich langsam auf die Couchkante sinken.

»The Man I Love«, liest Stella aus der Fernsehzeitung vor. »Eine

Nachtclubsängerin ist in einen Pianisten verliebt, der in eine vornehme Dame verliebt ist. Laß uns das gucken, ja?« Norma nickt. Stella macht das Fernsehen an, läßt ein Kissen auf Normas Schoß fallen und kuschelt sich auf die Couch, den Kopf auf dem Kissen. »Ich benutze meine Mutter immer als Kissen«, erklärt sie.

Nach einer Minute zieht Norma die Haarnadeln heraus, die Stellas zwei verbleibende Locken halten. Als sie mit den Fingern durch Stellas Haar fährt, erinnert sie sich daran, wie Lou auf dem Bett geweint hat.

Sie kämmt Stellas wunderschönes Haar und wickelt es sich um die Finger. Einige Male steht Stella auf – um zur Toilette zu gehen und um ihnen Cola und Kekse zu holen –, aber sie legt sich immer wieder auf Normas Schoß. Dann schläft sie ein. Norma streichelt sie so sanft wie eine Brise.

Sie hat das Gefühl, als sei sie an einem nicht zu übertreffenden, hellsichtigen Moment ihres Lebens angelangt. Sie hat das Gefühl, als habe sie jedes schmutzige, gemeine Begehren überwunden, das sie ankommen könnte. Das ist der Höhepunkt ihres Lebens. Jetzt ist sie an der Reihe.

Bald wird Stella an der Reihe sein. Der Gedanke kommt Norma langsam, zum Teil angeregt von dem Liebesdreieck in dem Film. Bald wird Stella einen Freund haben. Nächstes Jahr an der Universität. Aber das ist in Ordnung. Erst vor ein paar Stunden war die Vorstellung, Stella zu verlieren, unerträglich. Jetzt ist es in Ordnung, denn vom Gipfelpunkt ihres Lebens sieht Norma, daß es unvermeidlich und längst überfällig ist, daß Stella einen Freund hat. Stella wird heiraten und immer und ewig glücklich sein. Von Anfang bis zum Ende wird Stellas Leben vollkommen sein. Manche Leben sind zur Vollkommenheit bestimmt. Offenbar muß es manche Leben geben, an denen andere – sie und Lou – ihr Leben messen.

Lou. Wenn ein Telefon in Reichweite wäre, würde Norma Lou jetzt sofort anrufen. Sie würde sagen… was würde sie sagen? Nicht wieder: »Du hast doch mich«, obwohl sie ihr das gern sagen möchte, weil sie es jetzt wirklich so meint. Nein, sie würde ihr etwas sagen, das näher an der Wahrheit klingt – der Zärtlichkeit und dem Erstaunen, das sie empfunden hat, als sie den Schlag von Lous Blut in deren winzigem Handgelenk gefühlt hat.

Ende März fällt Lou auf, daß sie seit über einem Monat ihre Periode nicht gehabt hat. Sie macht sich keine Sorgen. Soweit sie weiß, ist Tom nur ein einziges Mal nicht rausgegangen. Das war in der Neujahrsnacht, und seitdem hat sie ihre Periode gehabt.

Mitte April pinkelt sie in ein leeres Gurkenglas und nimmt den Bus zu einem Drugstore, der ein großes, handgemaltes Schild im Fenster hat: »SCHWAGERSCHAFTSTESTS! ERGEBNIS IN 2 STUNDEN!« Die falsch geschriebene Schwangerschaft und die Ausrufezeichen lassen sie an jemanden denken, der locker und dankbar für Kundschaft ist. Nicht, daß es sie auch nur einen Scheißdreck kümmert, was ein analphabetischer Apotheker denkt.

Die zwei Stunden wartet sie in einem Restaurant, wo sie in einer Nische am Fenster Kaffee trinkt. Jeder zweite Passant scheint eine Mutter mit Baby oder kleinen Kindern zu sein. Die meisten Babies schreien und die, die kein Theater machen, sehen elend aus. Alle Mütter, die nicht vorwurfsvoll aussehen, wirken wie unter Beruhigungsmitteln.

Zurück im Drugstore, blättert der Apotheker Karteikarten in einer Schublade durch und liest laut Nachnamen vor: »Ferguson, Farquar, Feldman...« Sind das alles Frauen mit Schwangerschaftstests? »Field«, sagt er endlich. »Negativ.«

»Oh«, sagt Lou. »Ach, Scheiße.«

Der Apotheker sieht nicht viel älter aus als sie, und für einen Apotheker ist sein Haar lang, es kräuselt sich über dem Kragen. »Negativ«, sagt er und mustert sie von oben bis unten, »das sind doch gute Neuigkeiten.«

Ihre Periode bleibt wieder aus. Ihre Brüste sind geschwollen, auffallend groß, und morgens hat sie einen solchen Heißhunger auf Schokolade, daß sie die Schule schwänzt, um sich welche zu besorgen.

»Offensichtlich bin ich schwanger«, sagt sie zu sich selbst. Und doch ist sie es offensichtlich nicht. Selbst wenn der Urintest falsch war und selbst wenn Tom nicht immer früh genug rausgezogen hat, kann sie sich nicht vorstellen, daß ihr Körper das Sperma von diesem Dreckschwein reingelassen hat. Sie hängt nicht etwa an der romantischen Idee, daß Babies aus Liebe geboren werden müssen. Sondern bei dem Gedanken an ihn krampft sich alles in ihr zusammen. Als sie an ihn und Sherry zusammen gedacht hat, ist ihr die Galle hochgekommen.

Am dritten Mai geht sie wieder zum Test. Nachdem sie weder ein leeres noch fast leeres Glas oder eine kleine Flasche gefunden hat, hat sie in eine Whiskyflasche gepinkelt. »Ob Sie es glauben oder nicht, ich meine, daß das heute schon die zweite ist«, sagt der Apotheker und überprüft das Canadian-Club-Schild.

Der Test ist positiv. Der junge, langhaarige Apotheker teilt es ihr mit. Er sagt, positiv ist immer sicher, und vorher war er wahrscheinlich nur deshalb negativ, weil es noch zu früh und ihr Urin vielleicht nicht ganz rein war.

Sie nickt. Obwohl die Leute hinter ihr Schlange stehen, kann sie sich nicht wegbewegen. Sie steht da, sieht den Apotheker an und wartet auf die ganze Lehrbucherklärung, wie sie so weit herunterkommen konnte.

Der Apotheker nimmt einen Zettelblock, kritzelt was hin, reißt dann das Blatt ab, rollt es zusammen und gibt es ihr wie einen Joint.

»Ruf den Typen an«, sagt er leise. »Der ist in Ordnung.«

Als ob, was er geschrieben hat, herausfallen könnte, als ob das Stück Papier ihre einzige Hoffnung enthielte, was auch stimmt, hält sie es immer noch so, wie er es ihr gegeben hat. Auf einmal fühlt sie sich im neunten Monat. In ihr ist ein Baby, aber es fühlt sich an wie ein bösartiger Tumor. Bei dem Gedanken, daß es in jeder Sekunde seine Zellen verdoppelt, gerät sie in einen Schockzustand.

Vor den Toiletten in dem Restaurant ist ein öffentliches Telefon. Der Abtreibungsarzt heißt Dr. Dickey. Sie stellt sich einen Homo vor. Zweimal kriegt sie das Besetztzeichen, und dann überfällt sie eine Welle von Übelkeit, und sie muß in die Toilette gehen und sich auf ein Klo setzen, den Kopf zwischen den Knien.

Wie kann sie schwanger sein? Dieses Schwein. Sie könnte es ihm erzählen. Damit er sich vor Angst in die Hosen scheißt. In der Schule schlendert er einfach an ihr vorbei. Das einzige Mal, das er sie überhaupt nur angesehen hat, war letzte Woche. Vor der Cafeteria kam er ihr entgegen, und weil er langsamer ging und den Kopf schüttelte, war sie sicher, er kratze seinen Mut zusammen, um endlich mit ihr zu sprechen. Aber als er ein, zwei Meter von ihr entfernt war, merkte sie, daß er bloß stoned war, mehr nicht, er hatte sie noch nicht einmal gesehen. Sie ging auf ihn zu und zwang ihn stehenzubleiben. Weiß Gott, was in sie gefahren war, aber sie krallte sich eine Hand von ihm, wuchtete sie ein paarmal rauf und runter, als ob sie einen Motor ankurbelte, und sagte ihm, er sei ein Arschloch. Er wirkte ängstlich und ärgerlich. Als sie sich ein paar Stunden später noch einmal im Flur begegneten, warf er ihr einen stieren Seitenblick zu wie ein gehetzter Hund.

Sie könnte es ihm erzählen. Damit er ins Schwitzen geriete. Die Idee wird verlockender und verscheucht ihre Übelkeit. Sie verläßt die Kabine. Im Spiegel über dem Waschbecken untersucht sie ihr Gesicht. Irgendwo hat sie gelesen, daß eine Schwangerschaft gut für den Teint ist. Sie wettet, Tom würde sie heiraten, die Heuchelei mitmachen. Als sie einmal Zigaretten gestohlen haben (»sie befreit haben«, sagte er) und schnell aus dem Laden mußten, hielt er ihr wie einer Dame die Tür auf. Ein englischer Gentleman-Westentaschen-Revolutionär.

Was, wenn sie ihn heiratete? Sie tritt zurück und betrachtet sich im Spiegel, sieht sich selbst mit weißen, riesigen Milchbrüsten, einen Säugling im Arm, und Tom gezwungen, sie zu lieben.

Das sieht sie sehr wohl. Ja, das würde ihr gefallen. Sie verläßt die Toilette und das Restaurant. Auf dem Bürgersteig stößt sie einen Mann an, der »Passen Sie doch auf, wo Sie gehen!« brummt. Das wirkt bei ihr, wie wenn der Hypnotiseur mit dem Finger schnipst. Sie läuft zum Telefon im Restaurant zurück. Jetzt passiert nämlich, sagt sie sich, als sie in ihren Taschen nach dem Geldstück angelt, daß ihre Hormone verführerische Botschaften aussenden. Ihre Hormone versuchen sie hereinzulegen.

Die Leitung des Abtreibungsarztes ist immer noch besetzt.

»Gottverdammte Scheiße«, sagt sie und knallt den Hörer auf. Sie betrachtet ihren Bauch. Er sieht zweimal so dick wie vor fünfzehn Minuten aus. Er sieht böse aus, wie eine Strafe. Wie die Fleischwerdung ihrer Sorgen.

Daß Sandy weder die Grippe noch geschwollene Lymphknoten hat, sondern schwanger ist, begreift sie aus dem Nichts und endlich als die Wahrheit. Es gibt noch andere Tatsachen, mit denen sie sich konfrontieren könnte.

Vor zwei Wochen hat sie geblutet, und sie hat noch nie einen Orgasmus gehabt, bisher hat sie geglaubt, den müsse man haben, um zu empfangen – am liebsten würde sie das auch weiterhin glauben –, aber in dem Moment, in dem der Gedanke an ein Baby ihr in den Kopf kommt, weiß sie, daß ihr Körper ihr nicht mehr allein gehört. Sie will jetzt nur die Hände schützend auf ihren Bauch legen. Sie geht früher aus der Schule, um es ganz für sich allein zu tun.

Am nächsten Morgen pinkelt sie in eine Whiskyflasche und bringt sie in den Drugstore, der ihr wegen des großen Schwangerschaftstestschildes vom Bus aus aufgefallen ist. Sie weiß es mit Sicherheit und braucht keine Bestätigung. Sie geht in den Drugstore, weil sie annimmt, daß man das muß. Dann geht man zu einem Gynäkologen. Von jetzt an widmet sie sich dem, was eine werdende Mutter tun muß.

Sie liebt ihr Baby schon so sehr! Das erste, was sie dem Gynäkologen sagen will, ist, wenn Sie zwischen dem Baby und mir wählen müssen, lassen Sie das Baby leben. Es in sich zu haben empfindet sie wie ein Wunder, als ob ein Engel ihren Bauch berührt hätte und ein Baby anfinge zu wachsen.

Sie kann kaum glauben, daß Dave was damit zu tun hat. Natürlich wird sie ihn jetzt heiraten, aber es besteht kein Grund, ihm sofort zu erzählen, warum. Es fällt ihr schwer, ihn, der auf ihr grunzt und sich abrackert und schwitzt, entweder mit einem Baby in ihr oder mit sich selbst in Verbindung zu bringen. Als sie noch Jungfrau war, wußte sie nicht, wie es sich anfühlt. Jetzt weiß sie es. Jetzt mit einem Baby in sich fühlt sie sich durch und durch sauber.

»Miss Jones?« sagt der Apotheker.

Sandy hat einen falschen Namen angegeben. »Ja«, sagt sie.

»Positiv. Sie sind schwanger.«

»Ja, ich weiß.« Sie bleibt stehen, bis klar ist, daß er ihr sonst nichts mehr sagen will.

Außer mit den Händen auf dem Bauch im Bett zu liegen, will sie nichts tun. Die Wahrheit überwältigt sie immer wieder. Tränen steigen ihr in die Augen, und sie schwört Gott, daß sie eine gute Mutter wird. Sie würde es gern Norma erzählen. Am Abend nach dem Schwangerschaftstest sehnt sie sich danach, wie früher in Normas Bett zu klettern und ihr die Neuigkeiten zuzuflüstern.

Aber was ist, wenn Norma schockiert ist? Sandy ist ziemlich sicher, daß Norma bisher noch nicht mal einen Jungen geküßt hat. Und was, wenn Lou aufwacht und wissen will, worüber sie beide reden? Lou wird sie eine totale Idiotin nennen, weil sie nicht aufgepaßt hat. Sie wird nicht »schwanger« sagen, sie wird »angebumst« sagen. Vielleicht fängt sie sogar an zu schreien und weckt ihren Vater. Oder ruft Dave an und brüllt ihn an. Wer weiß, was Lou tut?

Kurz vor der Dämmerung hört Sandy ihre Mutter im Fernsehzimmer und steigt aus dem Bett und geht zu ihr. Ihre Mutter schenkt ihr ein verschlafenes Lächeln und hebt die Decke, damit sie sich zudecken kann. Unter der Decke ist ein starker Geruch nach ihrer Mutter. Er ist wie ein altes Bild von ihr, oder wie wenn man die Stepschuhe ansieht. Morgen abend ist ihr Badeabend. Mittwochs nach dem Abendessen nimmt sie ihren Kaffeebecher und das Küchenradio mit ins Badezimmer und legt sich in die warme Wanne und hört dabei eine Sendung mit Big Bands. Über die Jahre haben sich der Abend und die Zeitdauer ihres Bads ein paarmal geändert, weil sich das Programm geändert hat. Sandy erinnert sich, als sie klein war, hat ihre Mutter mit der Musik gesungen.

»Kannst du nicht schlafen?« fragt ihre Mutter und drückt Sandys Hand.

Sandy schüttelt den Kopf. Ihre Mutter läßt ihre Hand nicht los, so froh ist sie über Gesellschaft. Keine von ihnen setzt sich noch zu ihr auf die Couch, stellt Sandy schuldbewußt fest. Wenn sie fernsehen, sitzen sie auf den Sesseln oder liegen auf dem Boden. Die Couch scheint ihrer Mutter zu gehören, sagt Sandy zu sich selbst, sozusagen ihr Privatbesitz – das ist der Grund.

Auf dem Fernseher flimmert das Testbild weg, und die Worte »DAS IST NUR EIN TEST« erscheinen, von einem pulsierenden Piepton begleitet.

»Für den Notfall«, erklärt ihre Mutter und gibt Sandys Hand frei und nimmt den Becher vom Beistelltisch. »Wie zum Beispiel einen Atomkrieg.«

Sandy sieht sich selbst mit ihrem Baby durch rotglühende Explosionen zum Bunker rennen. Sie gleitet mit den Händen unter die Decke und drückt sanft auf ihren Bauch. Als ihre Mutter mit ihr schwanger war, hat sie sie da so geliebt? Sandy kann den Gedanken daran nicht ertragen, kann ihn um ihrer Mutter willen nicht ertragen, denn wenn ihre Mutter sie so geliebt hat, war diese Liebe letztendlich unerwidert, einerlei, wie sehr Sandy sie geliebt hat. Sandy legt den Kopf auf die Schulter ihrer Mutter. Wann hat sie das letzte Mal überhaupt an ihre Mutter *gedacht?* »Mommy?« sagt sie.

»Hm?«

»Weißt du, was? Ich bin schwanger.«

Das Piepen im Fernsehen ist weg. Sandy richtet sich auf, um das Gesicht ihrer Mutter zu sehen. Ihre Mutter guckt immer noch auf den Fernseher. Sie runzelt die Stirn, und einen Augenblick lang ist Sandy verwirrt. Dann fällt ihr ein, daß ihre Mutter Gespräche über Babies nicht mag, und sie ist noch verwirrter. Es muß doch Ausnahmen geben. Ihr Baby ist doch nicht irgendein Baby.

Ihre Mutter sieht sie an. »Willst du abtreiben?« fragt sie streng.

»Nein«, sagt Sandy. Sie ist erschreckt.

Ihre Mutter tätschelt Sandys Bein. »Gut.«

»Ich hab einen Freund. Ich werde ihn heiraten. Daddy hat ihn kennengelernt. Hat er es dir erzählt? Daddy findet ihn nett.« Ihre Mutter lächelt. »Aber erzähl Daddy noch nichts«, setzt Sandy nervös hinzu. »Ja? Ich habe es ihm noch nicht gesagt.«

»Wenn man abtreibt«, sagt ihre Mutter, »fängt der Körper an zu trauern.« Ihre Augen sind wieder auf dem Fernseher. Ihre Stimme ist wieder freundlich und sanft.

»Aber, Mommy, ich treibe nicht ab.«

»Das Herz bricht einem. Die Tränenkanäle schließen sich nicht mehr. Die Haarfollikel spielen verrückt. Das Haar gibt einfach auf.« Sie sieht Sandy wieder an. »Man kann die Natur nicht austricksen. Man kann nicht zur Musik tanzen und dann die Musiker umbringen.«

Als Sandy am Samstagmorgen von dem Gedanken überwältigt wird, daß es auf ihr Baby zurückfällt, wenn sie es Dave nicht erzählt, wird ihr auf der Toilette des Stoffladens kotzübel. Ihr Baby wird behindert? Sie geht von der Arbeit weg und geradewegs in den Elektroladen, ganz nach hinten durch, wo Dave einen Toaster repariert.

»Mein Schatz!« begrüßt er sie glücklich.

Bei der Neuigkeit fällt ihm sein großer Kiefer runter. Er nickt zustimmend, sie sollten es geheimhalten und irgendwann im Juli heiraten und es erst danach allen erzählen.

»Ich mache die ganzen Babysachen«, sagt Sandy wie im Selbstgespräch. »Ich kaufe den ganzen Stoff jetzt. So lange ich noch im Laden arbeite, krieg ich zwanzig Prozent Rabatt.«

Als sie zu Hause ihren Mantel aufhängt, sieht sie Lou auf der Couch im Wohnzimmer liegen. Liegt einfach nur auf dem Rükken, ohne Buch, den Hände über der Brust gefaltet, die Augen an die Decke geheftet.

»Bist du krank?« fragt Sandy.

Lou dreht den Kopf langsam herum. »Ich bin beinahe gestorben.« Sie klingt stolz.

»Was?« Sandy geht zu ihr.

»Ein Quacksalber hat mich beinahe umgebracht.«

»Was willst du damit sagen?«

Lou guckt wieder zur Decke. »Aber hier bin ich. Und das ist mein Zimmer. Und ihr seid alle hier. Und nirgendwo ist es so gut wie zuhause.«

Sandy seufzt. »Den Witz kapier ich nicht«, sagt sie. »Weil du nämlich nicht sehr gut aussiehst. Du bist weiß wie ein Gespenst.«

»Aber ich *fühle* mich gut«, sagt Lou heftig und lächelt. »Warum hat Dorothee Oos verlassen und ist nach Kansas zurückgegangen? Ich hab hier gelegen und versucht, das herauszufinden. Was hat sie denn in Kansas? Ein Wrack von einem Haus, Armut, meilenweit keine Freunde. Und Elmira Gultch droht immer noch damit, Toto ins Tierheim zu bringen. Das hat sich nicht geändert.«

»Tante Em«, sagt Sandy. »Sie vermißt Tante Em.«

Lou wirft den Kopf zurück. »Ha!« Ihre dünne weiße Kehle bringt Sandy zu Bewußtsein, wie zerbrechlich ihr Baby ist. »Diese alte Kuh«, sagt Lou. Sie macht Tante Ems Stimme nach. »Ich kenne drei Farmarbeiter, die in nicht allzu langer Zeit ihren Job los sind.« Ihr Blick ist so entschlossen, so verzückt, daß Sandy von ihr weg zum Fenster geht. »Die Tante Ems«, schreit Lou, »sind eine der schlimmsten irdischen Plagen!«

Sandy guckt aus dem Fenster und fühlt sich dem grünen Gras, dem kleinen roten Ahornbaum voller Knospen, dem Rotkehlchen auf dem Hydranten verbunden – all den Zeichen des Frühlings im Vorgarten.

Lebenswichtige Trennung

1969

Niemand hört ihre Mutter das Haus verlassen und die quietschende Garagentür aufstoßen. Die Fenster sind alle offen, und trotzdem wacht niemand auf, als die Aluminiumleiter auf die andere Seite des Hauses getragen wird, gegen die Dachrinne fällt und klappert.

Die auf dem Dach herumlaufenden Tauben klingen wie Heerscharen von Frauen mit Pfennigabsätzen. Wie ist ihre Mutter so leise da hinaufgeklettert? Am Tag der Trauerfeier streiten sich die drei Mädchen darüber. Alles – das Mysterium des ganzen Lebens ihrer Mutter – scheint darin verborgen zu sein, wie sie direkt über ihren Köpfen herging, ohne sie zu wecken. Sie ging einfach auf Zehenspitzen. Sie kroch. Auf dem Giebel sitzend, ist sie gerutscht. Sie ist wie eine Seiltänzerin über den Giebel gegangen. Das hätte sie gekonnt, sie war ja Tänzerin! In dem Wind?

»Sie ist geschwebt«, steuert der Besoffene, ihr Vater, bei, und das bringt sie zum Schweigen, denn natürlich glauben sie es nicht, aber sie können es sich ausmalen, das lange weiße, sich bauschende Nachthemd ihrer Mutter. Denn das ist ein Bild wie von einem Engel.

Alle Fenster sind offen, als ihre Mutter aufs Dach geht. Es ist heiß und windig, der letzte Tag im Mai, der erste heiße Tag. Ihr Vater schläft auf der Liege unten im Keller. Um zehn nach vier steht er auf, um zur Toilette zu gehen, zu der im Keller, und er guckt hoch zum Fenster über dem Waschbecken und sieht die Leiter da draußen stehen. Er rennt zurück in den Hobbyraum, um sich die Hosen anzuziehen. Da sein Gewehr im Bunker ist, geht er durch die Hintertür.

Die Polizei wird ihn fragen, warum er nicht zum Dach hochgeschaut hat, bevor er seine Knarre holte. Auf dem Gewehr hacken sie immer wieder herum. Er wird sagen, daß er dachte, er hätte es mit einem Einbrecher zu tun. Daß nachts ein Gesicht wie ein Licht scheinen kann. Er wird ganz genau wissen, wann die Dinge sich ereignet haben, das führt er auf die Uhr mit den Leuchtziffern zurück, die er im Bett trägt, und auf seine Gewohnheit, oft nachzusehen, wie spät es ist. Eine alte soldatische Gewohnheit, wird er sagen.

Um vier Uhr fünfunddreißig weckt er Lou und Norma. Er spricht leise vor ihrer Schlafzimmertür. Ihre Mutter ist auf dem Dach und will nicht runterkommen, wenn sie keinen Whisky kriegt. Er will, daß Norma ihr eine Flasche hinaufbringt. Er sagt, er hat versucht, hochzuklettern, aber mit seinem schlimmen Fuß kann er nicht.

»Was macht sie auf dem Dach?« fragt Norma und tastet auf dem Nachttisch nach ihrer Brille.

Lou steht auf, geht zum Fenster und zieht die Jalousien hoch. »He, ich kann ihren Schatten sehen«, schreit sie und zeigt auf den Rasen des Nachbarn.

»Brüll doch nicht so«, zischt ihr Vater. »Wir wollen nicht die ganze Straße dabei haben. Hier ist keine Filmvorführung.«

Sandy macht ihre Schlafzimmertür auf, als sie vorbeilaufen. Norma erklärt ihr, was los ist.

»Warum hat er seine Knarre geholt?« fragt Sandy. Sie ist die erste, die sie bemerkt.

»Bewegt euch«, sagt ihr Vater.

Draußen zerrt der Wind an ihren Schlafanzughosen. Er zerrt an Sandys und Lous langem Haar und weht es hoch, auch das weiße Haar ihrer Mutter weht nach hinten. Da ist sie, sitzt neben dem Schornstein, hält sich mit einer Hand daran fest und mit der anderen am Dach. Sie ist leuchtend weiß und unwirklich, wie eine Ausschneidepuppe.

»Herr im Himmel«, sagt Lou lachend.

»Sei leise«, sagt ihr Vater heiser.

»Wie lange ist sie schon da oben?« fragt Norma.

»Weiß ich nicht«, murmelt er. »Die ganze Nacht. Ich weiß es nicht.«

»Mommy«, ruft Sandy leise und winkt ihr zu.

»Aber was macht sie da oben?« fragt Norma. Sie denkt daran, wie ihre Mutter einmal aufs Dach wollte, weil kein Whisky im Haus war.

»Woher, zum Teufel, soll ich das wissen?« sagt ihr Vater. Er schmeißt ihr die Flasche zu. »Alles klar, da sind noch zwei Fingerbreit drin. Die kann sie trinken, und dann hol sie runter. Sag ihr, wenn sie mehr will, soll sie runterkommen und es sich holen.«

Er legt das Gewehr ins Gras, um die Leiter festzuhalten, als Norma hochklettert. Der Wind pfeift. Oben auf dem Dach wird Norma fast umgeblasen. Sie fällt verkrampft in die Hocke, wobei ihre Brille wegfliegt und in die Dachrinne gleitet.

»Laß sie«, zischt ihr Vater.

Ihre Mutter wendet den Kopf in Normas Richtung. Norma nimmt das langsame Drehen des Kopfes und ihr Gesicht wie den Mond wahr.

Unten stemmt sich ihr Vater gegen den Wind, um sich eine Zigarette anzuzünden. Lou nutzt die Gelegenheit und flitzt die Leiter hinauf. »He!« knurrt er und langt nach ihrem Bein.

Aber sie ist schon außerhalb seiner Reichweite. Sie lacht. Wenn sie noch schwanger wäre, wäre sie womöglich auch zu unbeweglich, zu schwer in der Mitte, um Leitern hochzuklettern.

»Sie läßt nicht los«, sagt Norma, als Lou sie erreicht. Norma sitzt neben ihrer Mutter und hält ihr die Flasche an den Mund.

Lou kriecht zum Schornstein, stellt sich hin und sieht ihren Vater und Sandy an, die beide hochschauen. Wenn ihr Vater an seiner Zigarette saugt, kommt ihr das kleine orangene Aufflackern wie ein Angriff vor. Jämmerlich. Sie spürt den Drang, auf ihn zu spucken. »Es ist toll hier oben«, sagt sie. Sie lacht wieder, in Hochstimmung.

»Sie hat diesen Alptraum gehabt«, sagt Norma. »Deshalb ist sie hier hochgekommen.«

»Welchen Alptraum?« Lou wirft den Kopf zurück, sie will spüren, wie ihr Haar weht. Es ist nicht so dunkel, daß sie die Wolken nicht sehen kann. Sie galoppieren über sie weg. Es scheint, als machten die Wolken den Wind.

»Weißt du doch«, sagt Norma. »Der, den sie im Bunker hatte.«

»Ja, aber ich habe nie erfahren, wovon sie geträumt hat.«

Ihre Mutter spricht. »Vom Ersticken«, sagt sie mit angsterfüllter Stimme. »Keine Luft. Ein schreckliches Gewicht. Ein schrecklicher Drang.«

Jetzt merkt Lou, wie steif ihre Mutter da sitzt. »Du gehst besser runter«, sagt sie und ist zum erstenmal besorgt.

»Ich kann nicht.« Sie bedeutet Norma mit einem Nicken, daß sie noch einen Drink will.

»Es ist nichts mehr da«, sagt Norma zärtlich. »Du mußt mit runterkommen, Mom.«

Ihre Mutter schüttelt den Kopf.

»Lou! Lou!« Das ist ihr Vater, er ruft heiser durch zusammengelegte Hände.

»Sie hat zuviel Angst, um runterzukommen«, ruft Lou.

»Halt die Klappe!« ruft er. Er guckt auf seine Uhr, tritt dann einen Schritt zurück und stößt mit Sandy zusammen. Sandy läuft von ihm weg, aber nur, weil sie ihre Mutter wieder sehen will. Sie ist zwischen ihrer Mutter und ihrem ungeborenen Baby hin- und hergerissen, sie will ihrer Mutter helfen, aber auch keine blöden Risiken eingehen.

»Du rufst besser die Feuerwehr an«, ruft Lou genauso laut wie vorher.

»Ich mach es«, bietet sich Sandy an.

»Nein!« schreit ihr Vater. Er wirft seine Zigarette hin. »Gut«, sagt er, mit mühsam kontrollierter Stimme. »Alle mal ruhig sein. Alle mal still und ruhig sein. Lou, du gehst vor deine Mutter. Norma, du hinter sie. Kriecht zusammen zur Leiter. Immer mit der Ruhe.«

»Ich kann nicht«, wimmert ihre Mutter.

»Und wenn du erst noch ein bißchen Whisky trinkst?« fragt Norma sie.

»Nein. Geht ihr. Laßt mich hier.« Sie senkt den Kopf. Ihre Hand gleitet am Schornstein entlang.

»Himmel«, Lou legt die Hand über die ihrer Mutter. »Halt dich fest«, sagt sie. Die Zehen ihrer Mutter sind nach innen verkrallt wie bei einem kleinen Vogel. Lou schreit ihrem Vater zu: »Ruf die Feuerwehr! Sie kann sich nicht mehr lange festhalten!«

»Herrgott noch mal, schrei doch nicht so laut!«

»Ruf die Scheißfeuerwehr an!«

Ihr Vater fuchtelt herum, als ob er damit rechnete, daß er gleich die ganzen Lichter der Nachbarn aufleuchten sieht. Auf der anderen Straßenseite flammt eins auf.

»Daddy...«, fleht Sandy.

»Alles klar, jetzt reicht's.« Ihr Vater schnappt sich das Gewehr und richtet es auf das Dach. »Mary«, ruft er ihrer Mutter zu, »komm jetzt sofort runter, oder ich fange an zu schießen.«

»Um Gottes willen«, schnaubt Lou.

Ihre Mutter erhebt sich langsam, schafft es aber nicht und setzt sich abrupt wieder hin.

»Beweg dich nicht«, sagt Norma und packt sie am Arm. Ihre Mutter zittert. »Der versucht nur, dir Angst einzujagen. Wir rufen die Feuerwehr an.«

»Ich zähle bis zehn«, ruft ihr Vater.

»Ich rufe an«, sagt Lou zu ihrer Mutter und Norma.

»Eins...«, sagt ihr Vater und dann zu Lou, die die Leiter runterkraxelt: »He.« Als sie auf der Erde ist, schiebt sie den Gewehrlauf von sich.

»Hör mal«, sagt er. Die Schatten zeichnen Furchen in sein Gesicht. »Meine Güte, ich schieß doch nicht.« Lou rennt zur Haustür. »Wo gehst du hin?« brüllt er. »Du rufst besser nicht an!«

Sandy stellt sich hinter ihn. »Daddy...«

Sein Arm schwenkt aus, trifft sie voll am Hals, wirft sie rücklings aufs Gras. Vor Überraschung schreit sie: »Oh!« Er starrt sie mit offenem Mund an, sein Arm noch in der Horizontalen, das Gewehr in der Hand aufs Dach gerichtet. »Los, hol Lou«, sagt er.

Sandy setzt sich und legt schützend die Hände auf den Bauch. Sie ist so besorgt, daß ihr Baby einen Stoß abkriegt, daß sie kurz davor ist, es zu sagen. Alles auszuplaudern.

Oben auf dem Dach hat sich ihre Mutter aufrecht hingestellt. Sie klammert sich an den Schornstein. Der Wind hat sich unter ihrem Nachthemd verfangen und läßt sie anschwellen.

Norma steht immer noch und hält ihre Mutter am Knöchel und kann fühlen, daß sie jetzt festen Halt hat und nicht mehr zittert. Sie weiß nicht, ob sie sie drängen soll, auf dem Posten zu bleiben oder hinunterzuklettern. »Guck nicht nach unten«, ermahnt sie sie.

Ohne Brille sieht Norma nur, daß der Kopf ihrer Mutter gesenkt ist. Den letzten Gesichtsausdruck ihrer Mutter sieht sie nicht. Ihre Mutter krümmt den Fuß, und Norma glaubt, das bedeutet, sie will hinunterklettern. Deshalb läßt Norma sie los. In einer ballett-haften Pose der Hingabe gehen die Arme ihrer Mutter in die Höhe. Dann machen sie langsame, kreisende Rückwärtsbewegungen, was bedeutet, kapiert Norma eine halbe Sekunde später, daß sie das Gleichgewicht verloren hat.

Auf ihrem Weg nach unten schreien alle auf, nur sie nicht. Ihre Hand streift Sandys Arm. Als sie auf dem Gras aufschlägt, gibt es einen ganz schwachen dumpfen Ton. Sie landet auf dem Rücken. Sandy wirft sich neben ihr hin. Ihr Vater läßt sich auf die andere Seite fallen, nimmt sie bei den Schultern, horcht nach ihrem Herzen, guckt auf die Uhr, fängt Mund-zu-Mund-Beatmung an. Die Mädchen schlagen die Hände vor den Mund. Sie fragen nicht, ob sie tot ist. An ihren Augen erkennen sie es. Sogar Norma, die jetzt unten auf der Erde ist, wenn auch ohne Brille, kann sehen, daß die weit offenen Augen ihrer Mutter tot sind.

Die Sirenen heulen, die Feuerwehr kommt. »Sie ist da raufgegangen, um die Katze zu retten«, erzählt ihr Vater dem Feuerwehrmann, der neben ihm kniet.

In Schlafanzügen und Nachthemden, sogar mit Lockenwicklern, sind die Nachbarn herübergekommen. Der Mann von zwei Häusern weiter sagt: »*Unsere* Katze?«, denn sie sind die einzigen, die eine Katze haben, jedenfalls in dieser Straße.

»*Unsere* Katze«, sagt ihr Vater. »Wir haben sie gerade erst gekriegt.«

Weitere Sirenen nähern sich. Der Feuerwehrmann, der ihre Mutter untersucht, hockt sich auf die Fersen und reibt sich mit der Hand durchs Gesicht. Ein anderer Feuerwehrmann entdeckt am Fuß der Leiter das Gewehr ihres Vaters und geht hin, um es aufzuheben, tut es dann doch nicht. Norma fragt den Feuerwehrmann, ob sie ihre Brille aus der Dachrinne holen kann, und er guckt sie mißtrauisch an und dann das Gewehr und dann wieder sie, bevor er sagt, aber dalli!

Der Wind legt sich. Die Ruhe der Dämmerung setzt ein. Alle, einschließlich ihres Vaters, sprechen in gedämpftem Ton. Auf alle Fragen, die die Polizei stellt, wartet er mit passenden Lügen auf. Die Mädchen nicken zur Bestätigung. Als ihr Vater mit dem Krankenwagen wegfährt, lehnen sie die angebotene Hilfe der Nachbarinnen ab.

Im Haus stellt Norma den Fernseher an und macht Frühstück. Sie essen in der Küche, das Summen des Testbildes im Hintergrund, als ob sie sehr früh aufgestanden wären. Lou sagt, daß man Mrs. Kents Hängetitten durch ihr Negligée sehen konnte und daß Mr. Albee, der Mann, der gefragt hat, ob es seine Katze gewesen sei, wußte, daß ihr Vater Stuß erzählte.

Nach dem Frühstück beschließt Norma staubzusaugen. Sie hat Schwierigkeiten, den Stecker in die Steckdose zu kriegen. Sie hört, wie Lou Sandy sagt, sie soll sich heute von der Arbeit freinehmen. »Ich werde aber nur bezahlt, wenn ich da bin«, sagt Sandy, und Lou sagt: »Die bezahlen dich so oder so. Meine Güte, deine Mutter ist gerade gestorben.«

Norma läßt die Staubsaugerschnur los. Als sie sich aufrichtet, dreht sich das Zimmer um sie herum. Sie geht in die Küche, wo ihre Schwestern sind. »Unsere Mutter ist gerade gestorben«, sagt sie. Lou und Sandy erscheinen ihr weit weg und winzig. Sie sehen sie an, als habe sie in einer fremden Sprache gesprochen. »Ich glaube, ich lasse das Staubsaugen mal«, sagt Norma und fällt auf einen Stuhl.

Am späten Vormittag kommt ihr Vater zurück, er trägt das Hemd eines anderen Mannes. »Ruft Tante Betty an«, sagt er und stützt sich auf Normas Schulter, als er an ihr vorbeigeht. Er nimmt eine Flasche Whisky aus dem Schrank und verschwindet im Schlafzimmer ihrer Mutter.

Lou ruft an. »Ich komme sofort!« kreischt Tante Betty. »Mach dir keine Umstände«, sagt Lou zu dem Amtszeichen. Kaum hat sie aufgelegt, klingelt das Telefon. Ein Reporter fragt, ob ihre Mutter dieselbe Mary Field ist, die ihr Baby in die Niagarafälle hat fallen lassen. Nein, sagt Lou und knallt den Hörer auf.

Eine Minute später ruft ein anderer Reporter an und stellt dieselbe Frage.

»Ich hab eine Schlagzeile für Sie«, sagt Lou. »Trauernde Tochter sagt schwulem Reporter, er soll sich ins Knie ficken.«

Tante Betty wird von einem Reporter begleitet, mit dem sie auf freundlichem Fuße zu stehen scheint. Lou schiebt den Mann zur Tür hinaus und schließt ab. »Was hast du ihm erzählt?« will sie von ihrer Tante wissen.

»Was konnte ich ihm erzählen?« kreischt Tante Betty. »Was weiß ich? Eine Katze auf dem Dach? Ihr armen Dinger.« Sie breitet die Arme aus und versucht, Lou und Norma zusammen an ihren knöchellangen, weißen Nerzmantel zu ziehen. Dann taucht Sandy aus dem Badezimmer auf, und Tante Betty eilt zu ihr und fängt an zu weinen.

»Das hat uns gerade noch gefehlt«, sagt Lou zu Norma. Erst als Tante Betty Sandy losläßt, merken sie, daß die auch weint. Sie rennt wieder ins Badezimmer.

Tante Betty zieht ein rosa Papiertaschentuch aus dem Ärmel und tupft sich die Augen ab, die trocken aussehen. Sie seufzt angesichts des Lochs in der Wand, durch das ihr Vater den Staubsauger geschmissen hat. »Wo ist er?« fragt sie.

Als sie ins Schlafzimmer gegangen ist, erzählt Norma Lou, daß Sandy und Dave heiraten.

»Was?« faucht Lou.

»Das hat mir Sandy zumindest gestern erzählt«, sagt Norma. Sie schiebt sich die Brille hoch und reibt sich die Augen. Sie sieht die Dinge immer noch, als seien sie weit weg.

»Ist sie schwanger?«

»Weiß ich nicht. Ich glaube, nicht.«

»Sie muß schwanger sein. Selbst *sie* sollte wissen, was für ein beschissener Schwachkopf der Typ ist. Ich glaube, sie ist schwanger. Ihre Titten sind größer.«

»Reiß dich zusammen!« schreit Tante Betty ihren Vater an.

»Ist ja auch egal«, fährt Norma fort, »Dave hat jedenfalls schon mal den Starlight Room gemietet.«

»Über der Schuhreparatur?«

Norma nickt.

»Den mietet doch keiner«, sagt Lou. »Den mietet man nicht. Der ist noch nie vermietet worden.«

Sie hören Sandy im Badezimmer schluchzen. Sie sehen einander eine Minute lang an, dann murmelt Norma: »Es ist gut, es rauszulassen.« Sie fragt sich, warum wohl in ihr nichts zum Rauslassen ist.

Tante Betty kommt zurück und verkündet, sie sollen sich keine Sorgen machen, sie wird sich um alles kümmern. Die Bestattungshalle, wo Onkel Eugene war, die wird sie buchen. Vielleicht geben sie ihr Rabatt, weil sie so eine gute Kundin ist. Sie geht jetzt ins Krankenhaus, um sicherzustellen, daß dort alles ordnungsgemäß erledigt wird. Später kommt sie wieder, um Sandy zu holen. Es wäre am besten, wenn Sandy bei ihr bliebe.

»Nein«, sagt Lou mit fester Stimme. »Auf keinen Fall.« Tante Betty ist perplex. »Gut«, sagt sie und klimpert mit blauangemalten Augenlidern, »was ist mit Essen?« »So wie immer«, antwortet Lou. »Paß auf«, sagt Lou, »es ist nicht so, als ob sich hier viel geändert hätte.«

»Er ist ein kaltblütiger Killer und sollte hängen«, sagt Lou.

Es ist der nächste Morgen. Sie und ihre Schwestern frühstücken – in Lous Fall schwarzen Kaffee und Zigaretten. Ihr Vater schläft noch. Lou hat Kopfschmerzen, von der Hitze, vom mangelnden Schlaf letzte Nacht, davon, daß sie vor einer halben Stunde einen Reporter vom Grundstück gejagt hat. (HAUT AB, LEICHENSCHÄNDER! hat sie danach auf ein Papier geschrieben und es mit Tesafilm an die Haustür geklebt.) »Er hat ihr so eine Angst eingejagt, daß sie sich aufgerichtet hat«, sagt sie, »dann hat er die Feuerwehr nicht gerufen, damit sie sie runterholen. Wahrscheinlich wollte er wegen der Versicherungssumme, daß sie starb. Die Mieze belabert ihn vermutlich, alles offiziell zu machen. Ich sollte die Polizei verständigen.«

»Nein«, stöhnt Norma.

»Ich hab ihn weinen hören«, sagt Sandy. Ihre Unterlippe zittert.

»Ach, er ist besoffen«, sagt Lou. Sie guckt nachdenklich auf das Telefon, das am Haken baumelt.

Nach dem Lunch geht Norma zu Stella. Sie fühlt sich betrunken. Sie geht in Schlangenlinien. Die Sonne knallt vom Himmel.

Stella und ihre Eltern tragen ihre Kirchenkleidung. Sie kommen alle an die Tür, als ob sie auf der Lauer gelegen hätten. Stellas Augen sind rot. Sie zieht Norma ins Haus. »Wir haben es gerade im Radio gehört!« weint sie und umarmt Norma. Sie hat ein Kleid an, das aus aneinandergenähten weißen Stoffrosenblüten besteht. Wenn Stellas Eltern nicht da wären, würde Norma ihre Hand über die Blütenblätter auf Stellas Arm gleiten lassen. Diesen kleinen Trost würde sie sich gestatten.

»Laß uns ins Wohnzimmer gehen«, sagt Stellas Mutter und geht voran.

Stella zieht Norma auf die Couch. »Du hast mir das mit dem Baby nie erzählt!« weint sie.

»Na, ja, Bunny«, sagt Stellas Vater, »das war ja vor Normas Zeit.«

Sein Blick drückt Mitgefühl aus, aber er bleibt auf Norma gerichtet. Die Botschaft ist: »Stella zuliebe müssen Sie tapfer und wenn nötig, unehrlich sein.«

»Ich wußte gar nicht, was mit dem Baby eigentlich war«, murmelt Norma.

»Aber das eigene Baby fallen zu lassen. Es erklärt, warum sie –« Stella beißt sich auf die Lippen. Was wollte sie sagen? Es erklärt, warum ihre Mutter trank? Norma dachte, Stella wüßte nicht, daß ihre Mutter trank. Vielleicht war darüber auch was in den Nachrichten.

»Gott sei Dank trat der Tod sofort ein«, sagt Stellas Mutter. »Wahrscheinlich hat das Herz während des Fallens aufgehört zu schlagen. Aus Angst.« Sie sieht ausdrücklich ihre Tochter an. »Was heißt, es war ein *absolut schmerzloser Tod*.«

Redet sie über Jimmys Tod oder den ihrer Mutter? Norma bedauert, daß sie kein Radio gehört hat.

»Wir würden gern tun, was wir können, um zu helfen«, sagt Stellas Vater.

»Ja, was können wir *tun?*« fragt Stella, ihre Augen schwimmen.

»Ich mach euch einen Essenskorb zurecht«, sagt Stellas Mutter.

»Nein, ist schon gut, danke«, sagt Norma. »Wir haben jede Menge Essen.« Sich an der glatten, knochenweißen Lehne der Couch festzuhalten ist wie den Knöchel ihrer Mutter auf dem Dach festzuhalten. Gleich fängt sie an zu weinen. Sie steht auf. »Ich muß zurück«, sagt sie, schon auf dem Weg zur Tür.

»Du bist doch gerade erst gekommen!« ruft Stella.

»Laß sie gehen«, sagt Stellas Vater.

Läßt Stella nicht. Sie jagt hinter Norma die Einfahrt hinunter und faßt sie an der Hand. Sie weinen beide, aber sie gehen normal, als ob sie nicht weinten. Norma drückt Stellas Hand auch weiterhin, um ihr etwas zu signalisieren: Dankbarkeit, Mitgefühl, die Bitte um Entschuldigung, Überraschung, daß Stella vor ihren Eltern, die unter Garantie vom Wohnzimmerfenster aus zugucken, so tut, als weine sie nicht, Überraschung über ihre Fähigkeit, sich so zu verstellen.

Am Ende von Stellas Straße gibt es einen kleinen Park – eine grüne Bushaltestellenbank und einen Trinkwasserbrunnen, der unter den einzigen hohen Bäumen in der ganzen Vorstadt versteckt ist. Zur Abwechslung knutscht heute mal kein Pärchen auf der Bank, deshalb lassen sich Stella und Norma darauf nieder. Sie fallen sich in die Arme.

Norma kann nicht aufhören zu weinen. Sie weint sogar noch länger als Stella, die anfängt, sie auf den Rücken zu klopfen und zu sagen: »Ich weiß.«

Norma braucht nur ein leichtes Heben des Kinns, um ihre Lippen an Stellas zu bringen. Sie tut es in dem Gefühl, daß sie den Trost verdient und daß es ohnehin passieren mußte.

Es ist ein sanfter, süßer Kuß. Norma schwindelt vor Zärtlichkeit... bis Stella anfängt, sich zurückzuziehen, und dann will Norma sie nicht freigeben. Es ist, als ob sich eine Schnur gelöst hätte, an der sie ihr ganzes Leben gehangen hat.

Stella quietscht, als werde ihr die Luft abgedrückt. Ihr Mund öffnet sich, aber als Normas Zunge sie berührt, krümmt sich ihre Zunge, ihre Zähne pressen sich zusammen. Als sie ihren Körper zur Seite wirft, um Norma zu entkommen, gleitet ihre Brust in Normas Hand.

»Weshalb hast du das gemacht?« Stella steht jetzt vor Norma, schüttelt heftig den Kopf. Als ihr langes Haar nach hinten weht, erinnert es Norma an den Abend, als sie den Shimmy getanzt haben. »Das ist ja abscheulich!« schreit Stella. »Es ist krank. Warum hast du das *gemacht?*«

»Wahrscheinlich, weil ich es wollte«, sagt Norma mit einer Heiterkeit, die sie selbst in Erstaunen versetzt. Stella putzt sich die Nase an ihrem Rosenblütenärmel. Sie guckt vorwurfsvoll und verständnislos, aber bereit, zuzuhören. Doch das einzige, was Norma einfällt, ist: »Es tut mir leid.« Sie meint nicht, daß sie es bedauert. Sie meint, es tut ihr leid, daß Stella sich so aufregt. Es tut ihr leid, daß es ihr nicht mehr leid tut und sie sich auch nicht vor sich selbst ekelt. Es tut ihr leid, daß sie ihren Schmerz auf jemand anderen übertragen hat, denn sie selbst spürt eine atemberaubende Erleichterung. Es tut ihr leid, daß man Schmerz weitergeben kann wie eine heiße Kartoffel.

»Aber was hast du bloß *gemacht?*« fragt Stella pikiert.

Norma zuckt mit den Schultern. »Ich konnte nicht anders.«

»Aber warum? Bist du lesbisch oder so was?«

»Ich glaube, ja.«

Stella sieht baff aus. »Hm –« Sie beißt sich auf die Unterlippe. Auf ihrem klaren Gesicht sind ihre Gedankengänge rührend sichtbar. Der letzte Gedanke füllt ihre Augen mit Tränen. »Wir können keine Freundinnen mehr sein«, sagt sie.

»Ja«, Norma atmet auf, »ich weiß.« Damit hat sie sich schon vor Monaten abgefunden. Sie sieht Stella ein letztes Mal richtig an. Märchenhaftes Haar, ein süßes, vollkommenes Gesicht; lange weiße Hände mit rosalackierten Nägeln; lange schlanke Beine; die Knie stoßen aneinander.

»Es tut mir leid«, sagt Stella. »Deine Mutter ist gerade gestorben, aber –« Sie fängt an zu weinen, mit offenem Mund, die Arme hängen herunter, unwiderstehlich kindlich, aber Norma kann einfach nichts daran ändern, und ganz plötzlich will sie unbedingt nach Hause zu ihren Schwestern. »Ich geh, dann kannst du noch einen Moment hier bleiben«, schlägt sie vor.

»Ich erzähl es niemandem«, sagt Stella.

In der Nacht vor der Trauerfeier träumt Lou, daß ihre Mutter krank im Bett liegt. Lou klettert ins Bett, um sie zu halten, aber ihre Mutter verwandelt sich in Nebel. Im Traum begreift Lou, je netter sie gewesen wäre, desto mehr Substanz hätte ihre Mutter gehabt und sich nicht so schnell verflüchtigt.

Sie wacht weinend auf, immer noch zwischen dem Tod ihrer Mutter und dem Tod des besten Teils von sich selbst gefangen. Sie vergräbt das Gesicht im Kissen und weint lange, schließlich wird Norma wach.

»Was ist?« fragt Norma.

»Nichts.«

»Ich hab gedacht, du weinst.«

Lou schweigt.

»Ich sehe immer wieder ihre Augen«, sagt Norma.

Als Norma wieder eingeschlafen ist, fängt Lou auch an, die Augen ihrer Mutter zu sehen. Toms auch, und es ist, als sehe sie einen Engel und einen Teufel. Es war hoffnungslos, begreift sie, zu erwarten, daß Tom sie liebte, wenn man bedachte, daß sie an ihm seine kalten Augen liebte. Sie hat wahrscheinlich das gekriegt, was sie verdient. Gott sei Dank hat sie abgetrieben.

Kein Baby. Keine Mutter.

Ein Vogel zwitschert. Es muß ungefähr fünf Uhr sein. Sie haben eine Jalousie, damit das Zimmer dunkel bleibt. Lou faltet die Arme hinter dem Kopf. Jetzt ist sie nicht traurig. Es ist komisch, aber sie fühlt sich ein bißchen high, so, wie sie sich auf dem Dach gefühlt hat. Obwohl sie weiß, daß ihre Mutter dort oben Angst hatte, möchte sie glauben, daß ihre Mutter sich auch so gefühlt hat, daß sie gerade, bevor sie über die Kante fiel oder vielleicht, als sie mitten in der Luft war, daß sie sich wunderbarerweise eine Sekunde lang fühlte, als sei sie so leicht, daß sie nie landen würde.

Norma erwartet die ganze Zeit, daß sie sich schämt, aber sie schämt sich nicht. Wenn sie an Stella denkt, hat sie nur Sehnsucht wie nach einem schönen Gegenstand. Sie kann sich nicht dazu bringen, sich selbst zu hassen. Sie weiß, daß Stella überleben wird. Eine Enttäuschung tut Stella vielleicht sogar gut. Wo es vorher kein Hindernis zwischen ihrem Herzen und Stella geben konnte, ist jetzt etwas, daß sich anfühlt wie Wind, der ihr ins Gesicht bläst. Nicht von Stella aus. Aus dem Nichts, aus dem Leben – ein Windstrom in der reinen Luft, die zwischen ihnen war.

Sie sagt sich, daß es Zeit wird, ihrem Vater zu verzeihen. Aber diesem Gebot folgt weder das Gefühl des Verzeihens noch mangelnden Verzeihens. Mag sein, sie hat ihm schon verziehen, sie weiß es nicht. Das Mitleid, das sie jetzt empfindet, kommt daher, daß er so mitleiderregend ist. Er trinkt, weint am Frühstückstisch, bricht überall zusammen, verschanzt sich im Schlafzimmer ihrer Mutter, scheißt sich in der Nacht vor der Trauerfeier voll – fällt unter einem Sperrfeuer von Fürzen auf den Haufen Handtücher und Bettücher, die Tante Betty aus irgendeinem Grunde mitgebracht und im Flur liegengelassen hat.

Norma macht ihn sauber. Bei dem Gestank ist Sandy ins Badezimmer gerannt und hat gekotzt wie ein Weltmeister, und Lou hat gesagt, sprüh ihn von oben bis unten mit Frischluftspray ein und deck ihn mit den Bettüchern zu. Sie hat gesagt: »Können wir ihn dafür nicht einweisen lassen?«

Den ganzen Tag sehen die drei fern. Auf der Couch ihrer Mutter und auf dem Boden hingefläzt. Die Asche ihrer Mutter steht oben auf dem Fernseher in etwas, von dem Lou behauptet, es sei eine gebrauchte, lackierte Zigarrenkiste und gar nicht groß genug für sie.

»Ihre Beine sind nicht dabei«, zu dem Schluß kommt Lou und bestätigt Normas Verdacht, daß sie ihr die Beine abschneiden mußten, um sie in den kurzen Sarg zu kriegen.

Dauernd klingelt das Telefon, und entweder Sandy oder Norma laufen immer schneller hin als Lou, der es egal ist, wer dran ist; sie fragt nicht, sie hebt einfach nur den Hörer ab, läßt ihn dann fallen, legt ihn nicht wieder auf.

Alle machen sich wegen des Essens Sorgen. Als Norma am Tag nach der Trauerfeier mit dem Chef ihres Vaters telefoniert, ruft Lou laut: »Sag ihm, er soll uns was beim Chinesen bestellen!«, und der Chef hört das und bestellt was. Von da an sagt Lou Norma und Sandy, daß sie jedem, der anruft, erzählen sollen, daß es nett wäre, wenn er was beim Chinesen bestellte.

Lou läßt niemanden ins Haus, außer Tante Betty, die sowieso einen Schlüssel hat. »Wir sind in Trauer«, erklärt Sandy Dave, und er zieht sich mit demselben Ausdruck unsicheren Respekts zurück, den er immer kriegte, wenn sie seine Hand von ihrem Bein schob und sagte: »Ich hab meine Periode.« Sie küssen sich, indem sie die Scheibe küssen. Durch die Scheibe ist es Sandy möglich, ihm zu sagen, daß sie ihn liebt, und auch daran zu glauben. Vielleicht wird es eines Tages auch so sein. Sie sagt, er kann ihre Verlobung jetzt anzeigen und gibt ihm Anweisungen hinsichtlich der Hochzeitsvorbereitungen. Sie öffnet die Tür einen Spaltbreit, damit er ihr die Post aushändigen kann, die wegen des »HAUT AB, LEICHENSCHÄNDER!-Zettels« auf der Veranda liegenbleibt. Seine Hand, die durch die Tür gleitet, ist groß und behaart und fähig – das vergißt sie nicht –, alles zu reparieren, das man irgendwo anschließt.

Am vierten Tag nach der Trauerfeier kommt der Direktor mit zehn Kisten Lebensmitteln an, die er bei einem Essenseinkauf für die Schule mitbesorgt hat. »Ich hab den Zettel gesehen«, sagt er mitleidig, als ob klar sei, daß er nicht für ihn bestimmt ist. Als er kapiert, daß er das sehr wohl ist, als Lou einfach sagt, lassen Sie die

Kisten nur auf der Veranda, ich trage sie rein, starrt er sie eine Minute lang an, haut sich dann mit der Faust in die offene Handfläche und erklärt, zum Kuckuck mit den Vorschriften und er wird für Lou und ihre Schwestern etwas tun, er wird persönlich dafür sorgen, daß sie den Schulabschluß kriegen, ohne die letzten Klausuren schreiben zu müssen.

»Das hilft uns«, räumt Lou ein.

Nachher sagt sie zu Norma und Sandy: »Laß uns das so lange wie möglich in die Länge ziehen.«

Norma und Sandy sind dabei, aber nicht wegen des Gratisessens und des Lohns ohne Arbeit und der Zeugnisse ohne Examen, und das sind auch nicht Lous wirkliche Gründe. Sie haben alle das gleiche Gefühl, daß sie an einer heiligen Stätte zusammen sind und Totenwache halten.

Jeden Tag stoßen sie auf etwas oder sie denken an etwas, und die Qual, von der sie sich jeden Tag einbilden, sie hätten sie hinter sich, ist immer wieder ein kleiner Schock. Das ganze Haus ist voller Erinnerungen, und auch das trifft sie unerwartet, da ihre Mutter hauptsächlich in einem Zimmer gewohnt hat. Unter den Treppen sind ihre leeren Flaschen, im Heizungskeller ihr runder Light Fantastics-Koffer, im Badezimmer ihre Zahnbürste mit Essensrestchen drin. In einem Kamm sind weiße Haare, und im Wäschekorb ist eines ihrer Nachthemden, das intensiv nach ihr riecht.

Auf den Toilettenpapierblättern, auf die sie die Lippen preßte, nachdem sie sich am ersten Weihnachtstag die Lippen geschminkt hatte, ist der Abdruck ihres Mundes. »Bringt eure Bibeln mit!« hat Tante Betty am Abend vor der Trauerfeier durchs Telefon gekreischt. Es stellte sich als unnötig heraus, und sie vergaßen sie sowieso, aber direkt, nachdem Tante Betty angerufen hatte, holte Sandy ihre Bibel aus der untersten Schublade und fand die sieben Münder auf dem Toilettenpapier, das sie behalten und zwischen den ganz roten Seiten aufbewahrt hat. Was sie zum Weinen brachte, war, daß jeder Mund dieselbe Farbe hatte – »Englische Rose« –, daß ihre Mutter also immer nur diesen einen Lippenstift besaß.

Die meiste Zeit allerdings wollen sie gar nicht weinen. Sie haben das Gefühl, als warteten sie, daß etwas passiert, daß aber nie etwas passieren wird. Dieses zutiefst erregende Gefühl können sie nicht ausdrücken.

Nach ein paar Tagen beginnt Lou das Fernsehzimmer »Totenzimmer« zu nennen, weil ihre Mutter in der Zigarrenkiste anwesend ist und weil es wegen der leeren Stapel mit den Behältern von dem chinesischen Essen, der leeren Colaflaschen, der Zeitungen, der verstreuten Klamotten und der vollen Aschenbecher so aussieht, als sei ein Leichenschmaus im Gange. Nicht einmal Norma hat Lust, aufzuräumen. Wenn sie das Zimmer mal verlassen muß, kommt sie schnell wieder zurück. Der Anblick der Unordnung und des Mülls ist eine Erleichterung – eine Befreiung und so was wie ein Pakt oder der Beweis für einen Pakt zwischen ihr und ihren Schwestern und ihrer Mutter.

Eines Morgens kommt Sandys Zulassung zum Modezeichnerstudium am Empire College. Sie ist fassungslos. Im Totenzimmer haben sie Fotoalben angesehen, zum ersten Mal seit Jahren, und das Zulassungsschreiben hat auf Sandy dieselbe Wirkung wie etliche der Fotos von ihr selbst. Hat sie jemals so ausgesehen? War sie jemals diese Person?

Sie zeigt den Brief ihren Schwestern, die sich angesichts ihrer akademischen Ambitionen gar nicht einkriegen können. »Gehst du?« fragt Lou. Seit Tom sie abserviert hat, hat Lou auch keine Sekunde mehr über College oder Universität nachgedacht. Das ist ihr unangenehm.

»Nein«, sagt Sandy. Das kurz aufflackernde Schuldgefühl gilt gänzlich Mrs. Dart im Stoffladen. Mrs. Dart hat für Sandy einen Brief geschrieben, den sie ihrer Bewerbung beifügen sollte, aber wegen des »verdammt« (»dieses kleine Mädchen ist ein verdammtes Talent«, hatte Mrs. Dart geschrieben) konnte Sandy ihn nicht schikken. Mrs. Dart tauchte bei der Trauerfeier auf, und Tante Betty schob sie rasch in einen Stuhl, da sie deren Tatterich für Hitzschlag hielt.

Sandys Hände kommen hoch, um sich auf ihren Bauch zu legen. »Natürlich gehe ich nicht«, sagt sie.

»Für eine Abtreibung ist es noch nicht zu spät«, sagt Lou.

»Hör doch endlich damit auf«, sagt Norma, und Sandy, die so liebevoll auf ihren Bauch glotzt, daß man schwören möchte, sie könnte hineinsehen, sagt mit einer weit entfernten Stimme: »Wie kann man nur so was sagen.«

»Wie kann man nur so was *tun*«, sagt Lou.

Am nächsten Tag regnet es, die Hitzewelle ist vorüber. Ihr Vater rasiert sich, zieht einen lächerlichen rot-grün-karierten Anzug an, setzt einen weichen grauen Filzhut auf, beides hat er seit zehn Jahren nicht mehr getragen, und geht zur Arbeit.

Nach dem Frühstück geht keine von ihnen ins Totenzimmer. Sandy verzieht sich wieder in ihr Schlafzimmer und zeichnet Entwürfe für Babykleidung, einen nach dem anderen, und kann mit ihren Einfällen kaum Schritt halten. Norma macht den Abwasch von neun Tagen, ruft dann den Heimwerkerladen an, um Bescheid zu sagen, daß sie wahrscheinlich morgen wieder zur Arbeit kommt. Dann, sie verzichtet auf den Schwammschrubber, läßt sie sich auf Händen und Knien nieder und putzt den Küchenfußboden.

Lou lungert in der Küchentür herum. Sie raucht die *Export A* ihres Vaters. Sie ist nachdenklich und ruhelos. Vor dem Frühstück hat sie aus Versehen am Telefon »Hallo« gesagt. Allmählich richten sich ihre Gedanken darauf, einen großen Plan für ihre Zukunft zu entwerfen.

Mittags sind sie alle drei wieder im Totenzimmer. Sie vermissen den Raum und sich gegenseitig darin, und sie wollen unbedingt da sein, wo die Asche ihrer Mutter ist. Es geht ihnen aber ganz gut, bis der Matinéefilm auf Kanal elf kommt – *Eine Braut für sieben Brüder,* laut Fernsehzeitschrift ein köstlicher, melodienreicher Schinken, aber es stellt sich heraus, daß es einer der schlimmsten, deprimierendsten Filme ist, den sie je gesehen haben.

»Geh doch Kälberficken«, brüllt Lou zum Bildschirm, als einer der Brüder eine der Bräute zurückweist, indem er »wunderschöne Augen, aber was für ein Umfang!« schreit. Lou hat das Gefühl, es sei Norma, die sie verteidigt.

Lous Wut rührt zum Teil daher, daß sie einen Moment vorher gehört hat, wie die Haustür aufgeht. »Was willst du denn zu Hause?« sagt sie, als ihr Vater im Türrahmen steht.

Er ist nicht betrunken. Seine Augen funkeln, aber sie sind nicht unstet. Zum ersten Mal seit dem Tod ihrer Mutter betritt er das Zimmer. Er geht zum Fernseher und nimmt die Asche. »Es wird Zeit, daß wir sie verstreuen«, sagt er. Er hält die Kiste in beiden Händen hoch vor die Brust.

»Müssen wir?« Das ist Sandy. Jetzt, wo sie selbst Mutter wird, erkennt sie sein exklusives Recht an dem Teil ihrer Mutter, der ihr Körper war, nicht an.

»Wo?« fragt Lou ihren Vater.

»In den Niagarafällen.«

Norma ist zuerst am Auto und steigt hinten ein. Seit eineinhalb Jahren hat sie sich jedesmal, wenn sie mit ihrem Vater irgendwohin mußte und er fuhr, auf den Rücksitz gesetzt. Jetzt ist es zur Angewohnheit geworden. Sandy geht neben sie.

»Besten Dank«, sagt Lou und steigt neben ihrem Vater ein. Bei Lou ist es einfach nur ihre lebenslange Abneigung. Sie hat keine Ahnung, daß er sich an Norma rangemacht hat. Soviel Munition würde Norma Lou nie an die Hand geben.

Auf dem Sitz zwischen Lou und ihrem Vater ist die Kiste mit der Asche. Lou will sie an sich nehmen, aber ihr Vater knurrt: »Laß sie.« Nach ein paar Minuten macht Lou das Radio an und findet auf UKW den Rocksender. Sie zündet sich sogar eine Zigarette an. Er sagt kein Wort.

Wie durch ein Wunder ist jeder Song im Radio im Takt mit den Scheibenwischern. Lou lehnt sich an die Tür und sieht ihren Vater ganz genau an. Sie hat immer noch nicht herausgefunden, warum sie ihn nicht der Polizei ausgeliefert hat.

Er ist hübsch, das muß sie zugeben, ebenmäßige Züge, kräftiges Kinn, aber sein Mund macht einen Bogen nach unten wie die Maske der Tragödie, und in seinen Augen ist das ultimativ Letzte über Unglücklichsein, über Zorn, über Wahnsinn. Lou sieht die drei Eigenschaften nacheinander. Sie sieht sie immer (obwohl nicht immer in der Reihenfolge), wenn er nüchtern ist, und weil sie sich nicht entscheiden konnte, welches die echte war, hat sie vielleicht das immer davon abgehalten, ihn zu verpfeifen.

Sie holt Luft und setzt sich anders hin, um aus dem Fenster zu sehen. Wollen wir doch ehrlich sein, denkt sie, sie hat die Polizei nicht gerufen, weil es ihr egal ist, weil sie die Energie nicht hat, und vermutlich auch die Illoyalität nicht, um so zu tun, als habe sie Beweise.

Vorsätzlicher Mord. Ihr gefiel der Klang. Der Schock, der darin steckt. In Wirklichkeit hat er es aber nur versaut. Es erinnert sie daran, wie die Katze in den Keilriemen geklettert ist. Ihr Vater war schuld... aber es war nicht seine Schuld.

Wenn sie von zu Hause weggeht, kommt sie nicht zurück, besucht ihn garantiert nicht. Solange sie mit ihm zusammenhängt, verhält sie sich so wie er, das hat sie immer getan, so daß sie sich die meiste Zeit ihres Lebens selbst nicht ausstehen konnte. Aber wenn sie von zu Hause weggeht, wird sie was Großes vollbringen. Was? Sie muß sich konzentrieren. Seit ihre Mutter gestorben ist, scheinen überall Zeichen zu sein, wie zum Beispiel, daß die Scheibenwischer genau im Takt mit jedem Lied klicken. Wie zum Beispiel die Tatsache, daß es jetzt so stark regnet, daß man keine zehn Meter weit sehen kann, und die Autos fahren alle blind drauflos, in einer langen Schlange im Vertrauen auf einen Fahrer kilometerweit vor ihnen.

Nach etwa einer halben Stunde langt ihr Vater ins Handschuhfach und holt eine Flasche raus.

»Oh, toll«, sagt Lou.

Er trinkt regelmäßig und wild entschlossen etwa eine weitere halbe Stunde lang, bis jede Spur von Zorn und Wahnsinn aus seinem Gesicht verschwunden ist und er nur noch unglücklich aussieht. Jetzt weiß Lou, daß er tut, was sie ihm sagt. Sie sagt: »Fahr an den Rand.«

Er und Norma tauschen die Plätze. »Was, wenn er kotzt?« fragt

Sandy und quetscht sich auch auf den Vordersitz und hält ihre Mutter im Schoß, durch ein paar Zentimeter Fleisch von dem Baby getrennt. Er legt sich auf dem Rücksitz hin. Zum Glück hat der Regen so weit nachgelassen, daß sie die Straßenschilder sehen können.

»Ihr hattet immer ein Dach über dem Kopf«, schreit er. »Ihr hattet drei richtige Mahlzeiten am Tag! Bei Gott!«

Lou macht das Radio lauter.

Wie alle haben die Mädchen jede Menge Fotos von den Wasserfällen und den Film *Niagara* mit Marilyn Monroe gesehen. Sie erwarten, daß sie vor Staunen sprachlos sind. Aber durch den Regen und aus der Entfernung sind die echten Fälle nur ein Schwarzweiß-Foto. Eine Bestätigung, daß sie am richtigen Ort angekommen sind.

Lou dreht sich zu ihrem Vater um. »Wo willst du hin?« fragt sie. »Auf die amerikanische Seite oder da drüben hin?«

Er setzt sich hin. Norma fährt langsamer. »Hier nicht!« schreit er sie an. »Hier nicht.« Er beugt sich über den Vordersitz und zeigt mit der Whiskyflasche auf die Horseshoe Falls. »Fahr bis ganz ans Ende!«

»Reg dich ab«, sagt Lou.

»Ganz ans Ende!«

Norma fährt auf einen etwas erhöhten Parkplatz, von dem aus man die Straße überblickt. Der Wind zerrt am Auto. Unten an der niedrigen Mauer, die an dem Rand des Abgrunds entlangführt, sind nur ein paar Leute. (»Flitterwöchner«, sagt Sandy versonnen.)

»Scheiße«, sagt Lou. »Wir haben die Schirme vergessen.«

»Wo ist sie?« weint ihr Vater. Sandy reicht ihm die Kiste mit der Asche über den Sitz. Und dann ist er schon aus dem Auto und läuft torkelnd über den Parkplatz.

»Der rennt in irgendwas rein«, sagt Norma und öffnet die Tür.

Bevor er an der Straße ankommt, holen Norma und Lou ihn ein. Beim Überqueren nimmt ihn Norma am Arm. Er zieht wie ein Hund an der Leine. Sandy, die in die Autodecke gehüllt ist, ruft hinter ihnen her: »Werft nichts, bevor ich nicht da bin!« Sie wird doch nicht rennen und ihr Baby hin- und herschütteln.

Er führt sie über die Wiese zu der Mauer. Sie ist bloß einen Meter hoch und hat oben ein dreißig Zentimeter hohes Geländer. Er geht geradewegs auf eine Stelle mit einer Plakette zu, auf der Worte eingraviert sind. Er sieht die Plakette nicht an, die Mädchen aber schon, weil sie sofort denken, daß sie über ihren Bruder ist.

»José Maria Heredia«, liest Lou laut. »Kubanischer Dichter. Exilierter Patriot, genannt der begnadete Sänger der glorreichen Herrlichkeit der Niagarafälle.« Sie schaut über die Mauer.

Sie stehen direkt über den Wasserfällen, ungefähr hundert Meter über dem Fall. In ihrer Phantasie hat Lou hier immer glasiges Wasser gesehen, aber das Wasser rast und wirbelt wie Wasser, das schon über die Kante gestürzt ist. Die herunterstürzenden Wasser kann man nicht sehen. Man sieht nur das hochspritzende Wasser – ein riesiges Nebelinferno voll weißer Möwen.

Wo sie stehen, erreicht das Wasser die Steinmauer nicht. Hier ist ein Uferstück mit Gras und kleinen Büschen. Von da aus, wo sie stehen, würde etwas auf dem Boden aufschlagen, wenn es nicht geworfen wird.

Lou dreht sich zu ihrem Vater. »Dann wollen wir mal mit der Show anfangen«, sagt sie.

Er versucht die Kiste zu öffnen.

»Wirf das ganze Ding, warum wirfst du nicht das ganze Ding?« schlägt Norma vor.

Er kämpft immer noch mit dem Verschluß.

Lou schnappt ihm die Kiste weg. »Hier, ich mach's.« Sie hat die Kiste zu Hause schon ein paarmal aufgemacht, deshalb weiß sie, wie man den Verschluß öffnet. Kaum hat sie ihn auf, nimmt er ihr die Kiste wieder ab.

»Beug dich über das Geländer«, befiehlt ihm Lou. Der Wind weht stark vom Wasser her, und sie hat Angst, daß die Asche ihnen ins Gesicht zurückfliegt.

Er lehnt sich vornüber, wirft dann doch die ganze Kiste. Etwas von der Asche kommt heraus, graue Flocken fliegen in die Büsche. Die Kiste schlägt nur ein paar Zentimeter vom Ufer entfernt auf dem Wasser auf. Sie kippt um, dreht sich, sinkt, taucht wieder auf.

Die Mädchen halten den Atem an. Ihr Vater umklammert das Geländer. Alle zittern sie mit der Kiste.

Als sie mit dem Wasser nach unten stürzt, stößt Sandy einen Laut aus, als habe sie etwas verloren. Eine Seemöwe gibt den Laut zurück.

»Gut«, sagt Lou. »Laßt uns gehen.« Sie ist klatschnaß und zittert.

»Komm, Dad«, sagt Norma zärtlich.

Er knurrt und winkt sie weg. Aus der Jackentasche zieht er die Whiskyflasche.

»Laß ihn doch«, sagt Lou. »Wir können im Auto warten.«

»Er kann die Straße nicht allein überqueren«, sagt Norma.

»Wir können ihn vom Auto aus beobachten. Wenn er zurückkommt, kannst du rauslaufen und ihn holen.«

Wegen der Heizung und des Radios machen sie den Motor an. Der einzige deutlich zu empfangende Sender ist ein amerikanischer und spielt Golden Oldies. »Mr. Sandman«. Solange ihr Vater noch nicht wieder da ist, legt sich Sandy auf den Rücksitz. Sie ist erschöpft.

Lou lehnt an der Beifahrertür. Sie ist diejenige, die ihn im Blick hat. Sie drückt den Zigarettenanzünder rein und angelt in ihrer Pulloverjacke nach einer Zigarette, die sie vor ein paar Minuten noch da gespürt hat. Es ist aber keine Zigarette. Es ist ein halbgerauchter Joint. »He!« ruft sie erfreut und hält ihn hoch. Sie kann sich nicht erinnern, aber sie muß ihn eingesteckt haben, als sie bei Tom war.

Norma und Sandy sind schockiert. Auf keinen Fall, sagt Sandy, als Lou vorschlägt, sie sollten ihn alle drei zusammen rauchen. Norma fragt, ob sie davon durchdrehen. Sie sieht sich selbst das Auto über die Wasserfälle fahren und überlegt, ob hier eine Erklärung für Lous schwankende Persönlichkeit liegt. Nein, sagt Lou. Von Marihuana fühlst du dich gut, high, als ob du ein bißchen getrunken hättest, nur besser. Sie zündet den Joint an, nimmt einen Zug, hält ihn Norma hin. Norma seufzt. Ein kapitulierendes Seufzen, wie Lou richtig interpretiert. Sie steckt Norma den Joint einfach zwischen die Lippen. Norma inhaliert.

»Das ist doch das Wahre«, sagt Lou heiser, ohne den Atem rauszulassen. Sie nimmt noch einen Zug und reicht Sandy dann den Joint über den Sitz.

»Ich lieber nicht«, sagt Sandy.

»Der Uterus funktioniert wie ein Filter«, sagt Lou heiser, »er hält die schädlichen Substanzen ab.«

»Woher weißt du das?« Sandy sieht zu, wie Norma noch einen Zug nimmt. Allmählich fühlt sie sich ausgeschlossen.

»Ich weiß alles. Mach schon. Heute ist ein großer Tag.«

Lou hält den Joint, und Sandy setzt sich hin und nimmt einen gezierten kleinen Zug. Sie hustet. »Versuch's noch mal«, sagt Lou. »Atme gleichzeitig ein.« Nach ein paar Minuten dreht Lou ihr Fenster einige Zentimeter herunter. Sie lehnt sich an die Tür und lacht. »Was für ein Anzug«, erklärt sie, nickt über Normas Schulter.

Norma dreht sich um, damit sie ihn sehen kann. »Er fängt sich eine Lungenentzündung«, sagt sie. Dann lacht sie auch. »Na gut, es ist ein einigermaßen scheußlicher Anzug.«

»Aber eine schöne Wolle/Seiden-Mischung«, sagt Sandy sachkundig. Lou und Norma sind zum Schweigen gebracht. Dann brechen sie alle drei in Lachen aus. Sie können nicht aufhören. Sandy hält sich den Bauch, damit er nicht so wackelt. Aber er zittert. Innen drin zittert es. »Mein Baby lacht!« schreit sie. Lou gibt ihr den Rest von dem Joint.

Als sie sich beruhigt haben, fragt Lou Sandy, wie jemand so Schickes wie sie, allemal, wenn es um Kleidung geht, jemand so Debiles wie Dave heiraten kann.

»Er ist nicht debil!« schreit Sandy. Und zum ersten Mal weiß sie ganz genau, daß sie ihn liebt. Ihr Baby bewegt sich, wird wieder ruhig. »Weißt du genau, daß der Uterus einen Filter hat?« fragt sie.

»Sie trägt jedenfalls sein Kind.« Darauf weist Norma hin. Ihre Stimmung geht in den Keller. Der einzige tröstliche Gedanke ist, daß ein Baby winzige Lungen hat. »Er ist wahrscheinlich sofort ertrunken«, sagt sie leise.

»Wer?« sagt Lou und schnippt zu »My Kind of Town« mit den Fingern.

»Unser Bruder.«

»Oh«, sagt Sandy, als ob es ihr den Atem verschlagen hätte. Eine Erfindung fällt ihr ein – Fensterlederstreifen, die man um sich selbst und das Baby wickelt, um sich zusammenzubinden.

»Muß ein ganz schöner Wurf gewesen sein«, sagt Lou mit ruhiger Stimme.

»Das wissen wir nicht!« sagt Norma erregt. »Es muß nicht an der Stelle passiert sein, wo wir eben waren!«

»In der Zeitung hieß es, es ist da passiert, wo Ufer war. Daran kann ich mich erinnern.«

»Gut, und ich erinnere mich, daß es hieß, es habe keine Zeugen gegeben.«

»Warum sollte sie ihn aber werfen?« mischt sich Sandy ein. »Sie würde niemals ihr eigenes Baby werfen. Du hast keine Ahnung, Lou. Du hast noch nie ein Baby gehabt. Das würde sie nie tun.« Ihre Stimme bricht. »Warum *sollte* sie?«

»Um mit den männlichen Nachkommen der Familie Field ein Ende zu machen«, sagt Lou.

»Na, gut«, sagt Norma bitter. »Ich kann mir richtig vorstellen, wie Mom das beschließt. Wenn sie ihn wirklich geworfen hat, war es zeitweilige Unzurechnungsfähigkeit. Darüber hab ich schon mal was gelesen. Manche Frauen haben das nach der Geburt. Zeitweilige Unzurechnungsfähigkeit. Es sind nur ein paar Sekunden, in denen man kein Baby will.«

»Ich sage nicht, daß sie ihn nicht geliebt hat«, sagt Lou, und ein Gedanke, den sie schon in der Bestattungshalle hatte, kommt ihr wieder, und sie fügt hinzu: »Wahrscheinlich hat sie ihn zu sehr geliebt.«

»Es war zeitweilige Unzurechnungsfähigkeit«, sagt Norma.

»Sie hätte ihn nicht geworfen«, insistiert Sandy.

»Schon gut, schon gut«, sagt Lou. Der erste Joint ihrer Schwestern verwandelt sich in einen Downer.

Norma steigt aus, knallt die Tür zu und rennt über den Parkplatz zu ihrem Vater. Sie rennt, wie sie ist, denkt Lou liebevoll: beherrscht, entschlossen, bloß-nicht-zu-schnell. Lou lächelt Sandy an.

»Hat dein kleines Baby aufgehört zu lachen?« fragt sie.

Sandy rollt sich auf der Seite zusammen und zieht die Decke um sich. »Ich habe mir eine Erfindung ausgedacht«, sagt sie.

»Ach, ja?«

Während Sandy eine unverständliche Wickel-Apparatur beschreibt, beobachtet Lou Norma und ihren Vater. Er rührt sich nicht. Er dreht den Kopf nicht um. Norma zeigt zum Auto, kommt dann zur Begleitung des Gesangs von Nat King Cole, »If I Had to Choose Just One Day«, zurück.

Mit Norma ergießt sich ein Regenschwall ins Auto. »Er will, daß wir nach Hause fahren und ihn hier lassen«, sagt sie.

»Gute Idee«, sagt Lou. Aber sie lächelt, um zu zeigen, daß sie nur Spaß macht.

Norma fährt sich mit den Fingern durch das kurze Haar und versprüht Wasser. »Go on and kiss her«, singt Nat King Cole. »Go *on* and kiss her.«

Norma erinnert sich wieder so lebendig daran, wie sie Stella geküßt hat, daß sie die Augen schließen muß. Sie nimmt die Brille ab und lehnt sich gegen die Kopfstütze. Sie ist mit sich selbst übereingekommen, daß das, was zwischen ihr und Stella passiert ist, nicht mit dem zu vergleichen ist, was zwischen ihr und ihrem Vater passiert ist (zum einen ist Stella nicht mit ihr verwandt; zum anderen war sie in Stella verliebt). Trotzdem ist ihr klar, daß von Stella aus gesehen, die beiden Vorfälle gar nicht so verschieden voneinander sind. Norma vermutet, daß sie unbewußt wollte, daß Stella erwachsen wird. »Ich weiß«, hatte Stella gesagt, als Norma weinte, aber *was* wußte Stella? Norma bemißt ihr eigenes Leben nach der Veränderung, die sie an dem Tag, als ihr Vater sich an sie rangemacht hat, in ihrem Gesicht wahrgenommen hat. Sie denkt viel mehr darüber nach, wie sie die Veränderung gesehen hat, als daß sie über den Grund dafür nachdenkt.

Der Tod ihrer Mutter hat sie wieder verändert. Das wußte sie, als sie die Marihuanazigarette angenommen hat. Warum nicht? hat sie gedacht, als sie Lou beim Inhalieren zugesehen und sich vorgestellt hat, wie ihre Mutter gen Himmel schwebt, von aller Last befreit und tapfer genug zum Schweben, weil es nichts mehr gab, vor dem sie Angst haben mußte.

Lou summt wie in weiter Ferne und etwas daneben mit, und Norma hält das für Trauern und wird auch traurig. Sie hat aber auch das Gefühl, als ob sie schwebte, als ob sie und ihre Mutter sich an den Händen hielten. »Ich wünschte«, sagt sie, »wir könnten nach Disneyland fahren. Jetzt. Einfach nur nach Süden und nach Westen, nach Süden und Westen fahren, bis wir da wären.«

»Auf geht's«, sagt Lou.

Immer noch mit geschlossenen Augen lächelt Norma.

Lou wirft einen Blick auf den Rücksitz und sieht, daß Sandy schläft. Sie macht das Radio aus.

Der Regen fällt sanft in grauen Linien wie bei einer schlechten Fernsehübertragung. Alles, was Lou ansieht, ist grau und schmutzig-weiß. Bis auf den lächerlichen rot-grünen Anzug ihres Vaters. Der typische Gebrauchtwagenverkäufer-Anzug. Sie erinnert sich daran, wie er in dem Anzug und mit dem Hut zur Arbeit gegangen ist. Sein selbstbewußter, soldatischer Gang zum Auto. Auf der Lauer nach Ausrutschern der Nachbarn. Das nützt ihm aber auch nichts, denkt Lou, als sie im Geist mit ihm spricht und ihm auf das antwortet, was er zu seiner Verteidigung dieser grauen Jahre vorbringen würde: »Keiner soll sagen, daß Jim Field keine farbenprächtige Ausstattung besaß!«

Jetzt schläft Norma. Schnarcht. Total high, denkt Lou und wird daran erinnert, wie der Anblick Normas am Ende der Straße sie zum Weinen brachte und dann dazu, daß sie Norma zum Weinen bringen wollte. Wie konnte sie so gemein sein? Ausgerechnet zu Norma? Sieh sie dir doch nur an, wie sie jetzt schläft. Ihr freundliches, unscheinbares Gesicht. Das Gesicht einer Heiligen, denkt Lou, gut und freundlich und von Schönheit nicht beschützt.

Ihre Mutter war gut und freundlich *und* schön. Lou lächelt bei dem Gedanken, daß sie ihre Mutter früher immer mit der Jungfrau Maria verwechselt hat. Schönheit hat sie aber nicht davor geschützt, daß die Leute um sie herum starben. Zuerst starb ihre Mutter an einem Schlaganfall, ein paar Jahre später dann kamen ihre beiden

Brüder im Krieg um, und dann wieder ein paar Jahre später starb das Baby. Wenn sie das Baby geworfen hat, um das Unvermeidliche nur ein bißchen schneller herbeizuführen, warum, fragt sich Lou, hat ihre Mutter sich dann nicht auch selbst geworfen. Natürlich könnte man sagen, sie habe es getan – sie hat ihr Leben weggeworfen. Und dennoch schien sie nicht unglücklich zu sein. Außer...

Lou erinnert sich an etwas. Es ist wie eine Erleuchtung. Ihr Herz fängt an zu hämmern, und sie wühlt in ihren Taschen nach Zigaretten, findet aber keine mehr. Sie nimmt die Kippe aus dem Aschenbecher und ißt sie.

Ihr ist der Morgen eingefallen, nachdem sie Acid geworfen hatte und wie ihre Mutter über den dringenden Wunsch redete, da zu sein, wo das Baby war, als sie es fallen ließ. Das hat sie so nicht gesagt, aber das muß sie gemeint haben. Denn in der Nacht, in der sie gestorben ist, ging sie zu der höchsten Stelle, die sie erreichen konnte.

Seit sie bei der Trauerfeier mütterlichen Instinkt geschluckt hat, glaubt Lou, daß ihre Mutter das Baby mit der blinden Liebe einer Mutter liebte. Ob ihre Mutter das Baby geworfen hat oder nicht, ob es ein Akt von Verrücktheit oder des Opfers war, ob es ihr in all den Jahren leid getan hat oder nicht, es dämmert Lou, daß der Augenblick, an dem sie an dem Geländer gestanden hat, sie manches Mal heimgesucht haben muß, und da war das Donnern der Wasserfälle und ihre Augen klebten an dem Wasser, das kurz davor war, in die Tiefe zu stürzen – nichts konnte es jetzt noch aufhalten –, und sie hatte diese Last im Arm. Der Moment, als sie das, was sie so sehr liebte, daß sie dafür gestorben wäre, sterben ließ.

»Ich muß ganz oben sein«, sagte sie, als sie hoch zum Dach wollte und Lou und Norma sie mit dem Springseil fesselten. Lou entfährt bei der Erinnerung daran, wie sie sie gefesselt haben, ein erstauntes Lachen. Sie wischt die Windschutzscheibe mit dem Ärmel ab, aber nichts passiert, und sie merkt, sie kann deshalb draußen nichts sehen, weil sie weint.

Gott, ich bin stoned, denkt sie, und preßt die Handflächen auf die Augen.

Auf einmal fällt der Regen wieder heftig. Lou fragt sich, was mit ihrem Vater ist, und beugt sich vor, um aus Normas Fenster zu sehen. Was macht er da? Sie setzt sich aufrechter hin. Was, zum Teufel, macht er da?

Himmelherrgott, er klettert auf die Mauer!

Sie schlägt eine Hand, die nach Marihuana riecht, vor den Mund. Gott! Er ist schon drüber. Sie zieht an ihrem Türgriff. Er klemmt. »Komm schon«, murmelt sie, bummert mit der Schulter gegen die Tür.

Ihr Vater geht am Ufer entlang.

»Komm schon.« Sie rüttelt am Türgriff und schlägt Norma auf den Arm, um sie aufzuwecken. Norma stöhnt einen Protest, macht die Augen aber nicht auf. Alles, was Lou jetzt noch sehen kann, ist der Hut ihres Vaters. Er muß an der Uferkante sein.

Lou fängt an, über Norma zu klettern, und dann fällt ihr auf, daß die Tür verschlossen ist und nicht etwa klemmt, und sie dreht sich wieder um, zieht den Knopf hoch und macht auf und springt heraus. Der Regen ist wie ein gegen sie gerichteter Wasserstrahl. »Dad!« schreit sie.

Die einzigen Leute in seiner ungefähren Nähe sind unter einem schwarzen Schirm und sehen in die andere Richtung. Sie hören sie auch nicht. Sie rennt über den Parkplatz und über die Straße. Ein Auto fährt durch eine Wasserlache und spritzt sie klatschnaß. Das Auto dahinter gerät ins Schleudern und hupt. Sie schreit wieder: »Dad!«, als der schwarze Schirm sich von ihm wegbewegt, während eine Seemöwe sich vom Himmel stürzt und über seinem Kopf kreist.

Er scheint nur da zu stehen. Zu lauschen. Die Seemöwe fliegt nicht weg. Die Seemöwe ist ihre Mutter, denkt Lou, bereits wiedergeboren.

Es regnet so sehr, auf dem Gras sind Pfützen. Lou patscht durch. Sie bleibt stehen. Wo ist der Hut? Herrgott, sie kann den Hut nicht mehr sehen! Da ist ihre Mutter, fliegt weg.

»Komm zurück!« schreit Lou ihrem Vater zu. »Komm zurück! Du blödes Arschloch!«

Ihr Vater ist weg.

Jetzt ist Lou an dem Geländer, rennt am Ufer rauf und runter, ruft: »Dad!«. Sie rennt dahin, wo die Leute mit dem Schirm waren, wo man die Wasserfälle und den Fluß darunter sehen kann.

Nichts. Nicht einmal sein Hut. Keine Spur.

Wie angewurzelt steht sie da. Der Regen prasselt auf sie. Die Seemöwe kommt zurückgeflogen. Die Seemöwe, die ihre Mutter ist, denkt Lou. Ihre Mutter stürzt sich ins Wasser und kommt mit einem Fisch herausgeschossen, fliegt dann steil in den Nebel, der Fisch hängt ihr aus dem Schnabel.

Der Regen fühlt sich jetzt warm an, beinahe heiß. Lou schließt die Augen. Etwas Obszönes geschieht mit ihr. Sie kriegt das Gefühl wieder, es ist, als ob der Regen ihren Widerstand dagegen wegwüsche, als ob er alles, was sie eigentlich fühlen sollte, wegwüsche, und das einzige, was übrig bleibt, ist Erleichterung, Ekstase, die pure Glückseligkeit, die sie oben auf dem Dach und auf der Toilette der Bestattungshalle empfunden hat.

»Mommy«, sagt sie laut zu dem Vogel, wie ein Kind zugleich flehentlich und entschuldigend, aber als das Gefühl ganz stark wird und dann abklingt, wächst die Vorstellung in ihr, daß ihre Mutter deshalb vorbeigeflogen ist, um ihr dieses Gefühl zu geben. Einen Segen, ein Vermächtnis, letzte Worte, Trost von der anderen Seite: »Jetzt bist du allein. Die Welt gehört ganz dir. Dein Vater ist der Fisch, den ich gegessen habe.«

Lous Körper durchläuft ein Zittern. Sie fängt an zu weinen. Sie rennt zum Auto zurück, wo ihre Schwestern schlafen. Der Regen ist heiß, und ihre Füße scheinen den Boden nicht zu berühren.

Erste Auflage 1992
Erstes bis viertes Tausend

Titel der Originalausgabe: Falling Angels
Umschlaggestaltung: Michel Keller, München
Satz: Frese, München
Druck und Bindung: Clausen & Bosse, Leck
ISBN 3-88897-064-4